ein Ullstein Buch

ÜBER DAS BUCH:

Vor allem seiner Heldin, der Urberlinerin Wilhelmine, hatte Julius Stinde den aufsehenerregenden Erfolg seines 1884 erschienenen Romans *Die Familie Buchholz* (UB 22145) zu verdanken. Die Ehefrau des Textilkaufmanns Karl Buchholz aus der Landsberger Straße berichtet im zweiten Teil über das weitere Schicksal ihrer Töchter Betti und Emmi und des eigensinnigen Schwiegersohnes. Sie erzählt von dem Krach mit der Bergfeldten und den Abenteuern des verwöhnten Eduard, beschreibt den Weihnachtsmarkt vor dem Schloß, die Regatta in Grünau und eine Kutschpartie in den Grunewald. Berlin ist mehr als eine Kulisse für dieses Buch, in dem mit vielen liebevollen Details Altberliner Atmosphäre eingefangen ist.

DER AUTOR:

Julius Stinde (1841–1905), ein gebürtiger Holsteiner, war als Chemiker in Hamburg tätig, ehe er 1876 nach Berlin zog. Vor seiner Übersiedlung hatte er sich bereits als Mundartdramatiker hervorgetan. Stindes Naturell kam dem seiner Wahlheimat sehr entgegen, und so gelang ihm mit seiner *Familie Buchholz* eine treffende, liebenswürdige Charakterzeichnung des Berliner Kleinbürgertums. Die Heldin des Romans eroberte die Herzen der Leser im Sturm. Es folgten 1885 *Der Familie Buchholz zweiter Teil* und 1886 *Frau Wilhelmine Buchholz*.

Julius Stinde

Der Familie Buchholz zweiter Teil

ein Ullstein Buch

ein Ullstein Buch
Nr. 22223
im Verlag Ullstein GmbH,
Frankfurt/M – Berlin

Textbearbeitung von
Angelika Reichmuth
Neuausgabe nach der 7. Auflage 1885
Illustriert von Jürgen B. Wolff

Umschlagentwurf:
Elżbieta Woźniewska-Krüger
unter Verwendung eines
Farbholzschnitts nach der
Zeichnung *Das Festdiner* von
St. Rejchan, um 1900
Archiv für Kunst und Geschichte, Berlin

Taschenbuchausgabe mit freundlicher
Genehmigung des arani-Verlags, Berlin

Printed in Germany 1990
Druck und Verarbeitung:
Presse-Druck Augsburg
ISBN 3 548 22223 4

Februar 1990

Vom selben Autor
in der Reihe
der Ullstein Bücher:

Die Familie Buchholz (22145)

CIP-Titelaufnahme der
Deutschen Bibliothek

Stinde, Julius:
[Die Familie Buchholz]
Der Familie Buchholz . . . Teil /
Julius Stinde. – Frankfurt/M ;
Berlin : Ullstein.
2. – Neuausg. nach d. 7. Aufl. 1885 /
Textbearb. von Angelika Reichmuth. –
1990
(Ullstein-Buch ; Nr. 22223)
ISBN 3-548-22223-4

NE: Reichmuth, Angelika [Bearb.] ; GT

Erziehungspläne

Solange meine Tochter Emmi noch nicht verheiratet war, glaubte ich, sie würde mit demjenigen Manne glücklich werden, der ihr in meinen Augen von der Vorsehung ausgesucht worden war, jetzt aber bin ich zur gegenteiligen Ansicht gekommen und kann nur annehmen, daß das menschliche Leben ebenso verschieden blüht wie die Balsaminen, die man in einen Topf sät. Man meint, es kommen lauter gefüllte, rosenrote zum Vorschein, allein wenn sie endlich soweit sind, haben einige ganz ordinäre violette Blüten, andere sind rot, aber einfach, und höchstens zwei bis drei blühen so, wie es im Gartenkatalog beschrieben steht. Manche laufen gar nicht auf, oder wenn sie es tun, lassen sie die Knospen vor dem Aufbrechen fallen.

Oder ist das Glück nicht so groß, daß sich jeder ein Stück davon herunterschneiden kann, wie ich und mein guter Karl getan haben? Warum sind wir denn glücklich und zufrieden? Weil mein Karl seine Schwiegermutter ganz gewiß im höchsten Grade verehrt haben würde, wenn sie nicht schon vor unserer Verheiratung gestorben wäre. Schwören möchte ich darauf, daß Karl ganz anders gegen sie gewesen wäre, als sich der Doktor gegen mich benimmt. Ich kann ja nicht darüber klagen, daß er mit Höflichkeit und Umgangsformen an mir sparsam ist, aber je zuvorkommender er sich anläßt, um so verdächtiger erscheint er, denn wer sich entschuldigt, klagt sich an, wie gebildete Leute zu sagen pflegen. Wenn er es aufrichtig mit mir meinte, dann hätte er seine Köchin auf der Stelle fortgejagt, als sie sich nicht nur impertinent, sondern sogar schnöde gegen mich benahm. Eine Schwiegermutter hat in der Küche ihrer kürzlich verheirateten Tochter ganz dieselben Rechte wie diese, zumal wenn die junge Gattin noch unerfahren ist und es sich darum handelt, bei der ersten Gesellschaft wenn auch gerade nicht das Erstaunen der Gäste, so doch ihre Achtung vor den häuslichen Leistungen hervorzurufen. Wird man hierin jedoch von der Köchin gehindert, die sich vor den Herd stellt und die leibliche Mutter ihrer Herrschaft mit unkultivierten Redensarten zwingt, sich rückwärts aus dem Lokal zu konzentrieren, so ist es die heilige Pflicht des Schwiegersohns, sofort selbst einen Schutzmann zu holen und die infame Person mit der größtmöglichen Plötzlichkeit einspunden zu lassen. Da der Doktor das nicht tut, weiß ich, was ich von seinen Höflichkeiten und Zuvorkömmlichkeiten zu halten habe: sie sind das eherne Schild des Erbfeindes, mit dem er mich abwehren will, damit ich nicht die Gelegenheit finde, ihm einmal gründlich die Wahrheit zu sagen. Aber es wird ihm nichts nützen, die Gelegenheiten kommen so sicher wie das Einmaleins. Dann werden wir ja sehen.

Ich hatte mir vorgenommen, nie wieder über die Schwelle zu treten, jenseits welcher man mich so unangebracht behandelt hat, aber ehe die Buchholzen sich von einer Küchenfee

verdrängen läßt, muß es noch ganz anders kommen, so leicht gibt man seine angeborenen Privilegien nicht auf. Natürlich ist die Köchin für mich Luft, wenn ich dort bin. Keinen Blick habe ich für sie, keinen guten Tag, kein herablassendes Lächeln, in eisige Verachtung gewickelt wie in ein nasses Badelaken, schreite ich an ihr vorüber. Aber aus lauter Dickfelligkeit kündigt sie nicht.

Emmi freut sich stets außerordentlich, wenn ich des Nachmittags zum Kaffee bei ihr vorspreche. Er ist dann auf der Praxis, und wir können ungestört über dies und jenes verhandeln, wofür die Männer kein Verständnis haben. Was mich wundert, ist, daß das Kind sich so gut in die Doktorin gefunden hat. Sie schreibt die Patienten auf, zu denen er kommen soll, und nimmt großen Anteil an seinen Kranken, ja sie läßt es sich nicht nehmen, hin und wieder eine kräftige Suppe zu kochen, wenn irgendwo die Not groß ist und der Kochlöffel besser hilft als der Arzneilöffel. Nur donnerstags, wenn er in seine Medizinische Gesellschaft geht, um bis nach Mitternacht Skat zu trommeln, dann fühlt sie sich einsam und verlassen. – »Kind«, sagte ich, »dies Elend mußt du leider wohl bis an dein Ende tragen, aber du kannst immer noch zufrieden sein, denn es gibt bedeutend rücksichtslosere Männer, die nur drei Sinne haben wie die Bären, nämlich Fressen, Brummen und Schlafen. Du hättest von Anfang an die Donnerstagsaushäusigkeit nicht dulden sollen. Jetzt, fürchte ich, wird es zu spät sein, ihn zu erziehen.«

»Wenn ich nur nicht gar so allein wäre«, entgegnete Emmi, »du hast keine Ahnung davon, wie öde die Stunden sind, wenn ich auf ihn laure.« – »Bleibst du denn aufsitzen?« – »Nein, das will Franz nicht haben.« – »Also er schickt dich zu Bett? Kannst du denn unentwegt schlafen, wenn er sich mit seinen Bundesbierbrüdern die Nacht um die Ohren schlägt? Ich wäre nicht fähig dazu.« – »Mama, was hast du eigentlich gegen Franz?« – »Ich? Durchaus nichts, bis auf die Donnerstagsabende und die Köchin.« – »Laß doch die Vergangenheit ruhen. Was Franz anbelangt, so hat er sich gleich von vornherein den Donnerstagabend ausbedungen, und ich habe ja dazu gesagt.« – »Wenn du glücklich dabei bist, soll mir es auch recht sein, denn du mußt am besten wissen, was deine Nerven vertragen können«, erwiderte ich. »Aber was rede ich mir den Mund fusselig, du willst ja nicht sehen und nicht hören.« –

Emmi schwieg. Dann fragte sie: »Was ist es denn Böses, wenn er einen Abend in der Woche mit seinen Freunden zubringt? Ich kann ihn doch nicht vergolden lassen und in Watte packen?« – »Ist dies ein Ton, in dem du zu mir sprechen darfst?« entgegnete ich. – »Mama, ich bin jetzt eine verheiratete Frau und habe keinem anderen Menschen Rechenschaft zu geben als meinem Manne. Du weißt, ich habe dich lieb, aber es macht mir kein Vergnügen, wenn du mich immer noch wie einen Backfisch behandelst.« – »Willst du denn nicht verstehen, wie gut ich es mit dir meine?« rief ich. »Glaubst du, ich merkte es dir nicht an, daß du nicht so glücklich bist, wie du sein solltest? Du freust dich wohl gar auf die Donnerstage?«

Sie schüttelte den Kopf fast unmerklich, aber ich sah es doch. Nach einer Weile lächelte sie wieder und sagte: »Ich werde einen kleinen Hund anschaffen, der kann mir Gesellschaft leisten.« –

Als ich hierauf etwas erwidern wollte, kam Besuch. Es war die kleine Assessorin Lehmann, mit der Emmi sich recht befreundet hat, und auch ich muß sagen, daß sie mir ganz gut gefällt, wenn sie auch mehr dem Spillerigen zuneigt. So neben meiner Emmi kann sie nicht aufkommen, die sich über alle Begriffe herausgemustert hat und mit ihrem vollen, runden Arm geradezu Staat machen kann, aber die Assessorin ist sehr heiter, und wenn sie Fremden gegenüber ihre Befangenheit überwunden hat, steht ihr alles reizend. Was man für gewöhnlich hübsch nennt, ist sie jedoch wohl nie gewesen.

Die Assessorin war nicht einverstanden, als sie hörte, daß Emmi sich einen Hund zulegen wollte. »Ich rate Ihnen ab«, sagte sie, »so ein junger Köter knabbert alles an und gerade die neuen Sachen zuerst. Wir hatten auch einen, der ruinierte in kaum acht Tagen zwei Paar gestickte Morgenschuhe und einen frisch geschenkten Fußteppich, und wenn er des Nachts allein auf dem Flur liegen sollte, bekam er Heimweh und jaulte. Dann mußte mein Mann aufstehen und ihm mit dem Ausklopfrohr einen anderen Takt beibringen.« – »Das arme Tier«, rief Emmi. – »Wenn es sich laut und heulend beträgt, muß es erzogen werden«, schaltete ich ein, »denn was der Mensch braucht, muß er haben. Ward er denn schließlich gesittet?« fragte ich weiter. – »Wir hatten später noch manchen Spaß mit ihm«, antwortete die Assessorin, «aber als ich meinen Ältesten bekam, schafften wir ihn ab. Es soll ja nicht gut sein, wenn Kinder und Hunde viel miteinander spielen, da sie Veranlassung zu Krankheiten geben. Fragen Sie nur Ihren Mann einmal danach, Frau Doktorin, der muß es ja wissen.« – »Es wird wohl nicht so gefährlich sein«, sagte Emmi kurz, der die Unterhaltung nicht angenehm zu sein schien. – »Ich denke, du gibst die Idee mit dem Hunde auf«, sagte ich besänftigend. »Dir zu Gefallen bleibt dein Mann gewiß gern einige Male zu Hause, oder Betti kommt zu dir, oder du kommst zu uns, wenn es dir alleine zu langstiezig wird.« – Emmi schien zu überlegen, und deshalb hielt ich es für gut, ihr nicht weiter zuzusetzen, sondern wandte mich an die Assessorin mit der Frage: »Ist Ihr Herr Gemahl des Abends auch viel aus?« – »Je nachdem«, antwortete sie. »Er hat seine Klubs und Vereine, von denen er sich nicht abhalten läßt.« – »Müssen Sie auch lange auf ihn warten?« – »Früher war ich so dumm, sah alle fünf Minuten nach der Uhr und fing schließlich an zu weinen, wenn es spät wurde, nun aber hab' ich keine Zeit zum Wachen, die Kinder werden schon früh am Morgen munter, und die sind meine ganze kleine Welt und meine Unterhaltung. Ein Mann will auch einmal etwas anderes besprechen als Hausstandssorgen, und dazu hat er seine Abende außerhalb.«

»Als ich jünger war«, entgegnete ich, »ging man nicht so viel ins Wirtshaus wie heutzutage, aber jetzt, wo sie die Lokale mit einem Luxus ausstatten, der dem Mittelstand zu hoch hängt, werden die Männer in der unerhörtesten Weise verwöhnt und finden es nachher zwischen ihren eigenen einfachen vier Pfählen nicht mehr gemütlich. Deshalb muß man verhindern, daß sie überhaupt viel ausgehen. Wenn jedoch, dann nur mit ihren Frauen.« – »Und die kleinen Kinder mit dem Mädchen zu Hause lassen?« warf die Assessorin ein, »dafür bin ich durchaus nicht. Auf die Dauer ist kein Verlaß auf die Mädchen. Wenn sie wissen, daß ihre Herrschaft jeden Abend außer dem Hause ist, nehmen sie Besuch an von Gott weiß wem oder schließen das Haus zu und gehen promenieren.«

»Haben Sie schon derartiges erlebt?« fragte ich. – »O ja«, erwiderte die Assessorin lachend, »eines Abends, als wir ausnahmsweise früh von einer Gesellschaft zurückkehrten, fing mein Mann sogar einen Maikäfer in der Küche.« – »Einen Maikäfer?« rief ich erstaunt. – »Nun freilich, so heißen doch die Gardefüseliere aus der Chausseestraßenkaserne.« – »Davon könnte ich auch ein Erlebnis erzählen«, platzte ich heraus. – »Du, Mama?« fragte Emmi. – »Ich? … O nein … durchaus nicht.« – Ich fühlte, daß ich bis an die Ohren rot wurde, aber die Geschichte von dem Krieger, der mich statt der Jette in der Speisekammer überfiel, konnte und durfte ich Emmi nicht erzählen. Hätte der Doktor von ihr erfahren, wie ich ihm damals die Gelegenheit geben wollte, sich zu erklären ... jedes Ansehen bei ihm wäre hingewesen. Ich sammelte mich daher und sagte mit gewaltsamer Gelassenheit: »Wie es eigentlich war, habe ich schon wieder vergessen. Übrigens passierte mir die Geschichte nicht, sondern einer Freundin, und es ist außerdem gar nicht einmal interessant.« – Dunkle Stellen im Menschenleben sind wie Rußflecke vom Schornstein, sie fressen sich immer wieder durch die Wand. Die Assessorin, welche jedoch gottlob redelustig geworden war, fing wieder an: »Und dabei der Aufwand, den sie machen, man sollte es nicht für möglich halten.«

»Wem sagen Sie das, liebe Frau Assessorin?« entgegnete ich rasch, »wenn jemand über Mädchen Erfahrung hat, so bin ich es. Sie werden ja von Jahr zu Jahr großartiger, ohne einen Umhang von Gerson tun sie es nicht mehr, und woher sie das Kleingeld dazu nehmen, das weiß man, das sind angeblich die Trinkgelder. Voriges Jahr waren die Spargel lächerlich billig, aber wenn ich meine einkaufen ließ, dann galt die Mandel immer fünf Pfennig mehr, und ich kann nicht behaupten, daß die Stangen dicker waren, als wenn ich selber ging. Wenn man die Augen nicht gewaltsam zudrückte, würde man die Schutzleute wohl nicht aus dem Hause los.«

»Ehrlich ist meine«, sagte die Assessorin, »und ich könnte sehr mit ihr zufrieden sein, wenn sie nicht so schrecklich kiesetig wäre. Mein Mann ißt so gerne Zusammengekochtes, wie Hammelfleisch und Wirsing oder Rüben, wenn die ersten kommen, aber das Mädchen läßt es stehen, weil sie so etwas von ihrem elterlichen Hause her nicht gewöhnt ist, obgleich das doch nur kleine Handwerker in Rixdorf waren!« – »Es will heute eben alles über seinen Stand hinaus«, stimmte ich der Assessorin bei, »und wenn eine noch dient, tut sie es nur aus Gnade und bedauert im stillen, daß sie keine Klaviermamsell oder so herum geworden ist. Meine Waschfrau hat eine Tochter, die Fortepiano lernt, und in derselben Zeit, wenn das Fräulein eine Reverie herunterübt, hat die Mutter drei Hemden durchgewaschen. Dabei können die Leute nicht vor Hunger in den Schlaf kommen.« – »Ein Glück, daß sie in Rixdorf noch kein Konservatorium haben«, sagte die Assessorin, »denn sonst würde meine wohl auch musikalisch sein. Das Romanlesen habe ich ihr verboten. Denken Sie sich nur, sie war ordentlich auf einen Kolportageroman abonniert, wofür sie vierzig Pfennig die Woche bezahlen mußte. Das sind im Jahr über zwanzig Mark.« – »Soviel geben ja selbst Grafen und Barone nicht für Bücher aus«, rief ich entrüstet. – »Und wie abscheulich der Roman war, davon machen Sie sich keinen Begriff. Gleich im ersten Kapitel ward einem Findelkinde ungelöschter Kalk auf die Augen gestreut, um es blind zu beizen, und dann nichts als Mord und Totschlag und sämtliche Greuel der Welt. Mein Mann sagt, daß solche Lektüre die Moral tief schädigt.« – »Und Zusammengekochtes ist ihr nicht gut genug«, fügte ich hinzu. »Liest deine auch?« fragte ich Emmi, die ziemlich teilnahmslos zugehört hatte und mit ihren Gedanken anderwärts war. Es mußte ihr irgendeine Sorge im Gemüt sitzen, wie ein Splitter, den man sich in den Finger gerannt hat und der gerade anfängt, sich zu verfüllen und zu puckern. – »Ich kann nicht über meine klagen«, antwortete sie abweisend. »Solange sie das Essen bereitet, wie Franz es einmal am liebsten hat, und ihre Arbeit tut, habe ich keinen Grund, sie schlechtzumachen.« – »O nein«, erwiderte ich verletzt, »deine ist ja das Muster aller Vollkommenheiten. Nimm es nur nicht übel, daß wir über ein so gewöhnliches Kapitel gesprochen haben.« – »Ich weiß auch nicht, wie wir auf dies Thema geraten sind«, sagte die kleine

Assessorin verlegen. – »Es kam von dem Hund her«, bemerkte ich, »Emmi selbst ist schuld daran.«

Die Assessorin erhob sich und sagte: »Nicht böse sein, liebe Frau Doktorin.« – Emmi entgegnete: »Ich finde allerdings kein großes Vergnügen an den Femegerichten über die Dienstboten.« – Die Assessorin lachte. »Das nächste Mal sprechen wir vom Wetter«, erwiderte sie neckisch, »oder noch besser, ich bringe meinen Jungen mit, den kleinen Hanswurst, der gibt uns Stoff genug. Oder legen Sie sich einen Kanarienvogel zu, der macht das ganze Haus fidel. Aber vorher sehe ich Sie einmal gemütlich bei uns.« – Es wurde Abschied genommen, und die Assessorin ging.

»Was hast du, Emmi?« fragte ich, als sie weg war. – »Immer renommiert sie mit ihren Kindern«, antwortete Emmi ärgerlich. »Warum mußtest du ihr auch von dem Hund erzählen?« – »Du hattest mir nicht verboten, darüber zu sprechen.« – »Du hättest wissen müssen, daß es mir unangenehm war. Was geht es andere Leute an, wenn mir das Alleinsein mitunter zuviel wird?«

»Dein Mann muß dir den Donnerstag opfern«, entgegnete ich entschlossen. »Übrigens kannst du ja mit ihm ausmachen, daß du den Abend bei uns zubringst, wenn er seinem Vergnügen nachgeht. Zum nächsten Donnerstag bitte ich euch beide zu Pellkartoffeln und Hering, wo er ja sehr hinterher ist; den Donnerstag darauf laden Lehmanns euch ein, und so immer weiter, bis er seine wüsten Gewohnheiten verliert. Er muß sanft und unmerklich an die Familie gekettet werden. Sollte das vergebens sein, dann rückst du abends einmal auf deine eigene Hand aus.«

Sie schüttelte bedächtig mit dem Kopfe. – »Überlege dir's«, sagte ich. »Wenn er jetzt nicht nachgibt, wird er es nie, und das bißchen Glück, was ihr vom Leben haben sollt, geht heidi!« – Emmi seufzte tief auf. – »Du wirst dich noch besinnen«, sagte ich und machte der Visite ebenfalls ein Ende.

Am Abend teilte ich meinem Karl mit, daß Doktors nächsten Donnerstag bei uns sein würden. »Aber wundere dich nicht, wenn die Heringe unzerschnitten auf den Tisch kommen«, sagte ich. – »Was soll denn die neue Mode?« fragte mein Karl befremdet. – »Diese Heringe sind feine innere Politik«, erwiderte ich. »Im ganzgebliebenen Zustande kann der Doktor sich nicht die Mittelstücke alle heraussuchen, wie er neulich tat, sondern muß den Schwanz und Kopf ebenso gut mit vertilgen wie wir anderen.« – »Wenn er aber die Mittelstücke gern ißt? Du gönnst deinen Mitmenschen sonst doch immer das Beste.« – »Karl, ich gönne es ihm mit Wonne, hier aber handelt es sich um Erziehung. Für bloß Mittelstücke ist er noch lange nicht bejahrt genug.«

Das Preßfest

Seitdem die Literatur ein Fach geworden ist, was sie früher bekanntlich nicht war, da sie in den seltensten Fällen etwas abwarf und nur nebenbei getrieben wurde, hat sich manches zu ihren Gunsten geändert. Es ist in der Tat keine Schande mehr, ihr anzugehören, und was nun die Presse ist, so sagt sie ja selbst, daß sie die siebente Großmacht sei, wenn ich auch eingestehen muß, daß mir noch nie ein Redakteur mit der Krone auf dem Kopfe begegnet ist. Hat man jedoch zuweilen persönlich mit einem Redakteur zu tun, so macht er einen sehr liberalen Eindruck und ist gegen jedes Herrscherprinzip, außer, daß sein Blatt allein zu sagen haben soll. Ohne die Schnellpresse benimmt er sich jedoch wie andere Sterbliche und ist in der freien Zeit für das Amüsement.

Aus diesem Grunde wurde zum Preßball eingeladen, und da ein Fest um so hervorragender ausfällt, je zahlreicher die Teilnehmer sind, wurden auch Billette für Nichtfachleute in den Handel gebracht. Die siebente Großmacht gab gewissermaßen ihren Hofball, und es wäre oppositionell gewesen, zu fehlen. Überdies hatte ich den Wintergarten mit seinen tropischen Gewächsen nur während eines Konzertes besucht und die Säle nebenan noch gar nicht gesehen. Ich war daher gespannt, wie die Lokalitäten sich bei festlicher Gelegenheit ausnehmen würden. Es war enorm! Von oben das elektrische Licht und die Rosengirlanden, von zwei Seiten Musik und auf dem künstlichen Parkettfußboden eine Ballgesellschaft, die geradezu graziös genannt werden mußte, das heißt, was die Damen anbetrifft, während die Außenseite der Herren sich nur durch die weiße Binde unterscheidet, welche verschieden geformt, von verschiedenem Stoff und verschiedenem Sitz ist. Der Geist tritt auf Bällen vor der Tanzfertigkeit zurück, so daß ein beiniger Sekondeleutnant einen Ministerialrat schlägt, dem die Würde seiner Stellung in die Kniekehlen gefahren ist.

Dies waren meine ersten Gedanken, als ich mit Onkel Fritz die Festsäle betrat. Mein Karl wollte nicht mittun, soviel ich ihn auch bat, da er sich einredete, den schriftstellerischen Kreisen fernzustehen. »Karl«, sagte ich, »liest du nicht jeden Morgen deine Zeitung, kannst du ohne sie existieren? Hast du nicht das Verlangen, die Herren von Angesicht zu Angesicht zu sehen, welche dich täglich mit geistiger Nahrung versorgen? Du kannst dir ja die Abonnementsquittung ins Knopfloch stecken, um zu zeigen, daß du auch zur Presse gehörst, und zwar als lesender Teil.«

Es war jedoch nicht möglich, ihn zu überreden. Mein Karl hatte noch einen zweiten Grund, weshalb er den Preßball ausschlug, nämlich ein Fäßchen auswärtiges Bier, das sein Freund Modrow an demselben Abend zum besten gab. Da mir aber daran lag, den Ball der Presse mitzumachen, so ging ich Onkel Fritz um seine Begleitung an, der auch gleich zusagte, indem er meinte, da ich mit zum Fach gehörte, könnte er es wagen. Auch verspräche er sich viel Vergnügen, wenn ich ihn nicht fortwährend maßregeln wollte, wie meinen Karl. Um ihn nicht kopfscheu zu machen, behielt ich die passende Antwort diesmal für mich, zumal er immer noch an heimlichem Herzenskummer leidet.

Als ich ihm bei Gelegenheit zu verstehen gab, daß ich mir nichts Unergiebigeres denken könnte, als wenn der Gegenstand der Neigung unnahbar wäre, sagte er: »Du irrst, Wilhelmine, briefliche Liebe hat auch ihre Leuchtseiten«, woraus mir sofort kund ward, wie fest entschlossen er ist, die Erika zu nehmen. Die Großmutter gibt sie ihm aber nicht.

Als wir ankamen, war das Tanzvergnügen bereits im Gange; mir wurde fast beklommen, als ich so viele Gäste versammelt sah, lauter fremde Gesichter, von denen man nicht wissen konnte, wie berühmt sie waren.

Da erblickte ich denn zum Glück Herrn Kleines, der einem gefälschten Gesandtschaftsattaché glich und den ich mir sofort langte. »Kennen Sie die Koryphäen?« fragte ich ihn. — »Sämtliche«, antwortete er. — »Dann stellen Sie mich denselben vor«, verlangte ich. Da er begriff, daß ich ihn nicht freilassen würde, gab er mir seinen Arm und lotste mich durch das Gewoge.

Er kannte in der Tat viele von den Kapazitäten, aber es schien mir doch, als wenn sie sich seiner nicht mit gleicher Genauigkeit erinnerten. Er fragte, ob ich schon mein Autographenalbum in Empfang genommen hätte. Als ich dies verneinte, führte er mich zu einem türkisch-arabischen Zelt aus echten persischen Teppichen, in dem ein Herr stand, der jeder Dame ein Büchlein überreichte, in das die Kapazitäten etwas Geistiges niedergelegt hatten, damit sie auf dem Feste unbehelligt blieben und sich ganz dem Vergnügen hingeben konnten. Es muß ja auch sehr peinlich sein, wenn einer Kapazität auf dem Balle zugemutet wird, aus heiler Haut geistreich zu sein. Ein Herr vom Komitee hatte die Verteilung der literarisch-poetischen Liebesgabe übernommen, was um so mühevoller war, als er bei jedem Exemplar zeigen mußte, wie es aufgemacht wurde. Man mußte nämlich den Deckel seitlich wegschieben, wenn man zu dem Inhalt gelangen wollte, was neu und überraschend war. Wer aber versuchte, den Deckel wie gewöhnlich aufzuklappen, der hatte das Buch gleich kaputt, was nicht minder überraschte. Wenn alle Bücher so eingerichtet würden, könnte der Buchhandel einen ungeahnten Aufschwung nehmen, und da es die Aufgabe der Presse ist, für fortschreitende Entwicklung zu sorgen, so kann man diese Neuerung nur loben.

Wie es sich gehörte, traf ich auch den Dr. Stinde, der erfreut war, mich einmal wiederzusehen. Wir setzten uns seitwärts unter die Zweige der Orangenbäume, an welchen in sehr schlauer Manier richtige Apfelsinen mit Draht befestigt waren, die uns lebhaft an Italien erinnerten. »Es ist hier doch gefahrloser als auf dem Vesuv«, begann ich das Gespräch, auf das er sogleich einging, und so schwelgten wir denn in köstlichen Rückerinnerungen. Nur wenn jemand Bedeutendes vorbeiging, erklärte er mir, wer es sei, was er mit der Feder fertigbrächte und worin seine Spezialität läge. »Ist das auch eine Spezialität«, fragte ich, als ich einen Herrn mit einem ausdrucksvollen Zwicker auf der kühn geschwungenen Nase erblickte. — »Wie? Kennen Sie Paul Lindau nicht?« — »Den hätte ich mir anders gedacht«, erwiderte ich, »er sieht ja viel interessanter aus, als er schreibt. Namentlich den leidenden Zug um den Mund hätte ich ihm nicht zugetraut.« — »Den werden ihm wohl die Kritiker beigebracht haben.« — »Vergreifen die sich an einem so außerordentlichen Verfasser?« — »Kritiker vergreifen sich an allem; aber er hat es ihnen ja selbst gezeigt, wie es gemacht wird.« — »Darüber bitte ich um Aufklärung.« — »Sehen Sie,

verehrte Frau Buchholz«, begann der Doktor nach einer Weile, »es verhält sich mit den Dichtern wie mit den Vögeln im Walde: jeder singt seine Weise, so gut er kann, und wie nicht jeder Vogel eine Nachtigall ist, sind auch nicht alle Dichter Schiller und Goethe. Was tut es, wenn ihr Sang kein Meistersang ist? Da kam denn nun Lindau und griff sich bald diesen, bald jenen Sänger, rupfte ihm erbarmungslos die Federn aus und ließ ihn unter Spottgelächter vor aller Welt nackt und bloß davonhüpfen.«

»Das ist ja Tierquälerei!« rief ich empört aus. — »O nein, es sind nur Dichter, mit denen so umgegangen wird, damit die Gesellschaft den Geist und Witz bewundert, und weil niemand das heimliche Weinen der Verhöhnten hörte, klatschte das Publikum Paulchens Späßen Beifall.« — »Und diese Manier zu spaßen haben die andern von ihm gelernt?« — »Mit großem Verständnis sogar, einige bildeten sich ausschließlich zu literarischen Neuntötern aus.« — »Ganz ungeniert?« — »Je ungenierter, um so besser, aber als nun Lindau auch anfing zu sinnen und zu schaffen, als er, wie die anderen Vögel im Walde, sein Lied begann, da haben sie ihm die buntesten Federn aus dem Bürzel gerissen, und so weh das auch tat, mußte er doch den Vergnügtgleichgültigen herauskehren, um sich nichts zu vergeben. Können Sie sich jetzt den schwermütigen Zug um seinen Mund erklären? Sie wissen doch: wenn jemand verdrießlich wird, läßt er zuerst die Lippe hängen.« — »Wie meine Betti mitunter«, bestätigte ich, und da ein Preßball vornehmlich die geeignetste Szenerie bietet, auf die Literatur zu kommen, fuhr ich fort: »Betti ist talentvoll, aber sie hat das Dichten noch nicht so recht heraus. Wenn ich einen Fachmann wüßte, der sie anleitete, so könnte vielleicht etwas aus ihr werden. Das Rupfen wollte ich Paulchen schon versalzen.« — »Daran zweifle ich keinen Augenblick«, entgegnete der Doktor lächelnd. »Übrigens begegnete ich vorhin einem Herrn vom ›Allgemeinen deutschen Reimverein‹, möglicherweise entspricht der Ihren Wünschen?« — »Er braucht nur die Anfangsgründe erteilen und später etwas nachhelfen; mehr ist doch wohl bei Kunst und Wissenschaft nicht nötig?« — »Für Damen völlig ausreichend«, sagte der Doktor, »das Fehlende ersetzt die Begabung.« — »Sie haben die Wahrheit auf den Kopf getroffen, Herr Doktor«, gab ich beifällig zur Antwort und fragte weiter: »Würde es vielleicht gelingen, den Herrn aufzufinden?« —

Wir machten uns auf die Suche, und richtig entdeckten wir ihn gegen einen Palmenstamm gelehnt, das blonde Lockenhaupt nachdenklich auf den linken Arm gestützt, dessen Hand die Wand malerisch berührte. In der Linken hielt er ein rotsamtenes Notizbuch. Seine Krawatte war nicht weiß, sondern maigrün. So ungefähr hatte ich mir lebende Dichter stets gedacht. Der Doktor stellte uns gegenseitig vor: »Feodor Wichmann-Leuenfels ... Frau Wilhelmine Buchholz.« — »Sehr angenehm«, sagte ich. — »Sie dichteten wohl gerade?« fragte der Doktor und deutete auf das Büchelchen. — »Sie haben es erraten«, erwiderte Herr Feodor Wichmann-Leuenfels, »ich glaube, mir sind soeben einige Verse vorzüglich gelungen; urteilen Sie selber.« — »Jetzt nicht«, sagte der Doktor abwehrend, »aber wenn Sie Ihre Dichtungen im Hause Buchholz gelegentlich vorlesen wollten ...« — »Darum möchte ich gebeten haben«, unterbrach ich den Doktor und nannte dem jungen Manne unsere Adresse mit der Bitte um seinen Besuch. Als er zugesagt hatte, zog der Doktor mich gewaltsam fort. — »Sind Sie kein Freund von Poesien?« fragte ich. — »Alles zu seiner Zeit«, versetzte er. »Am liebsten lese ich Verse allein für mich. Finde ich in einem Gedichtbuche unter vieler Spreu ein einziges Korn, bin ich hoch erfreut, weil ich weiß, daß das Mittelmäßige vergessen wird, das Wertvolle dagegen bleibt. Hat die Zeit es geläutert, dann schließt es das Volk in seine Schatzkammer ein, in sein Herz.« – »Hat das Volk denn so viel Verständnis?« fragte ich. »Nein«, war die Antwort, »aber Gefühl. Das sogenannte Verständnis ist gerade der Freibrief, auf den hin die Kritik Unfug treibt. Nicht der Verstand schafft Kunstwerke, sondern die Empfindung; sie ist es, der wir das Herrlichste verdanken. Daher kommt es mir stets vor, wenn der Verstand den unerklärlichen Zauber der Poesie seinem vermeintlich unfehlbaren Urteil unterzieht, als wollte jemand den Duft der Blumen mit der Elle messen. Noch bis heute hat kein Philosoph ergrübeln können, was eigentlich das Schöne sei.« – »Gibt es etwas Einfacheres?« rief ich. »Das Schöne ist eben alles, was schön ist. Das kann ja ein Blinder mit dem Stock fühlen.« – »Sie haben gewiß Hartmanns Philosophie des Unbewußten studiert?« fragte der Doktor. – »Wo denken Sie hin, einer praktischen Frau fehlt zum Studieren die Zeit. Trotzdem aber habe ich Sinn für das Schöne, denn es gefällt mir stets besser als das Häßliche.«

Nun begann der ideale Teil des Festes. Die Bühne war, wie mir ein archäologischer Feuilletonist erklärte, genau nach antikem Muster eingerichtet, nur mit einem Vorhang, einem Bettschirm und einem Bechsteinschen Flügel. Eine Dame vom Theater deklamierte. Sie hatte ihr Gedicht hinten auf dem Fächer befestigt, weil die alten Griechen auch keinen Souffleur hatten, und sprach seelenvoll. Ich verstand leider kein Wort, weil die Akustik im Wintergarten verworren ist und ich ziemlich weit von der Arena entfernt war, aber der Ton dieser Stimme rührte mich tief. Es ist ja auch ganz einerlei, was gemimt wird, wenn es den Zuhörer nur erschüttert, namentlich auf einem Ballfest.

Beim Essen machte ich die Bekanntschaft mit einer Kollegin, und zwar mit der Vely, welche so hinreißende Romane schreibt. »Velychen«, fragte ich sie, »wie kommen Sie zu all den Kenntnissen, das menschliche Dasein hat für Sie ja kaum eine Verborgenheit?« — »Liebe Buchholzen«, antwortete sie offen, »ich schreibe mit Leonhardis Alizarintinte, die legt den Flügeln des Geistes keinen Hemmschuh an!« — Ich nahm mir vor, gleich am nächsten Tage dieselbe Tinte anzuschaffen, denn ich bin keine von denen, die sich guten Rat ungesagt sein lassen, und manchmal liegt ja sehr viel an unbeachteten Kleinigkeiten. Wir unterhielten uns noch sehr lange und kamen überein, daß das Fest unvergleichlich sei.

Das war es in der Tat, und wenn nach und nach auch die Apfelsinen von den Orangenbäumen verschwanden, so hoch Menschenhände, ohne aufzusteigen, anreichen: Die Koryphäen blieben noch. Man war mit Berühmtheiten zusammen, die wir in der Landsberger Straße nicht einmal abgemalt zu sehen bekommen, und schließlich spürte ich von meiner anfänglichen Zaghaftigkeit so gut wie gar nichts mehr. Ich nahm mir sogar die Freiheit, Ernst von Wildenbruch anzureden und ihm ebenfalls die Alizarintinte zu empfehlen, weil alles, was damit geschildert würde, den Beifall der Großmacht hätte. — »Meine Gnädige«, antwortete er, »mit der nämlichen Tinte arbeite ich schon seit Jahren, ›Christoph Marlow‹ ist sogar ausschließlich damit geschrieben.« — »Dann begreife ich die Kritik nicht«, rief ich, stutzig geworden, aus. — »Mit dieser Ansicht stehen Sie nicht allein, verehrte Frau.« — »Wissen Sie was«, sagte ich, »geben Sie Ihren Trauerspielen recht lustige Schlüsse, die Großmacht hat für den Lacherfolg immer etwas übrig.« — »Die Träne nur eines Menschen, die des Dichters Wort entlockte, löscht alle kränkenden Vorwürfe der Druckerschwärze aus; sie ist der Tau, der neue Keime weckt.« — »Sie arbeiten also unbeirrt weiter?« — »Ganz recht, meine Gnädige.« — »Wo

Sie wissen, daß doch gleich über Sie hergefahren wird? Das nenne ich tapfer.« —

Leider wurde jetzt der Aufbruch ein allgemeiner, und obgleich ich für mein Leben gerne noch mit mehreren Kapazitäten geistigen Austausch gepflogen hätte, mußte ich mit Onkel Fritz die Heimreise antreten. Er hatte sich hinreichend ergötzt und meinte, der Damenflor sei großartig gewesen. — »Siehst du«, sagte ich, »wie überflüssig es ist, auswärts herumzusuchen, wo am Platz viel mehr Auswahl und Besseres geboten wird?« — »Leider waren die Verheirateten die Nettesten«, entgegnete er. — »Sind das Grundsätze?« begehrte ich auf. — »Sei so gut«, erwiderte er kurz unf pfiff sich einen Walzer. »Wie erziehungsvoll benahmen sich die übrigen Herren«, dachte ich. »Aber Brüder haben selten schwesterliches Zartgefühl.«

Mein Herz war wie gespickt mit Erlebnissen und erfüllt von den vielen Begegnungen mit hervorragenden Persönlichkeiten, daß ich meinem Karl das Wissenswerteste sofort mitzuteilen gedachte, aber er war ebensowenig munter zu kriegen wie das Dornröschen, welches soeben das erste Quartal von den hundert Jahren zu schlafen angefangen hatte. Ich rief: »Karl! Ich bin wieder da.« — Er rippte und rührte sich nicht. Ich schüttelte ihn. Das war auch zwecklos. So viel schien mir aber sicher: er mußte ein besonders schädliches Gift getrunken haben, denn so angeäthert war er noch nie gewesen. Wie er wohl ins Haus gekommen sein mochte! Am Ende gar ausgeraubt? — Nein, seine Uhr lag auf dem Nachttisch, und das Glas war noch heil. Aber das Portemonnaie? Es steckte mit den Schlüsseln in der Hosentasche, wo er es sonst im normalen Zustande nie läßt. »Er wird morgen sträfliches Gehirnkneifen haben«, sagte ich und untersuchte das Portemonnaie, dessen ungewohnte Dicke mir auffiel. Was war darin? Mindestens eine Handvoll Biermarken. Ich mußte wissen, was das bedeutete. »Karl«, schrie ich ihm ins Ohr, »Karl, was sollen die vielen Biermarken?« Und richtete ihn milde schüttelnd auf, so gut es gehen wollte. – »Minna ... noch einen Schnitt ... zum Abgewöhnen!« brachte er mühsam hervor und entwand sich mit einem Ruck meinen Händen, um wieder in die Kissen zu versinken. – »Warum er mich wohl Minna nennt«, sann ich nach, »das ist doch ganz gegen seine übliche Manier. Na, nur Geduld, morgen werde ich schon erfahren, was sie mit ihm aufgestellt haben. Schade ist nur, daß er kein eingehendes Verständnis für das Preßfest haben wird, das nur mit einem völlig freien Kopf und Hingebung an das Ideelle begriffen werden kann.«

Häusliche Kunst

Wir hatten die billige Möbelausstellung in dem früheren Hygiene-Glaskäfig besucht, und da die Preiswürdigkeit der einzelnen Gegenstände bei wirklich bestehender Gediegenheit erstaunlich war, erwarben wir einen Spind, um den alten Kleiderspeicher, den wir auf dem Flur zu stehen hatten, endlich zu beseitigen. Die untersten Kasten gingen ja nie auf, wenn man schnell etwas herausnehmen wollte, und der Wurm war auch darin.

Als wir jedoch den neuen Spind aufstellten, ergab sich, daß er kleiner war als der alte und die Wand nur unvollkommen bedeckte, weil diese Stelle früher nicht mit tapeziert worden war, denn ich erinnere mich noch recht gut, wie wir damals einen Rest nahmen, den der Tapetenfritze uns billig abließ und der nicht ganz reichte. Da wir etwas Passendes nicht zubekommen konnten, blieb die Wand hinter dem Spind in ihrer ursprünglichen Verfassung schön blau mit Ölfarbe gestrichen. Man sah ja auch keine Spur davon.

»Nun muß der Flur wegen des neuen Möbels frisch tapeziert werden«, sagte mein Karl, »wo bleibt da der Vorteil, Wilhelmine?«

»Sei nur unbesorgt«, erwiderte ich, »du sollst schon sehen, wie intelligent wir uns zu helfen wissen.«

Er ging kopfschüttelnd ab, aber er versuchte es nicht, mir mit unterschätzenden Worten entgegen zu sein.

Dieses »wir« bezog sich nun nicht auf mich allein, sondern auf Betti und mich, denn ohne ihre Hilfe war ich nicht veranlagt, meine Idee auszuführen.

Betti hat sich nämlich auf das Malen geworfen, da ihr das Gouvernantenwerden durchaus nicht zusagt und sie doch nicht ohne eine ernstliche Beschäftigung sein mag. Was soll sie auch erst ein wissenschaftliches Examen ablegen, um die Kinder rein zu halten und ihnen das bißchen Buchstabieren beizubringen? Onkel Fritz bestärkte sie hierin, indem er behauptete: Kinder wären gräßlich, da ihre Beschäftigung nur in Schreien und Schlafen bestünde, wovon das letztere zu den Annehmlichkeiten in den Familien gehörte, aber ich sagte: »Du wirst einmal ganz anders reden, mein Junge.« Hierauf erwiderte er: »Ich bin allerdings durch unsere Vereinsbarden ziemlich abgehärtet worden, aber an Säuglingskonzerte gewöhne ich mich nie, oder ich müßte mir schon Gummiohren anschaffen.« –

Betti hatte von jeher Sinn für das Malerische. Schon als Kind schnitt sie die Figuren aus dem Modenjournal, malte sie sehr niedlich an und klebte sie in ein Schreibheft. Außerdem ist das Malen jetzt so modern bei den Damen, daß die ersten Berühmtheiten ihnen Stunde geben. Und wie wird die Malerei heutzutage bezahlt! Menzel hat kürzlich für ein einziges Bild neunzigtausend Mark bekommen, und wie Betti sagt, hat er gar nicht einmal von den kostspieligsten Farben genommen. Solche Ansprüche würden wir natürlich nicht erheben, obgleich man die Auslagen gerne wieder heraushaben möchte.

Allerdings ist Betti noch bei den ersten Anfangsgründen auf Holzsachen, aber ich kann nur sagen, daß sie sehr fleißig ist. Drei Kleiderbürsten hat sie schon bemalt, eine für mich, eine für ihren Papa und eine für Doktor Wrenzchen, alle drei verschieden mit Blumen darauf; man konnte glauben, sie wären in einem Laden gekauft, so künstlerisch vollendet nahmen sie sich aus. Wenn nur das Lackieren nachher nicht so teuer käme. Sie versuchte es anfangs allerdings selbst, aber es wollte ihr nicht recht gelingen, es kam nicht die richtige Glattheit heraus. Die kleineren Gegenstände, wie die Tellerchen, Papiermesser, Taschenbücher, Dosen und Kästchen, sind sehr nützlich zum Verschenken; es gibt in Bekannten- und Freundinnenkreisen Geburtstage genug.

Ich sagte also zu Betti: »Kind, nun kannst du dein Talent zeigen, wir wollen Vatern einmal gründlich überraschen. Da, wo die Tapete bei dem neuen Spind fehlt, malst du akkurat solches Muster hin wie das übrige. Er wird sich wundern, wenn er die Täuschung beim genauen Hinsehen vom Original unterscheidet.

Betti meinte zwar, es würde wohl zu schwierig sein, da sie noch keine Wandmalerei gehabt hat und ja erst später zu Gussow kommt, wenn sie mit den Holzsachen und hierauf mit dem Landschaftlichen durch ist, aber sie wollte es doch versuchen.

Ich freute mich schon darauf, meinen Karl zu fragen: »Na, was sagst du dazu? Und die Kosten nicht der Rede wert. Einfach nur durch häusliche Kunst.« —

Wir nahmen nun ein paar alte Sahnetöpfchen und gingen Farbe holen. Es war nicht leicht, die richtigen Nummern zu finden, aber ich eilte zurück und polkte ein Stück Tapete ab, das noch unten hinter dem Spind saß, und brachte es dem jungen Mann im Materialgeschäft. So mischte er denn die Farben ganz naturgetreu. Als Betti dies sah, bekam sie ordentlich Lust zum Malen, woran man ja auch die eigentliche Begabung erkennt. Auch die Pinsel suchte der junge Mann aus, einen großen zum Grundieren und mehrere kleine zum Ausführen. – Noch an demselben Abend zeichnete Betti das Muster auf, und am nächsten Morgen, als mein Karl ins Kontor gegangen war, machten wir unsere Arbeit. Das heißt, Betti übernahm das Künstlerische, und ich stand und sah zu, um ihr mit gutem Rat behilflich zu sein. Da sie aber sagte, daß sie es nicht könnte, wenn ich ihr auf die Finger sähe, begab ich mich in die Küche, und weil wir gerade Kaulbarsche hatten, die mein Karl mit Leidenschaft ißt, wenn sie, gut geschuppt, mit etwas Bolle und Petersilienwurzel recht kurz eingekocht sind, so hatte ich Arbeit genug, zumal Köchinnen schon allein wegen des Zurechtmachens abgeneigt gegen Kaulbarsche sind und deshalb immer lügen, es wären auf dem Markt keine gewesen.

Ehe mir jedoch die letzten durch die Hände gegangen waren, trieb mich das mütterliche Kunstinteresse, zu sehen, wie weit Betti wohl mit ihrer Freskomalerei gekommen sei. Ich fand sie in keiner anheimelnden Verfassung, denn als ich auf den Flur trat, fragte sie: »Was willst du?« – Ich merkte gleich, daß ihr was nicht paßte, denn wenn sie mit der Stimme bufft, ist sie zu zarten Umgangsformen schlecht aufgelegt, und fragte daher mit möglichster Lieblichkeit: »Nun, hast du es schon geschafft, mein Kind?«

Betti stieg von der Küchenleiter herunter, auf der sie gestanden hatte, um das Muster oben anzulegen, und prüfte die Arbeit aus perspektivischer Ferne.

»Findest du, daß es so gut wird?« fragte sie.

Was sollte ich nun antworten? Sagte ich ‚nein', so wäre Betti imstande gewesen und hätte gesagt: dann nimm du die

Farbe und die Pinsel und mache es selbst. Sagte ich ‚ja', dann wäre die Malerei so geblieben, und mein Karl hätte alle Ursache zu einem Verweise gehabt, denn was das Kind sich zurecht gemalt hatte, war nicht recht etwas.

»Betti«, sagte ich, nachdem ich das Ganze von verschiedenen Standpunkten aus mit ziemlichem Kunstverständnis betrachtet hatte, »das Muster ist sprechend ähnlich, aber die Farbe scheint mir nicht ganz zu stimmen. Kommt es dir nicht auch vor, als wenn sie um ein paar Nummern zu hell wäre?«

»Sie ist zu hell«, sagte Betti, »aber wie kann das möglich sein, da der junge Mann sie doch genau nach der Probe gemischt hat? Sollte es am Ende an dem Licht liegen? Du weißt, Mama, wie die Künstler immer klagen, daß die Beleuchtung ihre besten Gemälde verdirbt.«

Ich wollte die Möglichkeit schon zugeben, als ein höchst unangenehmer Gedanke in mir aufdämmerte. Und so, wie ich dachte, war es auch gewesen. Ich hatte nämlich die Tapetenprobe von einer Stelle genommen, wo sie von dem alten Spind bedeckt gewesen war und sich deshalb in ihrem ursprünglichen helleren Naturzustand erhalten hatte.

»Ja, Mama«, sagte Betti etwas ärgerlich nach dieser Entdeckung, »wenn du so durchaus gar nichts von der Malerei verstehst, warum mengst du dich denn hinein?«

»Oho«, entgegnete ich, »das darfst du mir nicht sagen, ich habe im Vatikan, neun Treppen hoch, die echten Raffaels gesehen und die übrigen Berühmtheiten in Öl dazu!«

»Mama«, erwiderte Betti, »hier nützt der ganze Vatikan nichts, ich muß hin und die richtigen Töne anrühren lassen.«

Betti zog ein Stück nachgedunkelter Tapete von der Wand ab und flog davon, da sie noch gerne vor Mittag mit der Arbeit fertig sein wollte, während ich meinen Gedanken nachhing. So viel war mir klargeworden: leicht ist die Kunst keinesfalls, und sie beansprucht einen tüchtigen Posten Genie.

Als Betti wiederkam, sagte sie: »Mama, so wie wir beide meinen, geht es nicht. Erst muß der Grund gemalt werden, und wenn der trocken ist, wird das Muster darauf gesetzt.«

»Woher weißt du denn das?«

»Der junge Mann in dem Farbengeschäft belehrte mich darüber; er ist früher selbst auf der Akademie gewesen.«

»Hat er denn schon bei Gussow Unterricht gehabt, daß er sich so auskennt?«

»Danach habe ich ihn nicht gefragt, aber er sagte, das Farbenverkaufen brächte mehr ein als die Kunst.«

»Das hat er dir nur vorgesohlt, um sich gewissermaßen zu entschuldigen. Bedenke doch, was dazu gehören würde, ehe Menzel für neunzigtausend Mark Ölfarbe und Fußbodenlack verkauft hätte. Er müßte ja wohl Tag und Nacht im Laden stehen. Nein, man kann den Menschen nicht so ohne weiteres glauben, sondern muß ihren Gedankengang stets nachrechnen.«

Während wir uns so unterhielten, hatte Betti das Stück Wand mit dem großen Pinsel gegründet. Da noch Farbe in dem Quast saß, versuchte ich in der Küche am Holzkasten, wie es ging; es war durchaus nicht schwer. »Betti«, rief ich erfreut, »von jetzt an brauchen wir keinen Maler mehr im Hause, wir machen alles selbst und sparen einen hübschen Groschen dabei!« –

Als mein Karl zu Tisch kam, konnte ihm die angefangene Malerei natürlich nicht verborgen bleiben, da sie im Trocknen begriffen war. Er besah sie, schüttelte den Kopf und sagte: »Wilhelmine, ich fürchte, man wird den Unterschied doch merken. Laßt das Malen lieber unterwegs und tapeziert den Flur.«

»Geld zum Fenster hinauswerfen?« entgegnete ich, »Nein,

mein Karl. Übrigens heißt es die Kunst nicht aufmuntern, wenn man sie übereilt in ihren Anfängen tadelt. Warte nur ab und dann urteile. Morgen wirst du schon einen ganz anderen Anblick genießen.« – Das war auch der Fall, aber in der entgegengesetzten Richtung, wie ich erwartet hatte. –

Woran es nun lag, weiß ich nicht, aber als Betti am nächsten Tage das Muster malte, ward die Wand immer merkwürdiger. »Betti«, sagte ich einlenkend, »ich glaube, du hast den rechten Schwung noch nicht ganz heraus, was meinst du, wenn wir die Wände ebenmäßig anstrichen? Wenn Papa auch mehr für Tapete ist, weil er uns wenig zutraut, so wird er sich doch schon zufriedengeben, wenn der Flur sich präsentiert wie ein Juwel.«

Wir schickten unser Mädchen Doris mit einem Topf, in den ungefähr für vier Wände Farbe hineinging, zu dem Materialisten und ließen noch einen recht großen Gründungspinsel für mich mitbringen. Angeregt durch die alte Stelle und weil das Frühere wieder Mode ist, hatten wir uns für Himmelblau entschieden.

Wir waren nicht schlecht fleißig. Betti nahm, auf dem Küchentisch stehend, die oberen Regionen, während ich, auf dem Fußboden kniend, das Untere strich. Wenn die Farbe alle war, tobte Doris nach frischer. Es war die reine Hasenjagd.

»So«, sagte Betti scherzend, denn das Malen machte ihr ebensoviel Spaß wie mir, »nun müßte Besuch kommen.«

»Den könnten wir gerade gebrauchen«, rief ich. »Kind, wir müssen uns sputen, damit wir nicht gestört werden und die Arbeit in einem Guß vollendet wird, ehe Papa kommt.«

Eile ist aber teils anstrengend, teils schädigend. Im Eifer stieß Betti den Farbentopf von der Küchenleiter, und das gute Blau quatschte auf den Boden.

Es gibt nichts Abscheulicheres als umgeworfene Ölfarbe.

Wir wischten sie auf. Sie kam aber immer wieder. Nicht wegzukriegen. – »Der Fußboden hätte sowieso gestrichen werden müssen«, tröstete ich Betti. »Doris muß doch bald wieder laufen, da kann sie gleich braune Fußbodenglasur mitbringen.«

»Und recht hübsches Rot für die Borte oben und unten«, fügte Betti hinzu.

Das Mädchen eilte davon. –

Betti hatte recht, die Borten fehlten noch, um die künstlerische Abrundung zu erzielen, sie hoffte ebenso wie ich, wenn die roten Streifen erst gezogen wären, würde man kaum sehen, daß die Malerei ein wenig unegal geraten sei.

Als die Farbe kam, sagte ich: »Betti, fange nur gleich mit der Borte an, ich will schon die Wände besorgen; wenn Papa kommt, muß das Werk getan sein.«

Das Kind wieder auf die Leiter hinauf, aber da Betti in der einen Hand ein Lineal und in der anderen den Pinsel hielt, so mußte das Mädchen unten stehen und ihr die Kontortasse mit der Farbe hochreichen.

Nach einer Weile sagte Doris: »Fräulein müssen nicht so kleckern, ich hab' schon die ganze Taille und das ganze Gesicht voll Farbe.« – So war es auch. – »Ich hab' die Taille erst zum zweiten Male an«, murrte das Mädchen weiter.

»Nun ja«, entgegnete ich, »wenn die Farbe in der Wäsche nicht rausgeht, kriegen Sie eine neue.« – Ich wandte mich wieder zur Arbeit. Noch einige kräftige Striche, und ich konnte ausrufen: »Fertig!«

Aber ehe ich so weit war, rief Betti kläglich: »Mama, die Borte will gar nicht, sie läuft immer herunter auf das andere; es ist rein zum Verzagen.«

Ich muß sagen, ich hatte nicht gerade allzuviel von der Borte erhofft, aber so nichtswürdig bin ich noch nie getäuscht worden. Die rote Farbe war richtig in langen Sträh-

nen auf die blaue heruntergesickert und zu den ausgesuchtesten Fransen ausgelaufen. Wir versuchten die roten Streifchen wieder mit dem Blaupinsel nach oben zu treiben, aber es wurde nur noch schlimmer.

»Wir müssen morgen ganz von vorne anfangen«, sagte Betti.

»Noch einmal die Schmiererei?« rief ich entsetzt. »Kind, sieh bloß, wie du dich eingesielt hast, wie ich aussehe und wie die Doris aussieht.«

»Wurschtmachen auf'n Lande is nischt dajejen«, sagte Doris.

Ich wischte noch den letzten Rest Blau auf die Wand, Doris räumte die Farben und Pinsel fort, und Betti und ich gingen uns anziehen. Ich hätte nie gedacht, daß Ölfarbe so spritzen kann, ganz hinten im Nacken hatte ich welche zu sitzen. Und wie schwer sie unter den Fingernägeln weggeht! Es ist erstaunlich, was so ein bißchen Farbe ausmacht, wenn sie an den verkehrten Fleck kommt. Und wie die Handtücher aussehen werden. Es war schon nicht mehr schön. Wir hatten kaum unsere Toilette beendet und uns so gut renoviert, wie es in der Geschwindigkeit ging, als mein Karl und Onkel Fritz kamen. Ich erkannte an ihren Stimmen, wie sie das Werk unserer Hände bewunderten.

»Wir gehen nicht hinaus«, flüsterte ich Betti zu, »laß sie nur mit Ruhe den ersten Eindruck überwinden, der ist meistens der machtvollere.«

Sie traten ins Zimmer. Mein Karl, wie ich sofort erkannte, nicht in der besten Laune, aber Onkel Fritz glänzten die Augen ordentlich vor Vergnügen, und die schlechten Witze sah ich förmlich auf seinen Lippen herumturnen.

»Wilhelmine, hab' ich dir nicht gesagt ...«, wollte mein Karl seine Vorwurfsrede beginnen, aber Onkel Fritz fiel ihm lachend ins Wort: »Nee, Karl, alter Junge, spiele nicht den

Kunstbarbaren, solchen Flur wie deinen Flur gibt's nicht noch einmal auf der ganzen Welt. Wenn du den auf'n Cantiansplatz ausstellst, geben sie dir die große goldene Medaille.«

»Ich verbitte mir jede Anzüglichkeit«, sagte ich verletzt, »wenn man tut, was man kann, hat man nicht nötig, sich noch obendrein verspotten zu lassen.«

»Dir hat wohl die Blaue Grotte Modell gesessen«, fragte Onkel Fritz, ohne auf meine Abweisung Rücksicht zu nehmen, »wenn du noch einen Kahn an den neuen Spind bindest, ist sie komplett.«

»Bitte, sei nur gerührt«, erwiderte ich, »die Hauptsache ist die Ersparnis, wovon du als Junggeselle aber nichts verstehst.«

»Ersparnis«, fragte mein Karl. »Was hat die ... die ... (er rang nach einem gelinden Ausdruck, mein guter Mann) der Schw ... der Scherz gekostet?«

»Die Arbeit kommt in Wegfall, also dafür ist auch nicht ein Pfennig zu entrichten, das übrige habe ich vorläufig anschreiben lassen.«

Mein Karl rief Doris, damit sie die Rechnung von dem Farbenhändler holen sollte. Doris kam sogleich, weil er ziemlich barsch gerufen hatte. Als Doris antrat, schrie Onkel Fritz laut vor Wonne auf, denn sie hatte noch keine Zeit gehabt, die rote Farbe gänzlich von sich zu entfernen, und sah für Uneingeweihte recht beängstigend aus. Selbst mein Karl sagte: »Doris, so können Sie unmöglich auf die Straße; die Leute würden glauben, Sie kämen eben vom Morden.«

Mir war es außerordentlich lieb, daß sie nicht gleich ging und ich durch umsichtige Leitung des Gesprächs meinen Karl von der Rechnung abbringen konnte, denn wie sich bei der Bezahlung herausstellte, hatten wir ein nicht ungeringes Teil Farbe verschmaddert, wofür bequem hätte neu tapeziert werden können, ohne gerade von der billigeren Sorte zu nehmen, was nun dennoch geschehen mußte. Von dem ruinierten Zeug und von der neuen Taille, auf der Doris unerschütterlich bestand, habe ich Karl erst erzählt, als die Angelegenheit schon fast vergessen war und ich ihm hoch und heilig gelobt hatte, die häusliche Kunst nicht wieder auf Türen und Wände auszudehnen, sondern erfahrene Handwerker zu nehmen, die doch auch leben wollen. Ich hätte nie geahnt, daß Sparsamkeit unter Umständen so ins Geld gehen kann.

Betti ist jetzt wieder bei den Holzsachen, obgleich Onkel Fritz meint, sie besäße kolossales Talent zum Menschenmalen ... das hätte er an Doris gesehen. Natürlich haben wir für solchen Hohn nur kühle Verachtung, und wer weiß, ob der Flur nicht noch sehr schön geworden wäre, wenn wir unseren Eingebungen ungehindert hätten folgen können? Die alten Meister brauchten Jahrhunderte, ehe sie ihren Höhepunkt erreichten, und wir hatten kaum zwei Tage zur Verfügung, aber davon hat Onkel Fritz keine Spur von einer Idee.

Wie lange Betti noch auf Holz malen wird, das muß sich bald entscheiden, denn ich sehe bereits eine Überproduktion voraus, und wohin soll man zuallerletzt damit? Es wird meine Aufgabe sein, sie für die Literatur zu gewinnen, obgleich sie sich von Wichmann-Leuenfels nicht viel verspricht.

Regatta

Es war die höchste Zeit, daß die Regatta abgehalten wurde, denn seit drei Wochen verdarb uns die Ruderei die gemütlichen Sonntage. Nichts ist familiärer, als wenn die Angehörigen am Sonntag zusammenkommen. Das Geschäft bleibt hinter den verschlossenen Kontortüren, die Damen ziehen das Neueste an, was sie kürzlich haben machen lassen, und die Herren ehren den Feiertag mit der frischesten Wäsche und dem guten Tuchrock. In der Küche wird sich ebenfalls etwas mehr Mühe gegeben als an den anderen Tagen, und wenn das Kochbuch sonst auch nicht gebraucht wird, so kann man es am Sonntag doch nicht entbehren, um die Gesellschaft mit einem besonderen Gerichte zu überraschen. So ein Familiensonntag hat wirklich etwas Sonniges an sich.

Mein Schwiegersohn, der Doktor Wrenzchen, war gleich von Anfang an dafür, weil sie dann nicht nötig haben, bei sich zu kochen, und ihr Mädchen ausgehen kann, das natürlich in der unerhörtesten Weise verwöhnt wird, und Onkel

Fritz ist schon seit Jahren unser ständiger Sonntagsgast. Kommt noch der eine oder der andere von seinen Freunden mit, so ist uns das recht, und wenn Betti eine Freundin bittet, so mögen wir das gern.

Das Essen allein macht jedoch nicht glücklich, es muß sich auch nett unterhalten werden, und das hatten wir meistens, denn der Doktor sammelt die ganze Woche über kleine Lächeln erregende Geschichten, und Onkel Fritz ist lange nicht auf den Mund gefallen. Nur zu arg muß er es nicht machen.

Seitdem nun aber die Ruderübungen wieder angingen und die Regatta näher heranrückte, hatte Onkel Fritz nur noch Sinn für den Wassersport, wie sie es nennen, denn er hat nicht genug an seinem Gesangsverein, sondern mußte natürlich Mitglied vom Ruderklub werden, als der in die Mode kam. Teils bewegte er sich in ganz fremden Ausdrücken, teils hatte er einen Ton angenommen, der auf eine Herabminderung der Bildung durch die Seeluft schließen ließ und den ich ihm des öfteren verbieten mußte. Dazu kam, daß der Doktor von dem Nutzen des Ruderns durchaus nicht so begeistert war wie Onkel Fritz und sich hartnäckig weigerte, zahlendes Klubmitglied zu werden. Die beiden kriegten denn auch jedesmal das Streiten. Früher neckte Onkel Fritz den Doktor öfters damit, daß die Armleuchter, welche seine Kollegen ihm zur Hochzeit geschenkt hatten, nur plattierte Ware sei, was dieser ablehnte, aber der Dialog ward doch niemals so unleidlich wie jetzt, und da soll man noch mit Lust und Liebe und besonderen Zutaten kochen? –

Es war daher wirklich der äußerste Termin, daß die Regatta den ewigen Meinungsverschiedenheiten ein Ende machte. Mühe geben die Bootsleute sich genug, denn sie lassen eigens einen Mann aus London kommen, der ihnen das Biertrinken und das Kartoffelessen abgewöhnt. Nur Fleisch dürfen sie zu sich nehmen, und das Rauchen ist ihnen ganz verboten, weil es die Körperkraft ebenso schwächt wie junges Gemüse und spätes Aufbleiben. Dafür müssen sie mit dem Morgengrauen aus ihren Wolldecken und rudern, bis sie Hühneraugen in den Händen haben und nur noch Muskeln und Sehnen sind. Diese Art von Kur nennen sie Training. Ich möchte wohl wissen, was von Herrn Kleines übrig bliebe, wenn der getrainingt würde. Ich fürchte, nur das Skelett mit dem Augenglas, das er sich wenigstens zugelegt hat, und vermutlich der Geist, den selbst Onkel Fritz ihm nicht ganz absprechen kann.

Endlich kam der lang erwartete Tag, aber auch gleichzeitig ein abscheuliches Wetter, denn alle Tage vorher goß es mit Mollen, und an dem Sonntagmorgen dreeschte es egal weg. Da jedoch auf alle Fälle gerudert werden mußte, weil von auswärts Wettkämpfer gekommen waren, beschlossen wir, am Nachmittag dennoch nach Grünau hinauszufahren. Wenn man nur will, kann man sich auch im Regen amüsieren. — Wir hatten aber Glück, denn als wir um halb drei auf dem Görlitzer Bahnhof anlangten, zeigte der Himmel hoch oben schon einzelne hellblaue Lücken. Es konnte noch gut werden. — Nun aber diese Menschenmenge auf dem Bahnhofe. Ein Faß Anchovis ist gar nichts dagegen. Raum war überhaupt nicht, es schob sich dicke in die Vorhalle von draußen hinein und schob sich dann ebenso dicke in die Ankunftshalle hinaus, aber jeder bekam sein Billett und auch seinen Platz im Zuge, denn sowie ein Zug abgedampft war, fuhr gleich ein anderer vor. Maybachen sein Geschäft blühte. Als er am Abend Kasse machte, hat er gewiß gesagt, daß die Ruderer schönes Geld unter die Leute bringen. Und auch die Droschken verdienten und die Pferdebahnen und die Kremser, es war eine förmliche Völkerwanderung nach diesem Ende der Stadt, wohin man sonst nur selten kommt.

Je mehr der Himmel sich aufklärte, um so vergnügter wurden die Menschen, und in unserem Wagen ging es munter zu, obgleich wir sehr überzählig waren, aber da der Doktor seine Frau auf den Schoß nahm und mein Karl sich möglichst zusammenzog, konnte es gehen, zumal wir bald in Grünau anlangten.

Vom Bahnhof hatten wir noch zehn Minuten durch den Kiefernwald zu gehen. Schon von fern bummerte die Musik; wir sahen eine Ehrenpforte, die für den Kronprinzen errichtet war, und dann kamen wir zu der Treppe, die auf unsere Tribüne führte, zu der Onkel Fritz uns die Billetts besorgt hatte. Ich stieg hinauf, ohne mir gerade viel zu versprechen, aber ich war doch sehr überrascht, als ich oben stand und nun hinabsah.

Dieser Anblick! Die Spree macht sich bei Grünau ganz breit und liegt wie ein schöner großer See da, dessen Ufer sanft aufsteigen, vorne nach dem Wasser zu als schmales Wiesenland, das von Eichen- und Kiefernwald begrenzt wird. Weiter oben nach rechts erheben sich die Müggelberge wie eine Gebirgslandschaft im kleinen, und nach links in der Ferne guckt der Kirchturm von Köpenick freundlich aus dem Gebüsch hervor. Nun hatten sie dem Langen See, wie die Spree hier heißt, Festschmuck angetan, denn mitten darin lag eine endlose Reihe von großen und kleinen Segelbooten, alle von oben bis unten mit unzählbaren Flaggen und Wimpeln bedeckt, die lustig im Winde flatterten. Man glaubt kaum, daß es so viele Flaggen geben kann und so bunte dazu. Und nun die vielen Dampfboote, die in einem fort neues Publikum heranführten, und die Hunderte und aber Hunderte von Booten mit Herren und Damen darin und einem vergnügten Lappen am Ende. Es wimmelte nur so auf dem Wasser. Auf den Tribünen saßen Tausende, und an den Ufern standen noch mehr Tausende, und vernünftige

Leute hatten Zelte aufgeschlagen, wo die vielen Menschen Erfrischungen bekommen konnten.

Ich konnte mich nicht satt sehen an diesem Getreibe hier in der freien Natur, auf dem waldumkränzten See und an den Ufern, und ich denke, alle, die draußen waren, sind ebenso entzückt gewesen wie ich.

Nun begannen die Wettkämpfe. Ein Kanonenschuß gab das Zeichen, daß die Ruderer ganz weit unten hinter der Bammelecke, wo auch Tausende Stehsitz genommen hatten, abgefahren seien, und gleichzeitig ward an einem hohen Mastbaum ein roter Ballon aufgezogen, der sich in der grünen Natur ausnahm wie eine einsame riesige Mohnblume. Noch sah man freilich nichts von den Booten, dann aber bogen sie um die Ecke. Wer ein Fernglas hatte, der richtete es dorthin, wo sie sich zeigten. »Wer ist vorn?« hörte man fragen, »Die Berliner?« – »Die Magdeburger scheinen mit ihnen gleich zu sein.« – »Wo sind die Stettiner?« – »Ziemlich zurück.« – »Die Berliner sind vor.« – »Jetzt kommt die Biegung, da wird sich's zeigen.« – »Bravo, die Berliner haben Vorsprung!« – Die Boote kommen näher, die Mannschaft mit dem großen roten Stern auf dem Rücken voran, die weißblauen Stettiner nicht weit von ihnen. Nun aber galt es! Wie sie die Ruder eintauchten – immer rascher – immer kräftiger – die Boote sausten nur so durch das Wasser, als wären es Rasiermesser. Und nun flog das erste Boot durch das Ziel! Es waren die Rotgesternten vom Berliner Ruderklub. Sie hatten gesiegt!

Ich war so aufgeregt, daß ich kaum mit in das allgemeine Belohnungshurra einstimmen konnte, dafür jauchzte der Doktor aber für zwei und schmunzelte für drei, denn über alles Schätzenswerte, was sich in Berlin ereignet, freut er sich wie ein Schneekönig. Die Ruderer hielten an. Wie sie pusteten! Es muß eine Pferdearbeit sein, das Gewinnen.

Dann salutierten sie vor dem Kronprinzen und fuhren zurück.

Den Freudenjubel dämpfte jedoch der Himmel jetzt dadurch, daß er eine Regenwolke senkte, die besonders große Tropfen fallen ließ. Die Schirme wurden aufgespannt, und verschwunden war mit einem Male alles Festliche und Heitere. Aber dies war nur für den ersten Augenblick, denn nach dem Lachen und Kichern unter dem großen Dach von Schirmen zu urteilen, hatten die meisten sich in das Unvermeidliche gefügt und machten Scherze, weil der Unmut kleine Mißgeschicke auch nicht um eine Handbreit besser macht. Nur wer einen neuen Samtumhang anhatte, stimmte nicht mit aus vollem Herzen ein.

Als ich ruhig, in Betrachtungen versunken, unter dem Schirm hockte, flüsterte mein Karl mir zu: »Hast du sie gesehen?« – »Wen?« fragte ich. – »Bergfeldts.« – »Die Möglichkeit!« rief ich. – »Emil ist da mit seiner Braut und zukünftigen Schwiegermutter. Die Bergfeldten ebenfalls. Sie sitzen unten auf den teuersten Plätzen.« – »Die darf natürlichermang nicht fehlen. Als wenn es ohne sie nicht ginge«, erwiderte ich, aufgebracht über solche Dünkelhaftigkeit, »wo sie sonst doch zufrieden sein mußte, wenn sie überhaupt irgendwo mit hinkam.« – »Sie haben Champagner vor sich«, fuhr mein Karl fort. Dies kostete mich eine Lache. »Sie sollten lieber das Geld nehmen und ihren Bierfuhrmann mit bezahlen«, sagte ich darauf, »vom Champagner versteht die doch nicht mehr als der Bauer vom Gurkensalat. Wir könnten es ganz gut, mein Karl, aber wir tun es nicht, dazu sind wir zu anspruchslos. Wenn du mir nachher eine Tasse Kaffee spendieren willst, werde ich sie mit großem Danke annehmen. Man müßte sich ja genieren, so großpraatschig dazusitzen wie gewisse Leute.« –

Es drippte zwar noch ein bißchen, aber als jemand mit

lauter Stimme rief »Schirme herunter«, klappte alles zu, da ein richtiges Kommando immer Gehör findet und ein einzelner Paraplü von der Umgebung doch nicht geduldet worden wäre. Auch klärte es sich schon wieder auf, und die Sonne beschien bereits die Müggelberge. Es konnte nicht lange dauern, dann mußte sie auch bei uns sein.

»Es wird noch das schönste Wetter«, sagte ich zu Betti, aber sie hörte gar nicht hin, sondern sah wie verloren auf das Wasser. Ich blickte sie forschend an. – »Kind«, fragte ich besorgt, »hast du geweint?« – »Nicht doch«, entgegnete sie, »es ist nur ein Regentropfen!« und trocknete die Augen. – »Sollten Bergfeldts die Ursache ihres Kummers sein?« dachte ich. »Das wäre doch zu verworfen von dieser Familie.«

Als ich aber ihren Blicken folgte, sah ich weiter unten einen jungen Mann im Gespräche mit anderen stehen, die mir wohlbekannt vorkamen. Es waren Herr Max und seine Freunde, aber soviel Mühe ich mir auch mit meines Mannes Opernglas gab, Herrn Felix Schmidt vermochte ich nicht zu entdecken. Nun wußte ich, was der Regentropfen zu bedeuten hatte: liebe Erinnerungen waren zur Träne geworden, die in ein Nichts zerrann, wie die unausgesprochene Hoffnung, die wir im Herzen gehegt hatten, mein schweigsames Kind und ich. –

Unsere Aufmerksamkeit wandte sich jedoch wieder der Regatta zu, da jetzt das wichtigste Rennen kam, denn es ging nunmehr um den Ehrenpreis des Kaisers, einen Pokal, der nur auf ein Jahr in den Besitz des siegenden Klubs übergeht und aufs neue verteidigt werden muß. Im vorigen Jahre hatte der Berliner Ruderklub ihn gewonnen, und nun wollten der Berliner Ruderverein, die Bremer und Frankfurter ihn auch mal haben. Es glückte ihnen aber nicht, obgleich die Frankfurter die Bremer zweimal angefahren hatten, weshalb sie das dritte Mal nicht mehr mitmachen durften. Der Ruderklub siegte auch diesmal, und so blieb der Kaiserpreis in Berlin, wo er ja auch eigentlich hingehört.

Doktor Wrenzchen war durch die Siege bereits anderer Meinung geworden und begrub das Kriegsbeil, das er stets gegen Onkel Fritz schwang, wenn sie auf das Rudern zu sprechen kamen. »Na, alter Kronensohn, was sagst du nun?« fragte Onkel Fritz ihn. – »Es sind ganz verfluchte Kerle, eure Bootsleute«, sagte der Doktor. – Ich erlaubte mir, diesen Ausdruck sehr unpassend zu finden, und sagte: »Lieber Doktor, an solchem Ehrentage für Berlin könnten Sie doch wohl etwas mehr auf die Wahl Ihrer Worte achten, oder hat das bißchen Seeluft Sie auch schon verdorben? Was soll bloß die Umgebung davon denken?« – »Schwiegermamachen«, entgegnete er, »das ist ja nur äußerlich.« – Dann ging er mit Onkel Fritz einen Versöhnungsschoppen trinken.

Als sie wieder retour kamen, war der Doktor zahlendes Mitglied geworden, was er jedoch meines Erachtens nach ohne Emmis Bewilligung nicht hätte so mir nichts, dir nichts tun dürfen. Auch müßte er bedenken, daß ihm Kosten daraus erwachsen, die man praktischer verwenden könnte, wie zum Beispiel für ausreichend Krebse, wenn er einmal wieder Gesellschaft gibt.

In der Zwischenpause kletterten wir von der Tribüne herunter und ließen uns an einem der vielen Tische, die das Wirtshaus im Walde aufgeschlagen hatte, von meinem Karl mit dem versprochenen Kaffee traktieren, bei welchem wir zufriedener waren als andere Leute bei Champagner. Emmi sowohl als Betti gaben mir beide hierin recht, sie mögen auch gar nicht mal gerne Champagner, und mir ist er von Jugend auf gleichgültig gewesen. Wo die Witterung kühl und umschichtig regnerisch ist, zieht jeder Vernünftige etwas Heißes vor, aber wer prahlen will, stürmt auf seine Gesundheit ein und trinkt Kaltes. Das wäre meine Sache durchaus nicht. – Onkel Fritz führte uns nun zu den Preisen, welche geschmackvoll arrangiert auf einem Tische unter den Eichen standen: goldene und silberne Pokale, ein Ehrenschild aus Silber und mehrere wertvolle Gegenstände, teils altdeutsche Zimmer zu dekorieren, teils um den Durst zu stillen, alle aber von kunstgewerblicher Schönheit. Während die Töchter die Einzelheiten betrachteten und Onkel Fritz ihnen das Sinnbildliche der Verzierungen erklärte, bemerkte ich plötzlich nicht weit von mir Herrn Max, und im Handumdrehen hatte ich ihn mir geangelt. Er war hierauf wohl nicht gefaßt gewesen, wie ich aus seiner verlegenen Miene zurechtdividierte, aber ich ließ ihn gar nicht erst zur Besinnung kommen, sondern sagte: »Gut, daß ich Sie treffe, ich habe mit Ihnen zu reden. Geben Sie mir Ihren Arm.« – Das tat er, und ehe er noch mucksen konnte, waren wir den Kindern aus der Blickweite in der Kiefernheide, wo der Grünauer Verschönerungsverein allerlei runde Wege angelegt hat, die jedoch von geradeaus wollenden Leuten nicht respektiert werden.

»Ich habe mich sehr zu beschweren«, begann ich, »und zwar über das Betragen Ihres Herrn Freundes Felix gegen mich und unser Haus. Sie sind doch sein Freund?« – »Gewiß!« antwortete er. – »Nun gut also, dann wende ich mich an die richtige Adresse; als wahrer Freund werden Sie ihm kein Wort vorenthalten.« – Er wollte etwas erwidern, aber ich sagte: »Bitte, keine Unterbrechung, ich bin an der Tour … Einer nach dem andern. Nachher haben Sie auch das Recht. Warum hat Ihr Freund die Einladung zur Hochzeit nicht angenommen, die ich ihm extra schrieb, warum hat er sich nicht einmal entschuldigt? Welche Veranlassung haben wir ihm zu solcher Rücksichtslosigkeit gegeben? Ich glaube, wir ließen es an Gesellschaftlichkeit nicht fehlen, und Sie sind auch nicht viel besser. Was können Sie zu Ihrer Verteidigung vorbringen?« – Er stand vor mir, den Blick auf den dürren Kiesboden geheftet, als wäre dort die Antwort geschrieben. Dann, nach einer Weile, richtete er seine blauen milden Augen auf mich, die wie von Trauer umflort waren, und sprach leise nur das eine Wort: »Nichts.« – »Das ist alles?« fragte ich. – »Mehr kann und darf ich Ihnen nicht sagen.« – »Sie waren in Tegel offen und vertrauensvoll gegen mich, Sie waren froh über das Glück Ihres Freundes. Sind Sie ihm heute noch ebenso gut wie damals?« – »Ebenso«, sagte er fest, und seine Züge nahmen einen leuchtenden Ausdruck an. – »Also lösen Sie mir das Rätsel.« – Er schwieg wieder und sagte darauf: »Noch ist nicht die Zeit, aber verlassen Sie sich darauf, Sie sollen alles erfahren, wenn die Stunde gekommen ist; und dann, hoffe ich, wird sich alles zum besten wenden.« – »Das ist nichts Genaues«, rief ich, »ich möchte mir mehr Begreiflichkeit ausbitten!« – Er gab hierauf keine Antwort, sondern fragte: »Darf ich ihm einen Gruß von Ihnen schreiben, das würde ihm unendlich wohltun?« – »Er ist also nicht hier?« – »Felix hat Berlin verlassen.« – »Warum?« – »Um sich in seiner Branche zu vervollkommnen.« – »Grüßen Sie ihn meinetwegen von mir, ich wäre nicht besonders gut auf ihn zu sprechen«, erwiderte ich, »und Sie mit Ihrer Geheimniskrämerei können mir auch gestohlen bleiben.« – »Es tut mir leid, Ihren Zorn auf mich geladen zu haben, aber ich trage ihn gern um meines Freundes willen.« – »So ist es nicht gemeint, aber irgend etwas ist branstig, darüber täuscht mich Ihre Freundschaft nicht einen Augenblick. Ich erwarte, daß Sie Ihr Versprechen halten, wenn es an der Zeit ist.« – »Das wird meine Pflicht sein, wenn auch eine schwere.« –

Da doch nichts Gescheites aus ihm herauszubringen war, kehrten wir zurück. Als wir an dem Halteplatz der Kutschen vorbeikamen, sah ich Bergfeldts Emil bei einer Equipage stehen. So wie er mich gewahrte, machte er sich wichtig mit den Gäulen zu schaffen, tat, als wenn eine Schnalle am Geschirr anders sitzen müßte, und besah sich das Handpferd, wie ein fachgemäßer Roßkamm, obgleich seine Pferdekenntnisse doch höchstens von den Würsten herrühren, die sie zu Hause immer aßen. Gerade in diesem Augenblicke brachte der Kutscher ihm ein Glas Grog, das er sichtlich auf eine heimliche Weise bestellt hatte, denn er wurde rot, wie er merkte, daß ich ihn ertappte, und winkte dem Kutscher ab, der ihm jedoch falsch verstehend das Glas erst recht präsentierte. »Ob er wohl öfter in aller Stille einen nimmt«, dachte ich, »oder ob es ausnahmsweise wegen der Kälte geschieht?« Ich beschloß, einmal mit Auguste Weigelt darüber zu sprechen. Die Regatta ward mittlerweile fortgesetzt, und die Berliner blieben weiter beim Siegen. Bei den spannenden Einzelkämpfen gewann ein Breslauer, und als er beim Ziel ankam, wurde ihm ebenso heftig applaudiert und zugerufen wie den Berlinern. Sein Recht muß auch jedem werden.

Ich gestehe gern, daß ich mich trotz Bergfeldtens und des Herrn Max selten so gut amüsiert habe wie bei der Regatta.

Mit einem übermenschlich langen Extrazuge fuhren wir wieder zurück nach Berlin. Onkel Fritz blieb in Grünau zur kameradschaftlichen Feier der glorreichen Ereignisse. Er war noch zwei Tage hinterher rauh, wie mit einer ausgesengten Kehle, als er wieder zum Vorschein kam, und behauptete steif und fest, er hätte einen Holzhacker auf Stückarbeit im Kopfe. – »Wie kommt denn das?« fragte ich ihn teilnahmsvoll. – »Vom vielen Gesundheittrinken, Wilhelmine«, erwiderte er, »wir haben die Siege nicht schlecht begossen.« – »Fritz«, sagte ich, »nennst du das Gesundheit, wenn du kaum aus den Augen sehen kannst?« – »Wilhelmine«, sagte er, »schön war's doch!«

Im grünen Grunewald

Was ich allmählich sehr merkwürdig im Leben finde, ist, daß man die meisten Erfahrungen macht, ohne es zu wissen, und einem erst später klar wird, ob dieses oder jenes Erlebnis eine Erfahrung war oder nicht. Man genießt zum Beispiel an einem einladenden Abend die Natur draußen und achtet nicht darauf, daß man von dem schönsten Zug umsäuselt wird, aber wenn sich am nächsten Tage Gliederreißen, steifer Nacken, Hexenschuß oder sonst etwas Chirurgisches einstellt, wogegen flüchtiges Kampferelement hilfreiche Dienste leistet, so weiß man ganz genau, daß man im Zug gesessen hat, und ist um eine Erfahrung reicher. Man nimmt sich allerdings vor, es nicht zum zweiten Male wieder zu tun, aber dann ist es vielleicht nicht der Zug, mit dem man sich versieht, sondern saure Milch, oder das Bier war zu eisig.

Glühwein ist eine wissenschaftliche Erfahrung, die sich schon bei der bloßen Angst bewährt, wie ich bei der Frau Polizeileutnant erfuhr, die allein von Zeitungsartikeln über

Cholera Kollern im Leibe bekommen hatte und ihren Puls nicht finden konnte, als sie danach suchte, worüber sie in eine ganz unglaubwürdige Verfassung geriet; denn wenn der Puls weggeht, ist das letzte Stadium da, und der Mensch tut gut, über sein Leichenbegängnis nachzudenken. Einige Gläser Glühwein behoben die Symptome jedoch sofort, und nach einer Viertelstunde konnte die Polizeileutnanten den Puls überall fühlen. Es hämmerte unten in den Zehen, wie sie versicherte, ebensogut wie in den Schläfen. Sie war gerettet. – »Frau Buchholz«, sagte sie, »wenn Sie nicht zufällig gekommen wären, wer weiß, ob nicht schon der schwarze Omnibus für mich angeschirrt gewesen wäre?« – »Es sah allerdings bedenklich aus«, erwiderte ich, »aber vom Abschrammen waren Sie doch noch ein nettes Endeken entfernt; Ihnen war bloß die Bangigkeit stark aufs Innere geschlagen.« – »Ich lese keine Zeitung wieder, als bis die Obstzeit vorbei ist«, sagte die Polizeileutnanten. – »Daran tun Sie ganz recht«, pflichtete ich ihr bei, »in der einen Hand eine mürbe Birne und in der anderen Hand nichts als Cholerafeuilletons, das könnte selbst der Riese Goliath nicht vertragen.« –

So hatte ich denn wieder eine Erfahrung gemacht, und zwar derartig, daß nicht alles, was in den Zeitungen steht, dem Menschen gesund ist, und daß es kein besseres Mittel gibt, den Puls wieder hervorzutreiben, als Glühwein.

Die Polizeileutnanten gehört nicht zu jener Art von Menschen, die sich durch Undankbarkeit ein Ansehen zu geben suchen, die, wenn sie irgendwo zu Besuch gewesen sind, hinterher die Betten schlechtmachen, und wenn sie eingeladen waren, am nächsten Tage zu einer durchaus gleichgültigen Nachbarschaft rennen und erzählen, sie begriffen nicht, wie man es wagen könnte, den Leuten so etwas vorzusetzen. Nein, so ist sie keineswegs, denn als sie gänzlich wiederhergestellt war, lud sie uns zu einer Nachmittagspartie nach dem Grunewald ein mit Kaffeetrinken auf Paulsborn und dann bei Schildhorn herum nach den Pichelsbergen. Sie hatte eine herrschaftliche Equipage für den Nachmittag gemietet, sehr nobel mit einem Livreekutscher, dessen zusammengelegter Überzieher mit den blanken Knöpfen wie anderthalb Meter Sternenhimmel vom Bocke herunter in die Kutsche hing. Wir beiden älteren Damen nahmen Platz im Fond, Polizeileutnants Mila und Betti saßen uns gegenüber. Die Herren wollten uns am Abend draußen im Kaisergarten abholen, und so hatten wir denn den köstlichsten Nachmittag ganz für uns.

Es läßt sich ja leider nicht leugnen, daß der Kurfürstendamm, dort, wo die Häuser aufhören, ziemlich versandet ist und sein Staub eine ganz besondere Flugkraft entwickelt, aber da ich das neue pellkartoffelfarbene Kleid mit hellbraunem Atlasbesatz angezogen hatte, so litt ich fast gar nicht, während die Frau Polizeileutnanten in ihrem schwarzen Kostüm mit der vielen Passementerie bald aussah, als ginge sie in Packpapier. Wenn uns auch bei jedem kräftigen Luftzug etwas von der Gegend zwischen die Zähne wehte, daß es knirschte, so kümmerten wir uns nicht viel darum, denn wir wußten: in Paulsborn winkte die Kaffeekanne mit ihrem lindernden Inhalt. – Wie lange wird es dauern, bis der Kurfürstendamm ganz bebaut ist? Dann erstreckt Berlin sich bis an den Grunewald, der Zoologische Garten liegt mitten in der Stadt, der Halensee stellt dann dasselbe vor, was jetzt der Goldfischteich ist, und der Grunewald selbst wird zum Tiergarten. Wenn der Berliner die Siegessäule sehen will, muß er ein Fernrohr nehmen, so groß wird dann die Stadt sein. Hat man diesen Zukunftsbauplatz überstanden, der sich entwikkelt, wenn wir den Frieden behalten, welcher sehr fördersam auf alle Geschäfte einwirkt, wie mein Karl sagt (mit Ausnahme natürlich von Pulvermühlen und Gipsverbandfabriken), so nimmt einen der herrliche Grunewald auf. Waldesschatten, Waldesduft und Waldseen habe ich von jeher ungemein gern gehabt, und man findet sie im Grunewald von unvergleichlicher Qualität, aber ich muß sagen, wenn man so in eine Equipage hingegossen daran vorbeifährt, ist der Waldesreiz doch noch energischer. Diesen Verhältnissen angemessen unterhielten wir uns nur über höherliegende Gegenstände, namentlich über den Mangel an wirklich gebildetem Umgang, wobei wir denn auch auf Bergfeldts zu sprechen kamen. Die Polizeileutnanten meinte, die Bergfeldten habe gewiß ihre guten Seiten, aber in einer Equipage würde sie doch nicht mit ihr durch den Grunewald fahren. »Siehst du wohl, Betti«, sagte ich, »daß die Frau Polizeileutnanten sehr wohl ihre Unterschiede zu machen pflegt? Dieser Nachmittag wird stets hervorragend in unserer Erinnerung bleiben.« – Auch Mila meinte, das Wetter sei exquisit und es wären nur wenig ordinäre Leute unterwegs. Sonntags führen sie deshalb auch nie irgendwo hin, weil es überall zu gemischt sei. – Als Betti, die in der letzten Zeit sehr viel über Menschenrechte und Gleichheit der Stände gelesen hat, hierauf etwas entgegnen wollte, hielt die Equipage glücklicherweise vor dem Paulsborner Försterhause. Wir stiegen alle aus, und Betti mußte eine Antwort bei sich behalten, die der Frau Polizeileutnanten sicherlich nicht gefallen haben würde.

Wir tranken Kaffee, besahen das Jagdschloß, das so romantisch an dem See liegt, und kutschierten dann weiter durch den grünen Wald, bis wir an die Havel kamen und der Wagen langsam die hohe Chaussee herunterfuhr, von der man einen entzückenden Ausblick auf Wald und Wasser hat. Wie es dort schön ist! Ohne Grund haben sich am Fuße dieser hügeligen Ufer auch nicht so viele Wirtschaften angesiedelt. Beim Kaisergarten machten wir Halt, denn hier wollten unsere Männer mit uns zusammentreffen. Natürlich war noch keiner da. In den Jugendjahren läßt der Verliebte die Dame seines Herzens nicht warten, im Gegenteil, er ist stets früher am Platz als sie, aber wenn man erst ein bißchen angebrannte Ware ist, dann haben die Herren Zeit. Dies ist eine sogenannte Welterfahrung, die schon von sehr vielen gemacht worden sein soll. Mein Karl ist dagegen stets sehr präzise, wenn nicht eine ausweisliche Entschuldigung vorliegt und ihn alsdann kein Vorwurf treffen kann.

Es wäre mir sehr lieb gewesen, wenn wir die Herren vorgefunden hätten, denn so angenehm auch Damenumgang ist: ein ausschließlich weiblicher Nachmittag wird zuletzt doch etwas langweilig. Um so angenehmer war es uns daher, als ein Herr an unseren Tisch trat, höflich grüßte, im ersten Augenblick völlig unkenntlich erschien, sich dann aber als Herr Kleines entpuppte. — »Wie sehen Sie denn aus?« rief ich, »Sie haben wohl das Zeug von Ihrem jüngeren Bruder an?« — »O nein«, erwiderte Herr Kleines eigendünkelig mit seinen klapperigen Formen liebäugelnd, »ich bin ganz Pschütt!« — »Was sind Sie?« fragte die Frau Polizeileutnanten, die verlangte, daß ich ihn formell vorstellte, obgleich sie ihn von meiner Tochter Emmi Hochzeit hätte kennen müssen, da man eine so komische Biele doch nicht leicht wieder vergißt. — »Pschütt!« wiederholte er und fügte erklärend hinzu: »die neueste Mode von Paris.« — »Nun sind Sie ja wohl ganz brägenklietrig, die Franzosen?« rief ich aus, »alles zu eng und zu knapp ...« — »Und die Haare kurz abrasiert wie ein Zuchthäusler«, fiel mir die Polizeileutnanten ins Wort. — »Das ist aber gerade das Echte«, sagte Herr Kleines, über seine eigene Verruinierung triumphlächelnd, »man muß es nur verstehen!« — »Es mag verständnisinnig sein«, sagte ich, »aber schön ist etwas anderes. Nehmen Sie nur

Platz. Sie sind auch als Püscht willkommen.« — »Pschütt«, sagte Herr Kleines. — »Ob Püscht oder Pschütt ist ganz egal«, entgegnete ich, »so urig wie heute hab' ich Sie noch nie gesehen.« — Herr Kleines sagte, er hätte noch einen Freund bei sich, einen gebildeten jungen Mann, ob er den heranbringen dürfte? Die Frau Polizeileutnanten winkte herablassend mit dem Haupte und sagte: »Angenehm!«, worauf Herr Kleines verschwand. — »Nein«, sagte Betti, »wie kann ein Mensch so affig sein und solche Fratzen nachmachen wie Herr Kleines?« — »Ich finde ihn sehr chic«, entgegnete Mila. — »Nein, Püscht«, sagte ich. — »Nein, Schüpz«, sagte die Polizeileutnanten. — Zum Glück kam Herr Kleines jetzt wieder, sonst hätten wir über seinen dummen Anzug noch das Streiten gekriegt. Er stellte seinen Freund, Herrn Pfeiffer, vor, der einen recht soliden Eindruck machte. Die Mittelgröße hatte er erreicht, einen hübschen dunklen Vollbart erworben und handhabte das Pincenez sehr gelenk.

Daß er oben bereits durchzuwachsen anfing, bemerkte ich, als er sehr respektvoll grüßend den Hut abnahm, wie es ja überhaupt oft vorkommt, daß den jungen Leuten, sobald sie anfangen, verderblich schön zu werden, das Haar auszufallen beginnt, wodurch die vorsorgliche Natur ihre Gefährlichkeit für Familien mit Töchtern zweckmäßig vermindert.

Wir kamen um so bälder ins Gespräch, als Herr Pfeiffer auch der Ansicht war, daß es trotz aller neuen Kommunalschulen doch an Gebildeten auf dem Erdkreise mangele und man nur wenig Umgang fände, der das Höhere wirklich zu würdigen wisse. Er fühle sich deshalb auch sehr alleinstehend und verberge seine Gefühle vor der kalten Menschheit. Zu den Figuren im Museum flüchte er, da empfinde er ganz und voll, was er sagen würde, wenn die Statuen noch beseelte Geschöpfe von so wunderbarer Macht wären wie da-

mals, als sie zur Zeit des Perikles und Anaximander aus dem reinen Hellenismus geboren wurden. Dagegen die Jetztzeit ... er müßte sie herzlos nennen ... schal ... egoistisch – er verachte sie sogar. Ja, das täte er. – Dies alles sagte er mit einer tiefen Baßstimme und voller Überzeugung, wie durch einen großen Trichter. – Während wir uns mit Herrn Pfeiffer unterhielten, begab sich Herr Kleines mit Betti und Mila auf eine Wanderung durch den Garten, um die Merkwürdigkeiten zu besehen, den unreinlichen Adler im Käfig, der weiter keine Kunststücke kann, als mit den Augen plinken und dabei essen, die Affen und Kaninchen, den Pony-Korso, das Eselreiten und was das Lokal sonst noch an Unterweisendem und Erheiterndem bietet. Uns fesselte dagegen die Kunst, die ja ebensogut zum Darübersprechen wie zum Ansehen geschaffen ist.

Auch mir gab Herr Pfeiffer recht, als ich behauptete, die Antiken hätten durch das Eingraben entschieden gewonnen. »Das haben sie«, sagte er, »denn man sieht es ihnen deutlich an, aber das große stumpfsinnige Publikum geht teilnahmslos an ihnen vorüber, das hat nur Sinn für die Operette, für Niedriges und Gemeines, für die leichtgeschürzte Muse der Zweideutigkeit.« Nur die »Fledermaus« gefiele ihm und der »Bettelstudent«, da müsse man sich amüsieren, und das täte er. Die Frau Polizeileutnanten pflichtete ihm bei, sie wollte auch Melodien haben, die sie behalten könnte; um sich zu langweilen, ginge sie nicht ins Theater. – Als wir so im besten Zuge waren, das Gebiet des Idealen zu durchwandern, kam Betti wieder, und zwar ganz allein. – »Wo sind die anderen?« fragte die Frau Polizeileutnanten. – »Herr Kleines ist mit Mila Boot fahren.« – »Ohne meine Erlaubnis?!« – »Mein Freund Georg wird sie sicher wieder an den rettenden Strand geleiten«, sagte Herr Pfeiffer. – »Aber es fängt schon an zu dämmern, und ich finde es unpassend, daß meine Tochter allein mit ihm ist«, erwiderte die Polizeileutnanten unwillig. — »Ich bürge für meinen Freund«, sagte Herr Pfeiffer überzeugungstreu und besonders tief im Tone, »ich lasse nichts auf ihn kommen.« — »Sie brauchen ihn nicht zu verteidigen, da ihn noch niemand verklagt hat«, entgegnete die Polizeileutnanten. Gerade als Herr Pfeiffer nun den Verletzten spielen wollte, kamen mein Karl und der Herr Polizeileutnant, der nach der ersten Begrüßung sogleich nach seiner Tochter fragte. — »Sie ist auf dem Wasser.« — »Allein?« — »Nein, mit Herrn Kleines.« — »Wer ist das?« — »Ein Püscht«, sagte ich. — »Nein, Pschütt«, sagte Betti. — »Ein junger Mann, nach der neuesten französischen Mode«, sagte die Polizeileutnanten. — »Stimmt«, sagte mein Karl. — »Ich schlage vor, wir nehmen ein Boot und holen die beiden ans Land, mir wäre es wenigstens nicht angenehm, meine Tochter mit ihm bei sinkender Nacht auf der Havel zu wissen. Das Wasser ist tückisch.« Die drei Herren mieteten rasch ein Boot und setzten Herrn Kleines nach, als wenn er ein Seeräuber wäre, den der rächende Arm des Gesetzes beim Kanthaken kriegen wollte. —

Nun machte die Polizeileutnanten mir Vorwürfe, daß ich sie mit Herrn Kleines bekannt gemacht hätte. »Aber nur mit Ihrer Einwilligung, wenn Sie sich gütigst erinnern wollen«, bemerkte ich. — »Sie mußten seinen Charakter kennen und mich warnen.« — »Zum Warnen finde ich ihn gerade nicht.« — »O ja, wer so geckig herumläuft, der geht nur aufs Courmachen aus, man sieht schon seinen kurzgeschorenen Haaren an, daß er verbrecherisch ist.« — »Er macht nur bloß die Mode mit.« — »Mein Mann wird ihm schon sagen, was Mode heißt«, sagte sie bitterböse, daß ich es für geraten hielt einzulenken. — »Warum fuhrst du denn nicht mit, Betti?« fragte ich. — »Herr Kleines ging mir zu ungeschickt mit den Rudern um, und zum Ertrinken hatte ich keine

Lust.« – Die Polizeileutnanten bekam es jetzt mit der Angst. »Wo sind sie? Sie kommen nicht. Wo bleibt mein Mann?« – Wir ans Ufer. Es war kein Brett mehr zu sehen, denn der Himmel hatte sich umzogen, und es war reiner Wahnwitz, jetzt noch auf dem Wasser zu treiben.

Während wir angstvoll in die Nacht hineinstarrten und die Polizeileutnanten schon anfing, ganz desperat zu werden, hörten wir rufen: »Ach, da sind sie ja.« – Es waren Mila und Herr Kleines, die durch den Garten auf uns zueilten. – »Nanu?« rief ich, »wo kommen Sie denn her?« – »Wir mochten nicht mehr rudern und legten bei Schildhorn an«, sagte Herr Kleines, »den Weg von dort bis hierher gingen wir zu Fuß.« – »Und Papa ist im Nachen und sucht dich, du ungeratenes Kind«, sagte die Polizeileutnanten. – »Und mein Karl und Herr Pfeiffer dito!« rief ich, »wie kriegen wir jetzt die Männer wieder her?« – Wir mußten warten. Und wie warteten wir! Ich nahm die Gelegenheit wahr, Herrn Kleines anzudeuten, daß ihm von Herrn Polizeileutnant wahrscheinlich ein nasses Jahr bevorstände, worauf er den letzten Zug von Westend vorschützte und sich auf die Socken machte.

Endlich hörten wir etwas plätschern. »Sie sind schon lange hier«, schrien wir. Die Herren landeten. Der Herr Polizeileutnant sprang zuerst auf die Brücke. »Wo ist Herr Kleines«, rief er. – »Ich verbürge mich für ihn, verehrter Herr Polizeileutnant«, sagte Herr Pfeiffer, »wie ich mir schon wiederholt zu bemerken die Erlaubnis nahm.« – »Ich danke«, antwortete jener, »ich werde schon selbst mit dem Herrn reden, seine Adresse habe ich zufriedenstellenderweise von Ihnen erhalten.«

Der Wagen wurde beordert, wir gruppierten uns in denselben hinein, so gut es gehen wollte. Herr Pfeiffer verzichtete mitzufahren, weil er sonst neben dem Herrn Polizeileutnant hätte sitzen müssen, und ging allein durch den Grunewald zurück. Wir kehrten ziemlich schweigsam heim, und während wir durch den stillen Wald fuhren, mußte ich immer daran denken, welchen Tanz der Polizeileutnant wohl mit Herrn Kleines haben würde. »Gelinde wird es nicht ablaufen«, sagte ich zu mir selbst. Ich freilich könnte es nicht übers Herz bringen, aber Polizeileutnante haben die Nerven dazu.

Das Portrait

Auch in diesem Herbst beabsichtigten Betti und ich die Bilderausstellung auf dem Cantiansplatz wiederholt zu besuchen, erstensmal, weil ich es so gewohnt bin, zweitensmal, weil Betti auch selbsttätig mit der Malerei umgeht, und drittens mehrere Male, weil der erste Besuch wegen der Menge kaum genügt, die Kunst in ihrer Allgemeinheit zu erfassen. Sonst gingen wir nicht eher hin, als bis wir uns in den Zeitungen über das Hervorragende unterrichtet hatten, aber seitdem wir uns überzeugten, daß ein Rezenseur sich die Beine über ein Bild ausreißt, welches der andere so herunterputzt, daß man sich fragt, warum der Künstler noch nicht von Rechts wegen totgeschlagen wurde, ist uns schnuppe, was sie schreiben, und was Adolf Rosenberg zu Papier bringt, ist mir persönlich am allerschnuppesten. Wenn er, wie er getan hat, von einem gewissen Jemand verlangt, den Ruf erst zu verdienen, den die Kritik ihm gemacht habe, so muß ich annehmen, daß er alles nur so hinhaut, was er schreibt, denn mit Überlegung kann er die Kritik unmöglich bloßstellen, indem er ihr nachsagt, sie fabriziere unverdiente Rufe!

Das Ausstellungslazarett ist wohl praktisch, aber da seine äußere Zierde, namentlich von der Stadtbahn aus gesehen, nur in Wasserdichtigkeit besteht, legt es selbst auf Schönheit keinen Wert. Den künstlerischen Inhalt wollten wir nun derartig abgrasen, daß jede sich die Gemälde stillschweigend anmerkte, welche ihr am meisten gefielen, worauf bei einer zweiten Durchwanderung der Säle gegenseitiger Meinungsaustausch stattfinden sollte. Daraus ward aber nichts, denn als wir in den ersten Saal traten, fiel uns gleich die lebensgroße Figur eines Mannes in Uniform auf, der sich wie lebend von einem Purpurvorhang mit reicher Goldbordüre in vornehmer Haltung abhob. – »Wer ist dies?« fragte ich Betti, das gegebene Versprechen vergessend. Sie las im Katalog nach: Friedrich Franz der Zweite, der verstorbene Großherzog von Mecklenburg-Schwerin. – »Man sieht ja gleich, daß es ein Fürst sein muß«, entgegnete ich. »Wer hat das Bild gemalt?« – »Fritz Paulsen«, las sie weiter. »Nun fallen mir alle meine Sünden ein«, rief ich. »Was wird der wohl von mir denken?« – »Wieso, Mama?« – »Nun, Kind, ich fragte ihn in Neapel, ob er mich wohl malen würde, und war schon so gut wie entschlossen dazu.« – »Das wäre herrlich«, fiel Betti mir in die Rede. »Ein Bild von dir ... zu Papas Geburtstag ... etwas Schöneres könntest du ihm gar nicht schenken.« – »Kind, wo denkst du hin? Hab ich neulich nicht erst die ausgezeichneten Photographien bei Karl Günther machen lassen, von denen ihr so eingenommen wart?« – »Das sind wir auch noch, aber wenn ich dich so betrachte, Mama ... Du bist wie geboren für Öl«, sagte das Kind scherzend. »Wie teuer wird uns allen das Bild sein«, fügte sie ernster hinzu, »wenn ...« – »wenn ich alt und grau geworden bin?« fragte ich lächelnd. – »Das meine ich nicht«, antwortete sie, »aber vielleicht sind wir nicht immer bei dir, und wer dann dein Bild betrachtet, der hat dich lebend und lieb vor Augen. Du mußt dich malen lassen.« – »Wenn ich mit ziemlich strengem Ausdruck bei meinem Schwiegersohn an der Wand hinge, könnte Emmi möglicherweise Gut davon haben, denn es sind Tatsachen dagewesen, daß der Anblick eines Bildes das Gewissen vorteilhaft beunruhigte«, sagte ich nach kurzer Überlegung, »aber ich fürchte, Papa wird die Moneten verweigern.« – »Es kann doch den Kopf nicht kosten, Mama, du bezahlst das Bild selbst.« – »Das ist aus der Kasse in die Beilage«, wehrte ich ab. – »Alles, was ich mir allmählich erspart habe, gebe ich dazu«, drängte Betti. »O, wie freue ich mich auf dein Bild!«

»Wir werden es noch erst einmal gründlich überlegen«, beendigte ich das Gespräch, »nun komm und laß uns die Ausstellung betrachten, wie wir uns vorgenommen haben.« – Als hierauf ein langer Saal nach dem andern durchwandert war, merkte ich, daß meine Gedanken nicht bei den gegenwärtigen Gemälden weilten, sondern sich lebhafter, als ich wollte, mit meinem Zukunftsportrait beschäftigten. Sooft ich das Ebenbild einer Dame erblickte, legte ich mir die Frage vor, warum sie sich eigentlich habe malen lassen und ob auch ich die Berechtigung dazu hätte? Wegen ihrer Bildschönheit hatte manche es sicherlich nicht getan, sondern hauptsächlich wohl wegen der Ähnlichkeit. Viele waren so hoch plaziert, daß man auch dies nicht unterscheiden konnte. Mir fiel aber ein, daß Ludwig Pietsch über mein Aussehen unvergeßliche Worte gesprochen hatte, und als ich alles miteinander bedachte: die halbbindende Anfrage in Neapel bei dem Professor Paulsen, Bettis sehnliches Verlangen, meines Karls Überraschung an seinem Geburtstag und weil man doch nicht jünger wird, sah ich ein, daß ich mich ohne Gnade fügen mußte. Ich winkte Betti heran und sagte: »Halb bin ich wankend, euern Bitten nachzugeben ...« – »Wie prachtvoll!« rief sie fröhlich aus. – »Aber mir fehlt noch die richtige Kunstbegeisterung, um meinem Herzen den entscheidenden Stoß zu geben. Erst muß ich ein Bild gefunden haben, das die letzten Bedenken zerstreut.« – »Suchen wir«, rief Betti, »ich helfe dir.« –

Es läßt sich nicht leugnen, daß sehr viele außerordentliche Bilder anziehend auf uns einwirkten und wir aus der Bewunderung der neueren Meister gar nicht herauskamen. Betti meinte, das gänzlich Schwarze, als wenn man sich mit Lakritzen gewaschen hätte, schiene am modernsten in der Kunst zu sein, aber für dies Sargartige in der Malerei hatte sie keinen Applaus. – »Was sagst du denn hierzu?« fragte sie mich und deutete auf ein Gemälde, das eine schlank gewachsene Dame in olivgrünem Samtgewand darstellte, mit einem Ausdruck, als ob sie freundlich antworten würde, wenn man sie anredete. – »Dies wäre ganz mein Fall«, sagte ich, »nur glaube ich, daß mir das braune Ripskleid besser stehen würde, und dann halb so groß, die kleineren Rahmen sind gewiß bedeutend billiger.« – »Abgemacht?« fragte Betti. – »Wenn du meinst, daß Papa ...« – »Es bleibt dabei«, jubelte sie und legte ihren Arm um mich, »meine liebe, gute Mama wird gemalt.« – »Kind, Kind, du überrumpelst mich ja förmlich, man muß doch erst wissen, von wem dies Portrait ist.« – »Hier steht es groß und deutlich«, sagte sie und zeigte auf den Namen des Künstlers unten in einer Ecke des Bildes. – »Fritz Paulsen«, las ich. – Es war klar; das Schicksal wollte es nicht anders. –

Als wir die Ausstellung verließen, war ich entschlossen, meinem Karl die große Überraschung zuteil werden zu lassen, zumal Gemälde auch, wie Betti fest versicherte, nicht nur bleibenden Wert hätten, sondern mit den Jahren im

Preis stiegen. – »Wenn sie das tun, ist ja nichts weg«, erwiderte ich, »und Brot fressen sie nicht. Aber eins will ich dir noch sagen, Betti, wir wollen keine Sterbenssilbe über die Ausstellung lesen, denn wenn ein schlecht ausgeschlafener Rezenseur seine gnedderige Laune an dem Portrait von der Dame ausließe, würde die Lust, mich malen zu lassen, in die Brüche gehen.« – »Aber wenn er es schön findet?« – »Das können wir ebensogut von alleine. Hast du in dem populär-langweiligen Vortrag von Bruno Meyer nicht gehört, daß diejenigen Kunstwerke klassisch sind, welche das in der Dauer sich bewährende Urteil der Menge dafür hält? Na, und wir beide sind auch Menge!« –

Einige Tage darauf fuhr ich nach der Dorotheenstraße zum Professor Paulsen. Als ich klingelte, öffnete mir eine Frau, die mich in ein Empfangszimmer führte und sagte, der Professor hätten gerade Sitzung, wen sie anmelden sollte? – Ich dachte nun, den Professor zu überraschen, und erwiderte: »Sagen Sie nur, eine Bekannte aus Italien wäre da, dann wird er schon Bescheid wissen.« – Die Frau sah mich ungläubig an und ging langsam nach der Tür, die ins Atelier führte, aber bevor sie verschwand, warf sie einen Blick auf die Kunstgegenstände und alten Porzellansachen, die auf dem Spiegeltisch und antiken Spinde standen, als wollte sie mir andeuten, jedes Stück sei gezählt. – »Dies ist gewiß der Hausdrache, der die Schätze bewacht«, dachte ich, und wie ich später erfuhr, hatte ich mich nicht geirrt, denn die Bachmann, wie sie heißt, besorgt die Wirtschaft mit großem Pflichtgefühl. – Es dauerte nicht lange, da trat der Professor in eigener Person an. Er erkannte mich sofort wieder und sagte, da die Sitzung zu Ende sei, stände er mir gleich zur Verfügung, ich möchte ihn nur noch wenige Minuten entschuldigen. – Er blieb wirklich auch nur kurze Zeit aus und nötigte mich darauf in das Atelier.

Es war zum ersten Male in meinem Leben, daß ich ein Atelier betrat, worunter ich mir stets einen leeren Raum vorgestellt hatte, in welchem neben größter Unordnung Gemälde angefertigt würden, aber ich muß gestehen, daß mein Begriff auf Unbekanntschaft mit Künstlerischem beruhte, denn ich glaubte wahrhaftig, in einen von jenen Sälen geraten zu sein, wie ich sie in den italienischen Palazzos gesehen habe. Auch Waffen hingen da, und auf den Gesimsen standen Figuren, Schüsseln, Krüge und farbige Glassachen. Und nun erst die verschiedensten altertümlichen Stühle und Sessel, Tische und Spinde und die Teppiche, alles gediegen und wunderherrlich zueinander passend.

»Nein«, rief ich, nachdem ich aus dem ersten Staunen heraus war, »das hätte ich nicht erwartet, es muß ja ein wahres Vergnügen sein, sich in dieser Umgebung malen zu lassen, und damit ich nur gleich sage, warum ich gekommen bin: ich habe die Absicht.« – Wir setzten uns nun in eine gemütliche Ecke. Der Professor beorderte die Bachmann, einen Imbiß aufzusetzen, mit vorzüglicher Fleischbrühe und kalter Küche. Hierbci bcsprachcn wir das Nähere wegen des Portraits, aber gegen braunen Rips erklärte er sich vom malerischen Standpunkte, da sich eine entschiedenere Farbe für mich besser eignete. So kam ich denn auf mein Bordeauxfarbenes, und das wurde angenommen. Am nächsten Tage konnte die erste Sitzung bereits stattfinden, und damit mein Karl nichts merkte, schlug er mir vor, das Kleid herzuschicken, da es in dem altdeutschen Schrank wohlverwahrt wäre. Ich fragte noch, ob ich Betti mitbringen dürfte, weil mir einfiel, das Kind könnte beim Zusehen profitieren und dem Professor einige malerische Handgriffe abschulen, er wünschte aber, daß sie erst nach der dritten Sitzung käme, wenn bereits ein Urteil über die ganze Erscheinung möglich wäre. Dann sollte sie ihm willkommen sein. –

Dies war am Dienstag, am Donnerstag saß ich zum ersten Male. Es wird dem Menschen doch ganz eigen zumute, wenn er die Leinwand erblickt, auf die sein Ebenbild hin soll, und sich gar nicht denken kann, wie so etwas ohne Vorlageblätter möglich ist, sondern man selbst wie ein solches dasitzt und dabei sprechen darf und sich unterhalten, während der Künstler vermittelst verschiedener Pinsel die Farben gerade immer auf die Stellen streicht, wo sie aus Ähnlichkeitszwecken notwendig sind. Ich fragte den Professor, ob er schon immer hier gewohnt habe, worauf er mir auseinandersetzte, daß der Magistrat ihn ausgemietet hätte, da dort in derselben Straße, wo seine frühere Wohnung lag, eine Markthalle erbaut würde. »Mein altes Atelier hatte einen schwebenden Garten«, erzählte er, »mit Aussicht über einen Holzhof bis auf die Spree. Unmittelbar daran stieß ein Garten mit hohen Ulmen und Linden wie ein kleiner Wald. Im Frühjahr dufteten die Lindenblüten, der Buchfink kam und trank aus meinen Blumenschüsseln, und an den Abenden sangen die Nachtigallen. Man konnte glauben, auf dem Lande zu sein, so friedlich war es dann. Der wilde Wein rankte hoch bis zum Dach, und die Blumen blühten in allen Farben. Als später die Bäume gefällt wurden, um Bauplätze zu gewinnen, zogen die Singvögel fort. Kurz darauf wurde alles übrige abgerissen: die Häuser, das Atelier und der schwebende Garten, da hatte die Herrlichkeit ein Ende. Hoffentlich werden die Markthallen Berlin zum Vorteil gereichen, nicht allein praktisch, sondern auch architektonisch.« — »Ich verspreche mir ebenfalls viel davon«, entgegnete ich, »denn wenn man sieht, wie die Marktleute am Abend spät bei ihren Körben platt auf der Erde liegen und die ganze Nacht hindurch im Freien kampieren, es mag ein Wetter sein, wie es will, dann muß sich jeder Vernünftige sagen, daß solch ein gewaltsames Schädigen der Gesundheit nicht human ist. Die

Bauern sind doch auch Menschen. Außerdem erwarte ich, daß die Markthallen auf die höhere Gesittung dieser Leute einwirken, die bis jetzt meistens schwach mit Lebensart sind. Denken Sie nur, was mir vorigen Sommer passierte, als gerade die Badereisezeit war! Also ich gehe auf den Markt und will junge Schoten kaufen, weil aber die Hökersche nur ganz überreife hat, bedenke ich mich und sage der Wahrheit gemäß: ›die darf ich meinem Manne nicht vorsetzen, liebe Frau, es tut mir leid. Adje!‹ Und was wird sie nun antworten? Zu mir nicht einen Hauch, aber ihrer Nachbarin ruft sie zu: ›Frau Meiern, det will nu wat Feines sin! Det is jar nischt Feines, denn wenn't wat Feines wäre, denn wäre et ja jetzt jar nich in Berlin!‹ Dergleichen kann doch in Markthallen ohne sofortige Einmischung des Schutzmannes und bessernde Festsetzung im Zwinger nicht passieren! Oder soll man wegen der Marktweiber etwa nach Norderney reisen?« –

Nun wurde Pause gemacht, und ich konnte den ersten Blick auf die angefangene Arbeit werfen. So müssen die Menschen im Urzustande ausgesehen haben: bereits erkennbar, aber noch nicht formvollendet. Der Rumpf war nur erst angedeutet, und der Sessel, auf dem ich saß, bestand bloß aus einigen farbigen Flecken; den Händen hatte der Professor vorläufig mit dem Fleischfarbenpinsel den Platz angewiesen, den sie später einnehmen sollten. – »Ich meinte, die Maler fingen oben bei den Haaren an und malten stückweise bis unten herunter alles gleich fertig nieder«, äußerte ich mich nach ruhiger Betrachtung der Malerei. – »Es ist möglich, daß einige so verfahren«, versetzte der Professor, »ich für meine Person ziehe es vor, die Gesamterscheinung in den Hauptsachen möglichst bestimmt zu skizzieren und dann die Einzelheiten so weit durchzubilden, wie ich es für künstlerisch richtig und wirkungsvoll halte.« – »Ich bin neugierig, was es wird«, entgegnete ich. »Aber sagen Sie, bleibt das Schwarze unter den Augen, und bin ich wirklich so gelb am Halse?«

Der Professor tat, als wenn er diese Frage gar nicht gehört hätte, sondern drückte auf die elektrische Klingel, worauf die Bachmann erschien. – »Darf ich Ihnen eine kleine Erfrischung anbieten?« fragte er, »wenn Sie heute noch eine Stunde sitzen, komme ich weiter als ein andermal in der doppelten Zeit, und ich möchte daher, daß Sie nicht ermüden.« – »Habe ich denn schon eine Stunde gesessen?« fragte ich verwundert, weil ich meinte, erst vor wenigen Minuten gekommen zu sein, aber in einer interessanten Umgebung gehen die Uhren rastlos vor. – »Schon beinahe zwei Stunden«, sagte die Bachmann. – »Ich wünsche nicht, daß Sie ungefragt reden«, sagte der Professor deutlich, »es kann Ihnen völlig gleich sein, wie lang ich die Stunden rechne. Bringen Sie ›Johannitergarten‹, Kuchen, Obst und so weiter.« – Die Alte ging mit einem unfriedlichen Gesichte ab, kam jedoch bald versöhnlicher im Ausdruck wieder und setzte das Verlangte auf den Tisch. Dann betrachtete sie das angefangene Portrait und sagte ruhig: »Es wird«, worauf sie sich entfernte. Dies imponierte mir.

Die kleine Stärkung tat mir wohl, und der Wein schmeckte so ausgezeichnet, daß ich mich nicht erinnerte, einen ähnlichen getrunken zu haben, und fragte, woher er sei, da ich beabsichtigte, wenn er nicht unerschwinglich wäre, meinen Karl zu seinem Geburtstage darauf hinzuweisen. – »Den ›Johannitergarten‹ beziehe ich direkt von meinem Freunde, dem Gutsbesitzer Otto Sartorius in Mußbach in der Rheinpfalz«, erklärte der Professor. – »Läßt der Herr auch an andere ab?« – »Machen Sie einmal einen Versuch mit einer Sendung; Sie werden zufrieden sein. Seitdem die Franzosen die kleineren Bordeaux aus italienischem Weine fabrizieren, ziehe ich reine deutsche Gewächse vor, zumal der Preis derselbe ist, wie man ihn für die französischen Verschnitte anlegen muß.« – »Das leuchtet mir ein«, entgegnete ich, »man lernt doch täglich zu«, und notierte die Adresse.

Nach der Pause wurde weitergemalt, und als es genug war, hatte das Bild schon ein ganz anderes Aussehen gewonnen. Die Bachmann schien recht zu haben: es ward.

Die Alte half mir im Nebenzimmer beim Umkleiden, und als ich mich darauf verabschiedete, erlaubte der Professor mir, Betti das nächste Mal mitzubringen, ich hätte so trefflich ausgehalten, daß er eine Sitzung weniger brauchte. –

So angenehm mir dieses Lob auch war, so wenig konnte ich mir verhehlen, daß ich zu spät zum Mittagessen kommen würde, was sonst nie der Fall war. Freilich kam ich mit der Stadtbahn rasch genug in unsere Gegend, allein die Zeit war andererseits viel zu knapp, eine Entschuldigung zusammenzudrechseln.

Zu Hause warteten sie mit dem Essen, mein Karl jedoch empfing mich, als er meine Verlegenheit bemerkte, lachend mit den Worten: »Die Brücke war wohl aufgezogen, Wilhelmine, oder stiegst du in eine verkehrte Pferdebahn?« – »Nein«, entgegnete ich ärgerlich, »für so einfältig brauchst du mich nicht zu halten, im Gegenteil, ich war darauf aus, endlich einmal einen vernünftigen Wein auszusuchen ...« Mein Karl sah Betti an, Betti sah ihn an, und beide pruschten los, daß es schon nicht mehr schön war. – »Was habt ihr zu grienen?« fuhr ich auf. – »Sie geht Wein probieren«, lachte Karl. – »Jawohl, das tut sie«, rief ich, gereizt über den Spott, und warf die Adresse von dem Weinonkel auf den Tisch – »da steht's geschrieben, wenn ihr lesen könnt, und nun kannst du dir das Getränk selbst zu deinem Geburtstage kaufen, mir ist die Lust dazu durch euer Benehmen vergangen.« – »Wilhelmine, wenn ich gewußt hätte«, fing mein Karl an, sich zu entschuldigen. – »Schweige still, Karl, lehne dich nicht auf. Ihr Männer seid von Natur einmal so geartet, daß ihr die feinen Liebesfäden der Frauen mit talpschigen Händen zerreißt. Ich will jedoch vergeben und vergessen unter der Bedingung, daß du noch heute eine Bestellung machst. Auch Bowlenwein laß dir schicken. Komm, zerknautsche die Adresse nicht, und nun laßt uns zu Tische gehen.« –

Wir aßen ziemlich gesprächslos. Es tat mir leid, meinen Karl so niederdonnern zu müssen, aber wäre dies nicht geschehen, würde er sicherlich hinter das Portraitgeheimnis gekommen sein, und außerdem hätte es viel mehr Mühe gekostet, ihn zu dem Weinhandel zu bewegen. Aber wenn wir den Professor einmal bei uns sehen, darf man ihm doch nichts Geringeres vorsetzen, als er gewohnt ist.

Mein Karl hatte es mit dem Essen eilig und sagte schon »gesegnete Mahlzeit«, ehe wir andern zum zweiten Male genommen hatten. Ich wollte ihm schon nachlaufen: es sei nicht schlimm gemeint gewesen, als Betti anfing: »Warum warst du so böse, Mama?« – »Ich böse?« – »Es kam mir wenigstens so vor.« – »Ich hatte auch Grund, verdrießlich zu sein.« – »Nein, Mama.« – »So?« – »Ja. Als du zu lange ausbliebst, ward Papa unruhig. Er fragte, wo ist Mama? Ich suchte Ausflüchte zu machen, aber du weißt, wenn er ganz ernst und nachdrücklich fragt, muß man die Wahrheit gestehen.« – »Nun ja!« – »Da antwortete ich ihm: Laß gut sein, Papa, denke doch daran, daß nächstens dein Geburtstag ist.« – »Betti, wie konntest du verplappern ...« – »Ich wußte, daß Papa sich damit zufriedengeben würde, und es war ja auch die Wahrheit. Hättest du auf seine Scherze eine heitere Entgegnung gehabt, wäre alles gut gewesen. Diesmal ist es schwer zu entscheiden, wer getalpscht hat.« –

»Betti! Ich brauche mir von dir keine Injurien sagen lassen.« – »Das wollte ich auch nicht, Mama, aber ich bin groß genug, um einzusehen, daß du mit Nachgiebigkeit weitergekommen wärest.« – »Solche Ansichten von dir sind mir neu.« – Sie stand auf, dann begann sie mit leiser Stimme: »Ich habe einmal geglaubt, ich würde glücklich werden, wir sprachen nie davon, Mama; es ist vorbei mit meinem Glück ... wir haben beide darüber geschwiegen, du und ich. Wozu gebrauchten wir Worte? Du wußtest es so gut wie ich. Die Liebe, die ich dem einen zu schenken gedachte, will ich auf euch alle verteilen, wie ich es nur vermag. Und nun weißt du, warum ich andere Ansichten habe als früher. Verzeihe mir, wenn ich dich vorhin kränkte. Mit Absicht geschah es nicht.« – Sie ging, und ich blieb allein mit schwerem Herzen. Betti hatte entsagt, ihr Frühling war dahin. Es war gut, daß niemand sah, wie ich weinte. Als ich mich erholt hatte, nahm ich mir vor, ihr das Leben von jetzt ab so freundlich zu gestalten, wie es in meinen Kräften steht. Kein bitteres Wort sollte wieder über meine Lippen kommen, aber wenn ihr jemand zu nahe treten würde: dann wehe! –

Mein Karl hatte sich, wie gewöhnlich, nach Tisch ein bißchen niedergelegt. Ich ging zu ihm. »Karl«, sagte ich, »wenn du durchaus nicht willst, lasse den Wein nur.« – »Wie du meinst, Wilhelmine«, sagte er teilnahmslos. – »Hattest du keinen Appetit heut mittag, mein Karl?« – »Nein.« – »War ich schuld daran?« – »Das habe ich nicht behauptet.« – »Karl, ich war etwas erregt.« – »Das kam mir auch so vor. Für die Zukunft möchte ich dir darum das Weinprobieren abraten, du kannst das viele Durcheinander nicht gut vertragen.« – »Karl, das sind Retourkutschen! Bist du mir böse, Karl?« – »Nein, ich weiß, du kannst einmal nicht gegen deine Natur, warum sollte ich dir zürnen?« – »Karl«, rief ich, »du bist ein Kleinod von Kindesbeinen an. Ich will zugeben, daß ich heftiger war, als du verdientest, aber trotzdem: habe ich je einen besseren Vater meiner Kinder verlangt als dich? Es kommt der Augenblick, wo ich gerechtfertigt vor dir dastehen werde, er ist nicht mehr weit entfernt, das glaube mir. Heut abend sollst du ein delikates Beefsteak haben. Willst du mit Zwiebeln oder mit Ei, mein Karl?« – »Beides.« – »Und Münchener Hofbräu laß ich dir dazu holen. Es soll niemand sagen, ich hätte kein warmes Herz für dich. Nun nimm noch ein paar Augen voll Schlaf; wenn es Zeit ins Geschäft ist, wecke ich dich.« – Ehe ich ging, gab ich ihm einen Kuß, den er sich willig gefallen ließ.

Das Portrait bildete jetzt die Hauptaufgabe meines Daseins, es mußte unvergleichlich werden, und wenn ich wie eine Brüthenne hätte drei Wochen lang sitzen sollen. So vieler Zeit bedurfte es jedoch nicht, denn es war überraschend, wie das Bild gedieh, worüber Betti, die mich jedesmal begleitete, höchlichst in Erstaunen geriet und schließlich zu dem Resultat gelangte, daß sie solche Geschicklichkeit doch nie erreichen werde. – »Die Farbenmischung ist zu schwierig«, sagte sie, »man sieht auf der Palette von jeder Couleur etwas, und das wird auch noch wieder durcheinandergerührt, aber wenn er es mit dem Pinsel auf die Leinwand setzt, stimmt es auf den Tippel mit deiner Ähnlichkeit überein. Ich glaube, das Wesen der Kunst liegt in dem Blick des Malers für die Natur.« – »Wenn du dich da nur nicht irrst, Betti«, entgegnete ich, »den Blick haben andere am Ende auch. Nein, das Wesen der Kunst besteht meiner Meinung nach darin, daß er jedesmal in das Richtige einstippt!«

Mit dem Malenlernen durch unbemerktes Absehen war es also nichts, im Gegenteil, Betti gab obendrein die Holzsachen auf, indem sie erklärte, das sei nur Pinselei, wegen der sie die Literatur vernachlässigt hätte, zu der sie, wie aus den höheren Schulzeugnissen hervorgeht, ja auch Begabung Numero 1b und Fleiß Numero 2a besitzt. Ich nahm mir angesichts dieser Garantien vor, den Herrn Feodor Wichmann-Leuenfels, der seinen Besuch gemacht hatte, öfter heranzuziehen, obgleich Betti nicht sehr von ihm erbaut ist und Onkel Fritz ihn in seiner plebejischen Ausdrucksweise nie anders als den Patentfatzke nennt. Da auch mein Karl äußerte, daß er zu der Branche eines Dichters kein unbedingtes Vertrauen hege, so stehe ich mit meiner Sympathie für dies aufstrebende Genie allein. Aber Leuenfels ist bedeutend, man muß bloß hören, mit welcher Sicherheit er über die anderen Versemacher loszieht. Er hielte sich zu gut, seinen Namen unter solchen Schund zu setzen. –

Mittlerweile gingen die Sitzungen ihrem Ende entgegen, es war merkwürdig, wie das Bild immer lebenstreuer wurde, bis es zuletzt der Natürlichkeit selbst glich. Das Schwarze unter den Augen und das Gelbe am Hals war verschwunden und bildete ganz ordnungsmäßige Schatten; die farbigen Flecke nahmen sich genauso aus wie die Stickerei des Sessels, und die Hände, welche viel Arbeit gemacht hatten, glichen akkurat meinen eigenen. Ich war ganz entzwei, als ich mich der Betrachtung des vollendeten Bildes in dem goldgeschnitzten Rahmen hingab und im voraus die Gefühle meines Karls an seinem Geburtstage empfand. »Die Kunst ist doch groß«, sagte ich, »nur finde ich, daß ich viel zu hübsch auf dem Bilde bin, Herr Professor.« – »Sie irren«, entgegnete er, »der Portraitmaler muß nicht bloß die Natur gewissermaßen abschreiben, sondern hat danach zu streben, daß er der Ähnlichkeit die angenehmste Seite abgewinnt. Des Menschen Ausdruck wechselt mit seiner Stimmung, und hier habe ich Sie gemalt, wie Sie in froher Stunde aussehen.« – »Aber bin ich nicht vielleicht etwas zu jugendlich geraten?« – »Mama, was redest du«, nahm Betti das Wort, »so wie auf dem Bilde kennen wir dich alle, solange wir denken können: unsere liebe, freundliche Mutter.« – »Wenn du nur zufrieden bist, will ich nicht widersprechen, du weißt, man ist kein Unmensch. Ich habe mich nicht aus Eitelkeit malen lassen, Herr Professor, sondern weil die Kinder es durchaus wollten.« – »Dann haben Sie sehr vernünftige Kinder«, sagte dieser.

Uns waren die Sitzungen ein wirkliches Vergnügen gewesen, daß es uns leid tat, damit aufhören zu müssen. Das Bild blieb noch bis zum Geburtstag im Atelier.

Ein bißchen Kulissenfieber hatte ich doch, als der Tag anbrach, an dem mein Karl überrascht werden sollte. Am Nachmittag vorher war der Professor selbst dabeigewesen, als das Bild in der guten Stube aufgehängt wurde, damit es den richtigen Platz in guter Beleuchtung erhielt und in dieser Hinsicht nichts versäumt werde. Ich schloß die Tür ab und nahm den Schlüssel an mich. Betti war ganz Erwartung, sie sang sogar fröhlich vor sich hin, was sie lange nicht getan.

Am Morgen tranken wir den Kaffee, wozu es einen Napfkuchen gab wie an anderen Geburtstagen, und überreichten meinem Mann verschiedene nützliche Kleinigkeiten, die ihm sehr gefielen. Dann ging ich und schloß auf. »Karl«, rief ich durch die Türe, »es ist jemand in der guten Stube, der dich sprechen will.« – Obgleich etwas unwirsch über die Störung, eilte er doch hinaus, und wir folgten ihm auf den Zehen ganz leise und behutsam. Da stand er in Betrachtung vor dem Bilde versunken, aber da Bettis Schuhe knarrten, hörte er uns. »Wilhelmine«, sprach er bewegt, »mein gutes Weib, eine größere Freude hättest du mir nicht bereiten können«, und zog mich an sich. Betti klatschte jubelnd in die Hände: »Hab' ich es nicht gleich gesagt? Wenn die Eltern doch nur immer den Kindern folgen wollten.« – Mein Karl lächelte ihr zu und schlang seinen anderen Arm um sie. Dies war ein Geburtstag, wie wir ihn noch nie gehabt hatten.

»Gefällt dir das Bild, mein Karl?« fragte ich, weil man doch gerne ein Urteil haben will, »findest du es getroffen?« — »Du bist es, wie du leibst und lebst«, gab er zur Antwort, »und doch liegt noch etwas mehr darin: es ist, als wärest du wieder meine Braut.« — »Also du meinst zu jugendlich?« — »Nein, aber es weckt mir die Erinnerung, und wenn ich dich selbst jetzt ansehe, finde ich ganz denselben Ausdruck in deinen eigenen Zügen. Der Künstler hat es nur verstanden, ihn deutlicher hervorzuheben, als wir ihn zu sehen pflegen.« — »Und du bist nicht mehr böse von neulich mittags her? Ich kam nämlich von der ersten Sitzung ...« — Er legte seine Hand sanft auf meinen Mund. »Der Sturm zog ja bald vorüber, und ein schlug es noch nie bei uns, wenn du auch manchmal in heftiger Gewitterlaune warst.« — »Karl, habe mal große Wäsche im Kopf ...« — »Wilhelmine, soll das Bild sich über dich lustig machen? Sieh doch nur, wie freundlich und liebenswürdig die gemalte Frau Buchholz mich anblickt.« — Ich lachte und sagte: »Da hab' ich mir ja eine nette Warnungstafel hingehängt.« — Es klingelte. — »Kinder«, rief ich, »es kommt Besuch. Das werden Emmi und Dr. Wrenzchen sein.« So war es auch. Mein Schwiegersohn wollte gratulieren, bevor er auf die Praxis ging, und ließ Emmi für den ganzen Tag bei uns. Das Bild gefiel ihnen enorm. Der Doktor fragte mich heimlich, was es kostete; ich beruhigte ihn, er könnte es vielleicht noch einmal erben. — Am Abend hatten wir eine ziemlich zahlreiche Gesellschaft, und mein Karl hatte für »Johannitergarten« gesorgt. Das war denn nun meine Überraschung, und infolgedessen herrschte große Fidelität bis in die späte Nacht.

Bevor ich mich schlafen legte, begab ich mich noch einmal mit dem Lichte vor das Bild und schwur: »Ich will tun, was ich vermag, dies gelobe ich, aber Übermenschliches kann niemand von mir verlangen, kein Portrait der Welt.«

Neue Verwandtschaft

Sie kommen ja ordentlich im Geheimratsviertel zu wohnen, vorne mit einem Blumengarten, hinten mit einem Gewächshaus, Stallung und Kutscherwohnung, und der Gärtner soll mit bci Tische aufwarten, wozu sie ihm sechs Paar weißbaumwollene Servierhandschuhe in seinem Lohn festgesetzt haben. Waschen lassen muß er sie aber für sein eigenes Geld, weil er dann nicht so schleißt. Die Möbel haben sie von einem verschwundenen Baron übernommen, die stehen schon auf dem Lager. Sobald die Handwerker aus dem Hause sind, wird die Hochzeit gefeiert, und wenn das junge Paar von der Reise retour ist – sie wollen entweder nach Paris oder nach Wien –, dann ziehen sie in die Prachträume ein. Und sämtliches Porzellan mit Zwiebelmuster und der Ausguß in der Küche von weißem Marmor mit Vergoldung. Kein Fürst kann ihn brillanter verlangen.

Dies alles erzählte mir Auguste Weigelt, die nach längerer Zeit einmal wieder bei uns vorsprach. Sie kann ja auch nur schwer abkommen, seitdem wieder ein Kleines bei ihnen erschienen ist. Der Junge macht sich ganz prächtig heraus, und das zweite, ein Mädchen, kann sich auch sehen lassen; es ist gut durch die Pocken gekommen, obgleich ich es in dem zarten Alter nicht hätte impfen lassen. Aber Auguste meinte, abgemacht wäre abgemacht, einmal müßte es doch heran, daß es später seine richtigen Papiere hätte.

»Du denkst wohl schon an zukünftige Partien für deine Jüngste?« fragte ich scherzhaft. – »Das gerade nicht«, erwiderte sie, »aber wenn die Kleine in der Wiege liegt und träumt und ich sitze mit meiner Handarbeit dabei, dann fange ich auch mitunter an zu simulieren. So etwas wächst rascher heran, als man denkt, und muß eine Erziehung ersten Ranges haben. Man kann ja nicht wissen, in welche Kreise sie noch kommen wird? Durch die Heirat meines Bruders ändert sich sehr vieles in unserer Familie.«

»Seine Braut muß wirklich großartig reich sein«, entgegnete ich, »wenn sich alles so verhält, wie du mir erzähltest, ein ganzes Haus im Tiergartenviertel mit Equipage beansprucht Mittel. Dein Bruder Emil kann von Glück sagen.« – »O gewiß«, fiel sie mir hastig ins Wort, »er wird sehr glücklich werden, er setzt sich sozusagen in das Gold hinein. Wenn man bedenkt, daß er weiter nichts hat als sich selbst und sie ihn mit ihrem unzählbaren Vermögen nur aus reiner Zuneigung nimmt ...« – »Wo hat sie ihn denn eigentlich kennengelernt?« unterbrach ich Auguste. – »Zuallererst auf einem Juristenball, zu dem Emil von einigen beschwesterten Freunden geladen war, weil er ein flotter Tänzer ist. Und gerade Jura sagt ihr so sehr zu. Emil soll noch Doktor werden, und wenn es nicht zu teuer kommt, auch Professor oder sonst etwas von Rang. Darauf ist sie wie versessen, sagt Emil.« – »Aber er ist ja kein Gelehrter«, rief ich, »da hat sie sich wohl versehen.« – »Sie müssen doch selbst sagen, daß

Emil ein bildhübscher Mensch ist.« – »Auffallend«, entgegnete ich, »aber soviel ich mich besinnen kann, ist das Schöne bei den Professoren meistens etwas im Rückstand, wogegen sie es mehr mit dem Kopfe haben, wie sich nach ihrem Tode mit wissenschaftlicher Sicherheit herausstellt. Mir soll es jedoch recht sein, wenn sie sich die Professorin vorbinden kann, und Emil will ich wünschen, daß er kein Geldspinde heiratet und mehr auf ein gutes Herz sieht und daß die Seele keine Falten hat. Ist er denn wirklich glücklich? Ich meine, so stillvergnügt zufrieden?«

»Ich glaube ja«, erwiderte Auguste. »Warum sollte er es auch nicht sein? Bekommt er doch alles, was man nur begehren kann. Und den Eltern kann er beistehen und uns andern auch. Er weiß, wie schwer es wird, durchzukommen.« – »Das mag ich von ihm leiden«, sagte ich, »und wenn er es so einrichtet, daß er den Kassenschlüssel in die Hände kriegt, wird er gewiß das Seinige für euch tun.« – »Nicht wahr?« rief Auguste fröhlich, »Mutter meint ganz dasselbe, Vater braucht sich nicht mehr mit Nebenarbeiten absklaven, und die Sorgen haben ein Ende!« – »Dann seid ihr schön heraus mit Siebzig«, stimmte ich ihr bei, »wenn's nur erst soweit wäre!«

»Lange dauert es nicht mehr«, sagte Auguste, »und ich wollte auch, daß wir die Hochzeit bereits hinter uns hätten … sie wird uns recht schwer.« – »Bei all den glänzenden Aussichten?« – »Gerade das Glänzende macht uns Sorge«, antwortete Auguste. »Wir können doch nicht gegen die vornehmen Leute abstechen, die zur Hochzeit gebeten werden, das wäre zu blamabel. Mein Mann kann in dem alten Frack nicht antreten, und mein bestes Kleid ist gänzlich aus der Mode. Und wenn wir etwas schenken, muß es wenigstens eine Zuckerzange sein oder ein Salzfaß oder sonst etwas Silbernes. Mutter riet freilich zu einem Tafelaufsatz, der recht viel herzeigt, allein den können wir uns nicht leisten, der ist zu teuer.« – »Nimm's mir nicht übel, Auguste«, sagte ich, »aber deine Mutter ist die geborene Unvernunft. Wo wollt ihr denn das Geld zu solchen Ausschweifungen hernehmen?«

Auguste ward bei diesen der Wahrheit entsprechenden Worten verlegen und stammelte darauf zögernd: »Wir haben alles auf das Genaueste berechnet und nur das Notwendigste in Betracht gezogen. Mit hundert Talern könnten wir die Ausgaben bestreiten.« – »Dies halte ich bei euren Verhältnissen für unverantwortlich. Bedenke doch die Zukunft, Auguste.« – »Gerade das tun wir«, versetzte sie lebhaft. »Gehen wir nicht zu der Hochzeit, dann ist es mit dem vornehmen Umgang ein für allemal aus. Wo soll man sonst Leute kennenlernen, die später einmal etwas für den Jungen tun, wenn er eine gute Empfehlung braucht, um vorwärtszukommen, als in solchem Hause? Ist es klug, eine hochstehende Verwandtschaft vor den Kopf zu stoßen, die sogar Grafen einladen wird, wie Emil sagt, wenn sie Soireen geben, und berühmte Persönlichkeiten?« – »Auguste«, fragte ich ernst, »glaubst du denn, daß ihr den richtigen Schliff für solch feudale Gesellschaften habt? Ihr seid doch auch nur aus der Landsbergerstraße. Aber so viel sehe ich ein ... was Bergfeldtsch ist, das bleibt Bergfeldtsch sein Leben lang!«

»Ich weiß, daß Sie eine Pikanterie auf Mutter haben, aber mich ließen Sie nie die Zwistigkeiten fühlen, die Sie mit ihr hatten ...« – »Die Zwistigkeiten sind ganz auf ihrer Seite«, fuhr ich dazwischen, »wenn eine immer anfing, dann war sie es. Aber laß gut sein, wir wollen uns nicht mit Vergangenheiten nervös machen, sondern ruhig und besonnen bleiben ... Also du meinst wirklich, daß ihr die Hochzeit nicht schießen lassen könnt?«

»Wir müssen hin. Was sollen wir den Bekannten antworten, wenn die fragen, warum wir nicht da waren? Liebe, gute Frau Buchholz, es geht nicht anders, und nun hab' ich eine große Bitte an Sie ... aber Sie dürfen es nicht falsch verstehen ... nicht wahr, Sie werden nicht schelten ... leihen Sie uns hundert Taler.« –

Wenn mir eine gesagt hätte, ich sollte ihr die Rathausuhr herunterlangen, ich hätte nicht perplexer sein können als nach diesem Attentat. »Auguste«, erwiderte ich nach einer längeren Besinnungspause, »es ist freilich wahr, daß der Ertrinkende den ersten besten Strohhalm ergreift, aber warum soll ich der gerade sein? Wäre wirklich Not am Mann, ihr könntet sicher auf mich rechnen, aber eure Großspurigkeit findet keine Gegenliebe bei mir. Zum allermindesten muß ich erst mit meinem Manne darüber reden. Bedenke doch, hundert Taler sind bare dreihundert Mark, das ist keine Kleinigkeit in diesen schweren Zeiten. Überall hört man über den Ruin der Geschäfte klagen und den wirtschaftlichen Abgrund, der sich schon seit Jahren auftut.« – »Es war ja auch nur eine Anfrage«, sagte Auguste leise, »wir werden schon anderwärts das Geld bekommen, und Emil wird es uns wiedererstatten, das hoffen wir fest und sicher.« – »Auguste«, warnte ich, »Hoffnung gilt nichts auf der Reichsbank. Wenn du dein Schwarzseidenes hinten mit einem modernen Nachsatz umarbeiten läßt, dazu gebrauchst du höchstens zwei Bahnen, und es bleibt noch genug, die Ärmel damit zu ändern. Dein Mann kann sich im Kleiderladen für ein paar Mark einen hocheleganten Frack leihen, und statt des Silberzeuges nehmt ihr einen anmutsvollen Blumentopf mit feierlicher Überreichung. Das tut's auch.«

Augusten schüttelte überlegen den Kopf. »Seine Braut liebt Blumen nicht«, sagte sie, »sondern ist mehr für das Wertvolle und Teure, und daß es aussieht, als trüge ich meiner Großmutter Konfirmationskleid auf, das können Sie mir nicht zumuten, dazu ist sie zu lange her.« – »Frevle nicht, Auguste. Ich habe sie recht wohl gekannt, sie war eine geborene Neumann aus der Linienstraße, und ich finde es nicht hübsch von dir, mir die alte Frau als Trumpf vorzuspielen, um deinen Willen durchzusetzen. Ich sage dir: verpraßt ist ein Vermögen leicht, aber es zu verdienen, das erfordert mehr.«

»Verzeihen Sie, wenn ich ungelegen kam«, sagte Auguste verschnupft und stand auf, »es ist die höchste Zeit, daß ich nach meinen Kindern sehe.« – »Beschlafe dir's noch einmal gründlich, gewiß läßt es sich billiger einrichten.« – »Nein«, erwiderte sie, »es sind noch nicht einmal zwölfknöpfige Handschuhe dabei, wenn es nach Ihnen ginge, könnte ich dort wahrhaftig mit baumwollenen antanzen kommen. Das aber überläßt man der Dienerschaft in so vornehmen Häusern.« – Ich benutzte diesmal die Gelegenheit, ihr einige Worte über rücksichtsvolles Benehmen anzudeuten, nicht, obgleich ich innerlich aufwallte, und sagte nur: »Ich meine es besser mit dir und den Deinen, als du glaubst; meinetwegen kannst du dir noch drei Knöpfe auf jeden Finger nähen, das wird dann wohl hinreichend Furore machen.«

Sie versetzte, das stände mir ungehindert frei, wenn ich in die Verlegenheit käme, zur Hautevolee hinzugezogen zu werden. – »Guste«, rief ich ihr nach, »um die paar Pflaumen weinst du? Mache dich doch nur nicht lächerlich.« – Sie war aber schon gegangen und hörte mich nicht mehr. –

Wie recht hat doch mein Karl, wenn er öfters sagt: »In Geldsachen hört die Gemütlichkeit auf.« – Sonst, wenn Auguste kam, waren wir ein Herz und eine Seele, denn ich hatte viel von ihr, weil sich Darwin fast gar nicht an ihr bewährt hat und ihr Teil von dem Bergfeldtschen Charakter auf eine Seitenlinie vererbt zu sein schien. Nun aber, da Vornehmheit und schwindelndes Vermögen durch Emil in die

Familie geheiratet werden sollen, fängt sie auch an, sich zu verblenden, und die Natur der Mutter kommt zum Durchbruch, wie die Weisheitszähne im späteren Alter. Daß mit der Bergfeldten bekanntlich eine ausdauernde Gemütlichkeit zu den sieben Unmöglichkeiten der Welt gehört, dies weiß selbst derjenige, der ihre Beschränktheit erst nach längerem Umgange entdeckt. Wenn eine höher hinauswill, als es ihrer Stellung nach geht, und so unsicher in der Bildung ist, daß sie immerzu die regulärsten Mißgriffe macht, das ist gerade so, als wenn die Hühner es den Lerchen nachmachen wollten. Sie können es nicht! –

Ich teilte meinem Karl die Angelegenheit mit und verschwieg ihm keine Silbe, damit er mir in der Geldesverweigerung beipflichten sollte. Denn haben wir vielleicht etwas wegzuwerfen? Wer weiß, ob nicht Kaffee und Petroleum durch die neuen Kornzölle zu unerschwinglicher Höhe hinaufgeschleudert werden, so daß jeder gezwungen ist, das Seinige sorgsam zusammenzuhalten, wenn er nicht der staatlichen Verarmung anheimfallen will?

»Wilhelmine«, sagte mein Karl bedachtsam, nachdem er mich gänzlich hatte ausreden lassen und noch ein paar Worte darüber, »hast du denn schon die schlechten Zeiten so schwer empfunden, daß du sie zu deiner Selbstverteidigung ins Treffen führst?« – »Wieso Selbstverteidigung und Treffen? Ich bitte dich, drücke dich etwas einleuchtender aus, sonst bleibst du mir unverständlich.« – Er nahm meine Hand ganz wie zufällig und sagte, indem er sie zärtlich streichelte: »Wäre es nicht besser gewesen, Augusten das Geld vorzustrecken? Tut es dir nicht jetzt schon leid, nein gesagt zu haben?« – »Karl, damit Bergfeldts prunken können, sollen wir in die Tasche greifen? Zwölfknöpfige muß sie haben, anders geht es nicht, ganz, als wenn die Alte per Telephon aus ihr redete. Und das sage ich dir, wenn jemand Zwölfknöpfige trägt, dann bin ich es oder Betti. Aber zu solchem Luxus versteigt sich unser Ehrgeiz nicht.«

»Rege dich nicht auf, Wilhelmine, was liegt an den Handschuhen? Hier steht Wichtigeres auf dem Spiele: Weigelts ganzes Glück.« – »Ist das dein Ernst?« fragte ich beunruhigt, denn mein Mann sah in diesem Augenblick nicht aus, wie zum Scherzen aufgelegt. – »Mein voller Ernst«, antwortete er. »Wenn Weiber sich etwas in den Kopf gesetzt haben, dann müssen sie ihren Willen haben, und wenn es ein Unglück geben sollte.« – »Karl, was verstehst du unter Weibern«, fragte ich strenge. – »Wir sprechen ja von Bergfeldts«, erwiderte er. – »Das wollte ich mir auch ausgebeten haben.« – »Auguste wird sich daher das Geld unter allen Umständen verschaffen.« – »Dann ist ihr ja geholfen.« – »Nur zu sehr, fürchte ich.« – »Karl, tu mir den Gefallen und rede keine Rebusse, sage mir kurz und klar, was du fürchtest.« – »Daß Weigelts in Wuchererhände fallen und elend zugrunde gehen. Wer nichts zuzusetzen hat, kann auch nichts aushalten. Wir wollen ihnen das Geld leihen, Wilhelmine. Wenn Emil versprochen hat, ihnen später beizustehen, so wird er es auch tun. Wenigstens wären sie vorläufig aus der Kalamität und würden von törichten Schritten abgehalten. Was meinst du dazu?«

Ich überlegte. »Karl«, fragte ich darauf, »glaubst du, daß sie denkt, ich hätte ihr die Bitte aus Hartherzigkeit abgeschlagen oder weil ich ihr vielleicht das Vergnügen nicht gönnte?« – »Mit dem früheren kindlichen Vertrauen, das sie zu dir hatte, wird es wohl vorbei sein.« – »Weigelts sind zu unselbständig, wenn man nicht auf sie achtet, machen sie mehr Dummheiten, als Gottes Wille ist. Die paar hundert Märkelchen sind am Ende über, und die Kornzölle können wir ja abwarten, zumal dein Geschäft in Wollenwaren besteht. Morgen gehe ich zu Auguste, für heute ist es wirklich zu spät geworden.« – »Willst du helfen, zaudre nicht.« – Mir war recht behaglich zumute, als ich Karl verließ, um nach dem Abendbrot zu sehen; ich kam mir vor, als sei eine schwere Last von mir genommen, die mich drückte, seitdem Auguste gegangen war. Ich schickte das Mädchen nach extra frischen Bücklingen, die ich eigenhändig für meinen Karl mit Rührei bereitete und eine kleine Prise weißen Pfeffer daran, denn so ißt er sie am liebsten. –

Wenn auch mein Mann mir riet, Auguste eine Postrohrkarte zu schreiben und mich zum Nachmittage des folgenden Tages mitsamt der Klärung der Geldangelegenheit anzumelden, so dachte ich dagegen, daß die fünfundzwanzig Pfennig gespart werden könnten, da ich überhaupt nicht wußte, ob die Ackerstraße mit dieser segensvollen Einrichtung versehen ist. Ich wollte aber doch, ich hätte Stephan pusten lassen, denn es gibt Leute, die nicht rasch genug in das Verderben stürzen können, und zu denen gehören Weigelts. –

Als ich am andern Nachmittag so um dreien bei ihnen oben ankam, hörte ich Musike drinnen, freilich immer nur ein paar abgehackte Töne, aber es waren doch welche, worüber ich mich sehr wunderte, denn bis jetzt hatten sie weder bei sich noch bei den Kindern etwas entdeckt, was auf einen verborgenen Beethoven hindeutete. Ich also geschellt und Auguste mir dann auch gleich aufgemacht. »Da bin ich, Kind«, rief ich ihr entgegen, »es ist alles in schönster Ordnung, du kannst das Gewünschte bereitwilligst haben.« – Sonderbarerweise hatten meine Worte jedoch nicht die vorher erwartete Wirkung, Auguste erwiderte nur darauf: »Treten Sie näher und legen Sie ab, Frau Buchholz.« – »Hast du dich anders besonnen?« fragte ich beim Eintreten. – »O nein«, entgegnete sie, »aber wir haben bereits, was wir gebrauchen, die Welt besteht glücklicherweise nicht nur aus lauter Engherzigkeit.« – Ich setzte mich. »Was hat denn dein Junge da für einen Drehflügel?« fragte ich und wies auf den Kleinen, der einen Musikkasten auf dem Stuhle zu stehen hatte, mit dem er höchst vergnüglich leierte. Auguste wurde verlegen und setzte den Jungen mit dem Tonwerkzeug ins Nebenzimmer. Als sie wiederkam, sagte sie: »Wir haben die kleine Orgel mit zubekommen«, als verstände sich das von selbst. – »Wieso? Von wem?« – »Nun, von dem Geldmann.« – »Das finde ich sehr nett, gewiß ist er kinderlieb und wußte doch mit dem Dinge nichts anzufangen. Da schenkte er es euch denn für den Jungen.« – »Nein, so ist es nicht gemeint«, sagte Auguste, »aber er hat ihn nicht hoch angerechnet. Meinen Sie nicht auch, daß der Leierkasten gut und gern seine fünfzig Mark wert ist? Und für dreißig hat er ihn uns gelassen. Man kann fünf Stücke darauf spielen.« – »Dreißig Mark für das Gepiepse«, rief ich. »Wie konntet ihr euch so hereinlegen lassen?« – »Es ging nicht anders.« – »Guste, setze dich zu mir und gib mir richtigen Bescheid, hier ist etwas nicht in Ordnung.«

Sie nahm neben mir Platz und erzählte. Nachdem sie bei mir vergebens angeklopft hatte, sei ihnen nichts übriggeblieben, als zu einem Geldmann zu gehen, der kleinen Beamten auf Schein und Unterschrift Summen vorschießt. »Ist es ein Wucherer?« fragte ich. – »Nein«, erwiderte sie, »das Wuchern ist zu streng verboten.« – »Gottlob«, atmete ich auf. – »Aber, wissen Sie, Frau Buchholz, bei kleinen Beamten, wie bei uns, ist die Sicherheit nicht groß, und deshalb muß man die Hälfte in Waren nehmen, damit der Mann einigermaßen auf seine Kosten kommt.« – »Drehorgeln und solchen unnützen Kram«, bemerkte ich bitter. – »Es sind auch brauchbare und sehr preiswerte Sachen dabei«, sagte sie und zeigte auf einen Stapel von Paketen in der Ecke. »Ein Damastgedeck für vierundzwanzig Personen, unglaublich billig, ausgezeichneter Möbelrips, drei Dutzend Taschentücher, vier blauseidene Regenschirme, sechs Schürzen und mehrerlei andere Sachen.« – »Kann man das Gedeck einmal sehen?« fragte ich. – Auguste holte eins der Pakete und öffnete es. Ich besah die Servietten und das Tischtuch, ich besah sie wieder und wieder, ehe ich mich entschließen konnte, ihr das Unvermeidliche schonend beizubringen. Endlich sagte ich: »Auguste, das Gedeck ist prachtvoll und wird ewig halten, wenn du es nicht in Gebrauch nimmst, aber soviel ist gewiß, wenn Nasses darauf kommt, geht das ganze Muster heraus. Es ist gemeine, gepreßte Ware, der reine Betrug, keinen Groschen wert.«

Auguste blickte mich erstarrt an. »Unmöglich«, rief sie, »der kostbare Damast!« – »Hat nicht einmal bei gelegen«, sagte ich. – »Um die dreihundert Mark zu bekommen, haben wir außerdem für vierhundert Mark Sachen nehmen müssen.« – »Alles auf Kredit?« – »Alles zu acht Prozent Zinsen, die jeden Monat bezahlt werden müssen.« – »Und die ganzen siebenhundert Mark?« – »Auch auf Abzahlung, wenn meines Mannes Gehalt fällig ist.« – »Auguste«, nahm ich das Wort, »hättet ihr nicht warten können? Nun sehe ich leider ein, ich bin zu spät gekommen. Wie in aller Welt wollt ihr euch jemals aus den Schulden herausarbeiten?« – »Wir verlassen uns auf Emil.« – »Und wenn der nicht darf? Bedenke, das Vermögen gehört ihr.« – »Oh, mein Mann steigt auch mit dem Gehalt.« – »Das gebraucht ihr, die Kinder werden größer, und die Ausgaben wachsen mit ihnen. Das Steigen auf den Büros ist überdies kein Stangenklettern, sondern geht langsam wie Sandfahren.« – »Das wird sich schon ändern. Mein Mann sagt, wenn es nicht bald Zulage gibt, dann wird er ganz links, und die Regierung kann sehen, wie sie sich im Lichte steht. Er besucht jetzt seinen politischen Verein sehr fleißig. Zuletzt muß der Freiheit dennoch der

Sieg werden.« – »Auguste, sprich nicht über Dinge, in denen du noch unbewanderter bist als in Damastgedecken. Bringe dem Mann die Ramschware nur wieder hin und lasse ihn die vierhundert Mark streichen. Oder noch besser, kündige ihm den ganzen Kontrakt und halte dich an uns.« – »Das ist unmöglich.« – »Wenn ich es dir anbiete, brauchst du doch bloß ja sagen.« – »Ich darf nicht.« – »Nanu! Wer sagt, daß du nicht dürfen darfst?« – »Mein Mann.« – »Was fällt denn dem ein?« – »Die Verhältnisse werden ja bald ganz anders, sowie die Opposition ans Ruder kommt: die Steuern hören auf, die Einnahmen steigen, und das Leben wird billig. Dann haben wir es nicht nötig, zu bitten und uns abschlägige Antworten zu holen. Erst wollten sie nicht … nun wollen wir nicht. Wäre die Opposition nur erst da.« – »Auguste, das ist Quatsch«, sagte ich. »War ich nicht stets deine mütterliche Freundin? Als ich dir das Geld nicht gleich gab, wollte ich nur dein Bestes. Folge auch jetzt meinem Rat.« – Sie schlug die Augen nieder und sagte leise: »Es geht nicht mehr, ich habe den Stoff zum Kleide schon gekauft und zur Schneiderin gebracht. Das Geld ist angebrochen und nichts mehr abzuändern. Aber wer weiß, vielleicht gewinnt das Los, das der Geldmann uns ebenfalls aufgedrungen hat. Wer so recht im Unglück sitzt, hat mitunter das meiste Glück, sagte er.« –

Hätte ich doch nur nicht nein gesagt; hätte ich doch nur die Karte geschrieben; hätte ich … ja, hätte ich. Was half nun alle Selbstanklage? »Wir wollen abwarten und das Beste hoffen«, sagte ich und erhob mich. Auf dem dämmerigen Flur nahm ich Auguste in meine Arme, und wir wehrten beide unseren Tränen nicht. Ich konnte nicht froh werden; vor meinem Geiste wehte in einem fort das Damastgedeck, und noch lange war mir, als hörte ich das Gewimmer der Leier, die ihnen für dreißig Mark aufgehängt worden war.

Der Weihnachtsmarkt

Zu den vielen ausgesuchtesten Rätseln der Natur gehören, wie man so um Michaelis herum jedesmal in den Zeitungen liest, die Wandervögel, welche schon lange vor der Erfindung des Kompasses schnurgerade nach den fremden Ländern fliegen. Unerklärlich ist mir allerdings, daß sie sämtlich auf einmal abziehen, aber warum sie sich überhaupt aufmachen, das kann einem einigermaßen anschlägigen Kopfe keineswegs unergründlich sein: ... sie gehen der Annehmlichkeit nach, da der Mensch sich ebenso verhält. Im Frühling, sobald der erste erwärmende Sonntag lockt, wandert er in die Umgebung, am Karfreitag muß er nach dem Spandauer Bock, Pfingsten wandert er in den Grunewald, ein andermal wandert er nach Stralau oder Treptow, und sobald das Eis hält, ist die Rosseau-Insel im Tiergarten sein Wanderziel. Das liegt ihm so von klein auf in den Gehorganen. Kommt nun aber die Weihnachtszeit, dann halten ihn keine vier Pferde, dann zieht es ihn mit unerklärlicher Gewalt nach dem Weihnachtsmarkt. Genau ebenso kann man es sich mit den Wandervögeln denken, obgleich der Weihnachtsmarkt nicht ausschließlich Annehmlichkeiten bietet, zumal wenn ein Tauwetter dazwischenfährt und man einen Rand am Zeuge mitbringt, als wäre man von höherer Hand durch den Glitsch gezogen.

Wir hatten uns diesmal gemeinschaftlich mit Doktors, Onkel Fritz und Krauses verabredet, obgleich Doktoren wegen ihrer Praxis ziemlich unsichere Kantonisten sind, aber wir taten es hauptsächlich um Krauses willen, die der Aufheiterung bedurften, denn ihr Eduard hat ihnen zuviel Verdruß bereitet. Kann es auch wohl etwas Bitterlicheres geben, als wenn der Vater, der doch selbst Lehrer ist, seinen eigenen Jungen zu einem anderen Kollegen schicken muß, damit er bei dem seine Schularbeiten macht, was Eduard zu Hause nie einfiel? I bewahre! Anstatt Lateinisch zu lernen, war er ausgerückt und hatte mit den Jungens Räuber und Soldat im Friedrichshain gespielt oder war auf der Straße umhergestrolcht, und wenn er eingesperrt wurde, hatte er mit der Lampe gekokelt, daß es leicht hätte Brandstiftung geben können. Und wenn sie glaubten, daß er wirklich fleißig sei, weil er sich still und ruhig verhielt, dann hatte er einen heimlichen Robinson oder sonst ein Geschichtenbuch bei sich gehabt, und seine Aufgaben bestanden aus Fehlern und Tintenklecksen. Unbegreiflich war nur, daß die Mutter den Jungen immer noch in Schutz nahm. Wollte sie denn nicht sehen, daß er die ersten Kinderschuhe bereits ausgetreten hatte und kein Samtkittelchen und keine weißen Höschen mehr trug? »Es ist unrecht, das Kind mit so schweren Arbeiten zu quälen«, sagte sie, sogar wenn der Junge dabei war. Eduard brauchte nur gnauen, das Lateinische mache ihm Kopfweh, dann kajolierte sie ihn und sagte: »Papa wird dir einen Entschuldigungszettel schreiben, daß dir nicht ganz gut war, mein Engel«, worauf Edechen in den Wiegestuhl kroch und sich schaukelte, um die Zeit doch nur irgendwomit zu vertreiben. Herr Krause durfte natürlich keine Einwendungen machen, denn sie hatte sofort die Überbürdung der Schuljugend auf dem Tapet, und er mußte schweigen wie ein Rekrut. Solche Jammerbolle von Mann!

Und so wäre es noch wer weiß wie lange geblieben, wenn die Range nicht Veranlassung zu einem großen Skandal gegeben hätte. Das kam nämlich so. Unmittelbar neben der Landsberger Straße befindet sich nämlich der Georgenkirchhof, wo sie Anlagen eingerichtet und Bänke hingestellt haben, auf denen alte Leute sitzen können und Gebrechliche, denen die Sonne in ihrem Stübchen vielleicht nur des Morgens einen kurzen Augenblick in das Fenster sieht, oder wenn sie auf der Schattenseite wohnen, auch das nicht einmal. An kleinem Volk fehlt es natürlich erst recht nicht, und es läßt sich kein hübscheres Gemälde denken, als wenn eine feine Trauung stattfindet und das junge Paar ganz gerührt aus der Kirche tritt, um mit den Spreewälder Ammen und Wärterinnen, welche sich neugierig mit dem Kindersegen auf dem Arme herandrängen, eine, wenn auch nur flüchtige, so doch verheißend auf die Zukunft deutende Gruppe zu bilden.

Bei solchen Ereignissen bleiben die größeren Kinder jedesmal ohne Aufsicht, und dies benutzte Krausens Eduard zu seiner Schandtat, indem er auf einen Sandhaufen, wo gerade die meisten buddelten, ein kleines Kienrußtönnchen hinpraktizierte, über dessen Erwerb auch noch ein dunkler Schleier schwebt. Nun halten ja Kinder leider Gottes alles für Spielzeug, was ihnen in die Hände fällt, es mag Kienruß darin sein oder sonstiges Schädliche, und es hatte richtig keine zehn Minuten gedauert, da haben die süßen Wesen sich eingerahmt wie die Mohren: Hände und Gesicht und die Kleider, alles voll, und was die weißen Schürzen waren und die Strümpfe, da ist nie wieder Grund hineingekommen.

Aber die Nemesis hatte nicht geschlafen. Ein alter Mann, der sich ein bißchen auf einer Bank sonnte, hatte bemerkt, wie Eduard einen Gegenstand auf den Sandhaufen warf und sich dann hastig entfernte, aber weil die Brautkutsche gerade vorfuhr, achtete er nicht früher darauf, als bis das Unglück geschehen war und nichts weiter übrigblieb, als die kleinen Schweine nach Hause zu schaffen, was ohne Schelten und Schubsen und großes Geschrei nicht abgegangen ist. Der Mann hatte erzählt, was er gesehen, und da sie den Bengel sowieso auf dem Strich haben, wußten sie gleich Bescheid.

Nachher sind mehrere aufgeregte Mütter und auch einige laut redende Väter Herrn Krause auf die Bude gerückt und haben ihm das zuschandene Zeug zum Kauf angeboten, worauf er denn auch stellenweise, allerdings mit Widerstreben, eingegangen ist. Die halbe Landsberger Straße sprach noch längere Zeit von Eduards Hinterlist, und die Polizeileutnanten sagte mir, ihr Mann hätte gesagt, wenn ein Antrag eingebracht worden wäre, hätte es leicht kriminell werden können, aber der Alte hätte es noch eben rechtzeitig unter der Hand abgemacht. Freilich hat Herr Krause seit dieser Zeit strengere Saiten aufgezogen, aber was nützen die? Es sind ja doch nur Zwirnsfäden. –

Etwas Zerstreuung und Erheiterung war Krauses daher mehr als paßlich und eine Weihnachtswanderung ihnen sehr willkommen. Wir erwarteten sie zu um sechsen bei uns, wie verabredet worden war, aber sie kamen erst um halb sieben. Die Krausen entschuldigte sich damit, sie hätte bemerkt, daß ihr japanesisches Tablett weg wäre, und das hätte sie erst gesucht, ohne es jedoch finden zu können. Ich sagte, so etwas verkröche sich manchmal, es würde sich schon morgen oder sonst gelegentlich wieder angeben. Es fand sich auch an, aber anders, als wir gedacht hatten, und, wie ich sagen muß, in niederschmetternder Weise. Doch alles zu seiner Zeit. –

Wir zögerten nun nicht lange, als wir komplett waren, und wanderten dem Schloßplatz zu, denn da ist doch der Hauptmarkt, indessen, wir kamen nur langsam vorwärts, teils wegen der Menschenmenge auf der Straße, teils wegen der Läden, die betrachtet werden wollten. Einer machte den anderen auf das aufmerksam, was ihm am besten gefiel. – »Nein, sieh doch bloß dies hier.« – »Oh, das möchte ich haben.« – »Seht doch nur, wie prachtvoll!« Und so ging es in einer Tour. Mancher Laden überbot sich auch wirklich selbst. In einem hatten sie sogar eine stilvolle Burg aus lauter Pfefferkuchen aufgebaut mit gleichfalls stilvollen Pflaumenmännern als Ritter.

Und nun erst die Stoff- und Porzellangeschäfte, die Bronzeläden und Seidenwarenhandlungen: alle miteinander hatten sich geputzt, indem sie das Feinste zum Vorschein brachten. Es ist alles prunkhaft um diese Zeit, als wenn Illumination wäre, sämtliche Gasflammen und Lampen, die nur brennen können, haben sie im Gange, und was irgend glitzert und blänkert, liegt in den Schaufenstern aus: man kann eben nicht vorbeikommen. Da wird immer soviel von den Schätzen des Orients geredet und von den Bazaren, die sie dort haben. Was will das sagen? Vor Weihnachten ist das ganze Berlin mit seinen stundenlangen gasstrahlenden Straßen ein einziger, ungeheurer Bazar.

Zwischen all dieser neuen Pracht liegt der Weihnachtsmarkt, wie die gute alte Zeit. So war es damals, als meine Eltern mich das erste Mal mitnahmen, und so ist es geblieben bis auf den heutigen Tag. Das sind dieselben schmalen, langen Budenreihen, dieselben Spielsachen liegen aus, die Verkäufer haben ebenso rotgefrorene Nasen und ebensolche warmen Kappen auf wie damals, und die Kinder mit den

Dreierschäfken, den Sagemännern, Waldteufeln, Hampelmännern und womit sie sonst ihr kleines Handelsgeschäftchen betreiben, haben noch ebensolche dünnen Stimmen wie damals. Und wie balsamisch duften die dunklen Tannenbäume, von denen ganze Wälder umherstehen, dazu die maigrünen Pergamiten, aufgeputzt mit buntem Flitter und besteckt mit Lichtern. Und wie anheimelnd riecht es nach frischem Pfannkuchen und Schmalzgebackenem! Und die vielen Menschen, groß und klein, ergötzen sich, als hätten sie solche Herrlichkeiten nie zuvor gesehen, und bewundern aufs neue, was sie eigentlich doch schon kennen sollten. Die Spaßvögel kommen noch immer aus demselben Neste, sie sind rot und gelb und grün gemalt, mit einer Feder auf dem Kopf, und wenn an der Strippe gezogen wird, klappen sie ebenso zusammen wie in all den Jahren. Dazu wird immer noch gerufen: Vorne nickt er, hinten pickt er, nur einen Groschen der schöne Spaßvogel. Kaufen Sie, Madameken, es ist der letzte! Das klingt so vertraut wie aus der fernen Jugendzeit! – Mein alter lieber Weihnachtsmarkt. –

Was von jeher einen unbeschreiblichen Eindruck auf mich machte, das ist das ernste, schweigende Königsschloß, welches wie ein Riese die Zwerggezelte des Marktes überragt. Da summt es von Menschengewirr, da schimmert es rötlich von Tausenden Lichtlein um das stille, dunkle Schloß herum, als wenn die kribbelnde, wibbelnde Gegenwart keinen geschützteren Platz finden könnte als bei der unverrückbaren Vergangenheit. – »So ist es auch«, bestätigte Herr Krause. »Wo das Volk früher zu den Opferfesten zusammenströmte, wurden die Burgen der Herrscher oder christlichen Kirchen erbaut, und deshalb werden noch heute die Jahrmärkte an fast denselben Plätzen und Tagen abgehalten, an denen einst die heidnische Götzenfeier stattfand. Wer weiß, ob nicht gerade hier, wo wir jetzt gehen, zur Zeit der Wintersonnenwende Menschen geschlachtet wurden, während das Volk an der Stechbahn stand, ungefähr da, wo jetzt die sogenannte Radauecke des Weihnachtsmarktes ist, und zu den Göttern zeterte.« – »Herr Krause«, entgegnete ich, nachdem er sich ausgequasselt hatte, »ist Ihnen sonst auch wohl? Glauben Sie, daß ein preußischer König solche Zucht geduldet hätte, ... Menschenopfer und Tumult unter seinen Fenstern? Wozu wäre denn die Schloßwache da?« – »Erlauben Sie, dies alles geschah in der vorgeschichtlichen Zeit, als man noch kein Eisen kannte und sich der Steinmesser bediente.« – »Hier in Berlin?« – »Sicherlich ebensogut wie anderswo!« – »Wem wollen Sie das einbilden?« – »Sehen Sie sich doch die Steingeräte im Museum an, das sind handgreifliche Beweise.« – »Ich will zugeben, daß sie in Berlin vielleicht einmal mit Steinmessern gegessen haben, aber wenn schon, dann bloß aus Ulk.« – »Ich habe die vorgeschichtliche Forschung für mich.« – »Herr Krause, Sie sind Lehrer und müssen darum mehr wissen als andere Leute, aber ich will hoffen, daß Sie mit dieser Art Weltgeschichte aus Ihrer Schule bleiben.« – »Durchaus nicht, die Jugend muß mit den ersten Anfängen des Völkerlebens vertraut gemacht werden, wenn sie sich selbst und ihre Stellung als politisches Wesen begreifen soll.« – »Für mich fängt die Weltgeschichte mit dem großen Kurfürsten an und hört mit dem großen Friedrich noch lange nicht auf«, sagte ich, »und damit Punktum.« –

Aber was macht die Menschheit konfuse? ... Die Überklugheit, und daran scheint Herr Krause auch zu leiden. –

Wir waren jedoch nicht auf den Markt gezogen, um zu streiten, sondern nützliche Sachen einzukaufen. Die Handelsleute wollen ihre Waren absetzen, deshalb kommen sie von nah und fern, und gerade für den Hausstand wird Brauchbares in großer Auswahl feilgeboten. Herr Krause kann sich meinetwegen mit Steinmessern behelfen, wenn es ihm Spaß macht. Wir verteilten uns daher und gingen an das Geschäftliche.

Derweile ich und Emmi eine Reibesatte einhandelten, die ihr so notgedrungen fehlt und das Erbspüree, an dem der Doktor sich so gern donnerstags mit Eisbein labt, doch bedeutend erleichtert, ging Onkel Fritz an eine Bude und kaufte Honigkuchen mit Inschriften ein, um sie uns zu verehren, aber er hätte es lieber unterlassen sollen, denn auf meinem stand: »Olle, brumme nicht!« und auf Emmi ihrem: »Ewig will ich an Dir kleben. Klacks!« Der Doktor steckte den ihm gespendeten errötend in den Paletot. »Fritz«, sagte ich mit einem Anhauch von Mißmut, »ich kann nicht behaupten, daß mir diese Zuckerguß-Poesie behagte.« – »Denn kratze sie ab«, erwiderte er, »und lasse dir einen frischen Vers von Leuenfels daraufdichten. Dem Kuchen schadet das nicht.« – Er ist eben unverbesserlich.

Nun wollten wir noch nach der Breiten Straße und Rudolph Herzogs Auslage betrachten, einmal, weil sie das Glanzvollste ist, was man beaugenscheinigen kann, und zweitens, weil mein Karl einzelne Phantasieartikel für dies Geschäft liefert, die er extrafein weben läßt; aber so gut der Gedanke war, das Hinkommen hatte seine Schwierigkeit, denn solche Drängelbergerei wie an der Ecke vom Schloßplatz und der Breiten Straße gibt es nirgends. Aber wir kamen durch, weil der Berliner bei derartigem Festgedränge stets zur rechten Seite geht und nur der Fremdling gegen den Strom will, bis ihm einer zuruft: »Sie da, mit's Jesichte halten Sie sich rechts, sonst werden Ihnen die Plätteisen abjetreten!« Das hilft dann prompt.

Als wir frei aufatmen konnten und uns in unzerdrücktem Zustande wieder vorfanden, mußten wir eine lange Reihe von kleinen Verkäufern passieren. »Hier wird gekauft«, sagte

Onkel Fritz, »ich gebrauche allerlei, und ihr werdet auch gewiß in eurer Nachbarschaft Leute kennen, die wohl Kinder, aber sonst nichts übrig haben. Denkt nur nach.« – Und merkwürdig, jeder von uns konnte sich besinnen. Wie das Geschäft blühte, als wir alle miteinander in die Portemonnaies griffen, das war vergnüglich. Onkel Fritz ramschte gleich ganze Reste, und ein Junge schrie: »Hurra, reeller Ausverkauf; wird meine Mutter aberscht kieken!« – Und fort rannte er.

Aber noch ein Junge rannte fort, und die Krausen stand da, mit einem japanesischen Tablett in der Hand, sprachlos und entsetzt, wie eine versteinerte Salzstange. Herr Krause rannte ebenfalls davon, hinter dem Ausreißer drein. »Liebe!« rief ich, »was ist Ihnen, was bedeutet das?« – »Unser Tablett«, stöhnte sie. »O Eduard!« – Sie wankte. Onkel Fritz sprang ihr bei und gab ihr seinen Arm, indem er sagte: »Kommen Sie nur zu sich und nehmen Sie die Sache von der heiteren Seite.« Das tat sie aber nicht, sondern zog das Taschentuch und machte eine hysterische Szene.

Mittlerweile erschien Herr Krause wieder. »Er ist entwischt«, rief er zornig. – »Wer?« fragte ich. – »Eduard«, stieß er hervor, »der Junge! Zigarren hat er mir ausgeführt und verkauft sie hier auf dem Weihnachtsmarkt. Auch das Tablett hat er genommen, Löcher hineingebohrt ... Schnur durchgezogen ... sich umgehängt. Steht hier mitten zwischen den armen Kindern. Wie ich ihn erblicke und glaube, ich fasse ihn schon ... er den Kopf aus der Schlinge gezogen und fort. Die Polizei soll ihn verhaften.« – »Wie kannst du so unmenschlich sein?« fing nun die Krausen an, »komm, laß uns nach Hause gehen, er wird sich gewiß ängstigen.« – »Nein«, sagte Herr Krause, »ich bleibe, ich würde zu strenge mit ihm ins Gericht gehen. Morgen früh soll er seinen Lohn haben.« – »Du wirst ihn doch nicht schlagen?« jammerte

die Krausen. – »Ich werde ihm verkünden«, erwiderte Herr Krause weicher, »daß er jeden Tag eine Strafarbeit zu liefern hat und«, fügte er mit wehmutsverquollener Stimme hinzu, »daß er nichts zu Weihnachten bekommt.« – »Aber doch einen Baum?« schrie sie. – »Keinen Baum«, seufzte Herr Krause.

»Wenn das Wort 'ne Brücke wäre, ich ging nicht darüber«, flüsterte mein Karl mir zu. – »In drei Tagen ist alles vergessen«, antwortete ich, »er müßte meiner Meinung nach den Bengel so verbimsen, daß nur noch die Knopflöcher von seiner Jacke zu gebrauchen wären, sonst wird aus dem nie etwas Vernünftiges.« – Ich bin prinzipiell gegen jegliche Prügelstrafe, weil sie unaufgeklärt und inhuman ist, aber Keile muß sein. –

Für die Besichtigung der übrigen Weihnachtsherrlichkeiten, die aus den Fenstern der Läden leuchteten, war kein rechtes Interesse nach diesem Ereignis mehr vorhanden, und so folgten wir denn Onkel Fritz, der uns Revanchierens halber nach Dressel eingeladen hatte, da er in seiner eigenen Wohnung nicht auf Gegenseitigkeitsgesellschaften eingerichtet ist.

Wir hätten sehr amüsant zusammen sein können, wenn Krausens nicht in zu großer Zerknirschung gewesen wären: er mit den Zornfalten vor dem Kopf und sie mit dem verruinierten Tablett und ziemlich verweint. Onkel Fritz hatte mit Dresseln ein opulentes Abendbrot mit verschiedenen Seltenheiten abgekartet, die sich in die einfache bürgerliche Küche nicht hineinverirren. Er kann es ja, da sein Geschäft flotter geht als zu irgendeiner Zeit und er von Hause aus spendabel veranlagt ist.

Trotzdem jedoch alles vorzüglich war, herrschte aus Schonung gegen Krauses ziemliche Stummheit an unserem Tische. Onkel Fritz konnte deshalb nicht umhin, auszurufen:

»Herr Jott, sind wir vergnügt und haben es gar nicht nötig.« — »Das sagen Sie wohl«, erwiderte Herr Krause, »aber wenn Ihnen Ihr eigen Fleisch und Blut erstens den Skandal mit der Kienrußbüchse macht ...« — »Er hat nichts Arges dabei gedacht«, fiel seine Frau ihm ins Wort. — »So?« fragte Herr Krause, scharf wie Essigsprit. — »Du weißt doch, daß Eduard ganz ungewöhnlichen Anteil an fremden Völkern nimmt, ich kann wohl sagen, es kommt ihm kein Knabe seines Alters darin gleich, wie gut er alles von Kolumbus und Robinson behält ...« — »Aber Frau, was hat das mit dem Kienruß zu tun und den Kinderkleidern, die ich für schweres Geld einlösen mußte?« rief Herr Krause. — »Nun«, antwortete sie spitz, »mir hat er es gesagt, denn zu mir hat er Vertrauen, weil ich nicht heftig und gefühllos gegen ihn bin ... er wollte nämlich, daß die Kinder ein bißchen Ara Pequenna spielen sollten, wo doch die Schwarzen zu Hause sind ...«

Herr Krause sah seine Adelheid an, als wenn er fragen wollte: »Wen willst du damit wieder betimpeln?«, und sie schwieg verlegen. Onkel Fritz äußerte dagegen, es sei gewiß ein belustigendes Spiel, das voraussichtlich große Zukunft hätte, wenn es sich weniger schwarz einrichten ließe, und nannte Eduard ein kolossales Erfindungstalent. Dies nahm die Krausen nun übel. Ob man Zweifel in ihre Worte setzte? Beleidigen ließe sie sich nicht. Und hurr burr aufgestanden und weggewollt. Zu halten waren sie nicht länger, und unseren Segen hatten sie, als sie gingen.

Wir blieben noch. Herr Dressel, sehr elegant mit weißer Weste, überreichte uns Damen jeder einen reizenden Blumenstrauß und trug selbst Sorge, daß es nicht zu wenig Eis gab, Vanille- und Erdbeereis von unwiderstehlicher Kühle, und wir fanden unsere gute Laune bald wieder. Der Doktor schenkte mit liebenswürdiger Aufmerksamkeit ein und pellte mir eigenhändig eine Apfelsine ab. Wenn er will, ist er doch, bis auf die Donnerstage, recht angenehm. Zum Schluß stießen wir darauf an, im nächsten Jahre wieder eine Weihnachtswanderung zu unternehmen, aber nur allein die Familie, und ich toastete: »Es ist wie mit den Wandervögeln, wenn die Zeit da ist, muß man mitmachen, ob man nun über das Meer zieht oder von der Landsberger Straße nach dem Schloßplatz oder nach Dressel Unter den Linden, das bleibt sich gleich. Auf die paar Kilometer mehr oder weniger kommt es nicht an, die Hauptsache ist die richtige Empfindung im menschlichen Busen!«

»Wilhelmine«, rief Onkel Fritz, »das hast du wieder einmal sehr schön gesagt. Wärst du ein Mann, ich ließe dich ganz gewiß in meinem Wahlkreise aufstellen.«

Darauf mußte denn noch einmal angestoßen werden.

Feiner Verkehr

Wir waren durch meinen Schwiegersohn mit Lehmanns so bekannt geworden, wie ich es liebe, ohne viele Komplimente und ohne die stilvollen Plakate mit der Inschrift: »Genötigt wird nicht«, welche jetzt Mode werden, denn gerade das Anbieten macht Vergnügen. Lehmanns werden jedoch mitunter wieder rückfällig in das Vornehmgetue, wie wir zu unserem Leidwesen erleben mußten, was sie um so weniger sollten, als die Frau für große Gesellschaften viel zu schüchtern ist und der Mann sich dabei benimmt wie sein eigener Gast.

Schon vierzehn Tage vorher kam eine Karte von Wandkalendergröße, worauf stand:

»Assessor Lehmann und Frau geben sich die Ehre, Herrn Buchholz und Frau nebst Fräulein Tochter auf Sonnabend, den 17. Januar, um 8 1/2 Uhr zum Thee ergebenst einzuladen. U. A. w. g.«

»Karl«, sagte ich, »dies ist eine Fracksache mit weißer

Binde für dich und eine wichtige Toilettenfrage für Betti und mich. Ich werde leicht davonkommen, indem ich mein bordeauxfarbenes Hochzeitskleid ändern lasse.« – »Mit einem Anbau?« warf mein Mann dazwischen. – »Karl«, erwiderte ich, »es ist indezent, von dergleichen zu reden, und ich verbitte mir überhaupt, daß du dein Augenmerk auf die Äußerlichkeiten der Damenwelt wirfst. Was Betti betrifft, so haben wir in der letzten ›Modenwelt‹ ein pompöses Kostüm für die Saison entdeckt.«

»Saison?« fragte mein Karl, »was verstehst du unter Saison?«

»Nun«, erwiderte ich, »wenn Lehmanns einen Tee geben, das ist Saison. Die Assessorin hat mir selbst gesagt, sie müßten mitmachen, ihre gesellschaftliche Stellung erfordert es.« – »Wenn sie sich das nur nicht einredet?« – »Karl, sie haben eine alte Exzellenz in der Familie, und die wollen sie zeigen. Ob das jedoch ein sogenannter Genuß für die Gäste ist, darüber wollen wir schweigen.« – Mein Karl lachte und meinte, Exzellenzen wären immer sehr sehenswert, worauf ich sagte: »Lieber Gott, ich gönne ihnen die Exzellenz von Herzen gerne, denn was haben sie davon? Kostspielige Umstände und mageren Effekt!«

Doktors waren natürlich auch gebeten. Emmi, die nicht wußte, ob wir sämtlich aus der Landsberger Straße hinzugezogen wären, kam heran und erkundigte sich danach, weil sie sonst ihren Mops solange bei uns in Pension geben wollte, denn das Tier mag nicht mit der Köchin allein zu Hause bleiben. »Emmi«, sagte ich, »an dieser unschuldigen Hundekreatur kannst du wie mit einem Wink aus unbekannten Regionen sehen, daß eure Köchin schlecht von Charakter ist und du besser tätest, ihr den Stuhl vor die Tür zu setzen. Hunde haben sehr feine Menschenkenntnis; sie wird ihm gewiß einmal einen heimlichen Seitentritt beigebogen haben, den er nicht verzeihen kann. Ich fühle ihm das lebhaft nach.«

»Mama«, entgegnete Emmi, »Maffi kann außer Franz und mir niemand recht leiden und ist so bellselig, daß er jedermann anblafft, namentlich wenn mein Mann abends spät zu einem Patienten geholt wird. Herr Greve, der über uns wohnt, hat sich den Lärm sogar schon schriftlich verbeten. Im übrigen gibt es kein putzigeres Tier als Maffi Pamph.« – »Das ist Geschmacksangelegenheit«, bemerkte ich, »für mich hat er zu gräßliche Lucca-Augen.« – »Aber er hat dich gern wegen der Kekse, die du ihm mitbringst, und würde sich bei dir ruhig verhalten.« – »Das geht nicht, da wir auch bei Lehmanns sind. Mache ihn nur ordentlich satt, ehe ihr wegfahrt.« –

Alle diese Molesten mit dem Etagenhund erträgt der Doktor wegen seines Donnerstagsskats, ja er ist sogar selbst mit Emmi gegangen, um den Stoff zur Toilette auszusuchen, und hat sich nicht knickrig erwiesen. Als ich ihm deswegen ein scherzweises Lob spendete: »Ei, ei, Herr Schwiegersohn, solche Ausgaben verstoßen ja ganz gegen die Hausordnung«, antwortete er: »Sie sind immer noch nicht so heftig, als wenn wir eine große Wohnung genommen hätten!« – Ich fühlte recht gut, daß dieser Stich mir galt, aber ich lächelte und entgegnete: »Wenn die Wohnung zu klein ist, gibt es ja genug Kneipen zur Aushilfe!« – Da hatte er denn, was ihm beikam, aber trotz des augenblicklichen Sieges war ich überzeugter denn jemals, daß es über kurz oder lang doch zu einem Krach kommt, den können weder der Mops Maffi noch der Kleiderstoff aufhalten. Emmi wird schon wissen, was sie sich und ihrer Familie schuldig ist. –

Während wir nun teils mit der Toilette, teils mit anderen Sorgen beschäftigt waren, stellte sich der Frost ein. Überall taten sich Eisbahnen auf, denn so wie es anfängt zu frieren, planschen sie die Biergärten am Abend voll Wasser, und am nächsten Morgen haben sie mitten in der Stadt zahlreiche Eisflächen. Als meine Töchter noch in die Schule gingen, hatte ich nichts dagegen, wenn sie mit ihren Freundinnen für einen Groschen ein solches Eislokal besuchten, denn das einzige Malheur, was ihnen passieren konnte, war, daß sie gegen einen Baum oder einen Laternenpfahl anrannten, später aber gestattete ich nur die Rousseau-Insel im Tiergarten, weil dort der vornehme Extrakt von Berlin sich dem stärkenden Wintervergnügen hingibt.

Unser alter Hausarzt sagte stets, daß es nichts Gesünderes gäbe als das Schlittschuhlaufen, und in dieser Hinsicht stammt Doktor Wrenzchen mit ihm aus derselben medizinischen Schule, denn er läuft selbst gerne und fliegt über die spiegelnde Fläche wie ein Brummtriesel, jedoch mit dem Unterschiede, daß er klüger ist und vernunftbegabt. Es ist aber auch zu hübsch, denn der Tiergarten umgibt das Wasser wie ein Wald, und durch die grauen winterlichen Zweige scheint der Himmel mit rosigen Farben, mit einem Stich ins Melonengelbe, wenn die Sonne hinter Spandau an dem Horizont herabgleitet. Die Bäume an den Ufern haben sie mit bunten Fahnen von allen Nationalitäten geschmückt, was sich zu der meistens schwärzlich gekleideten Menschenfülle sehr belebend ausnimmt, und wenn nun das Trompeterkorps recht etwas Lustiges anstimmt, dann schwärmt alles im Takt aneinander vorbei und durcheinander, wie es gerade kommt. Einige arrangieren perfekte Quadrillen und verschlungene Tänze mit Handgeben, Herumsausen, Loslassen, Bogenfahren und wiederum Handgeben, daß man die Geschicklichkeit bewundert.

Von höchster Schneidigkeit auf dem Eise ist wie überall das Militär, und die Leutnants entwickeln dieselbe Schnellkraft, ebensowohl wenn sie mit der Gattin ihres Vorgesetzten

laufen, als wenn sie den Eisritter bei den jungen Damen spielen, von denen man munkelt, daß sie nicht viel unter einer Million mitbekommen, woran man wieder einmal die nie genug hervorgehobene dienstliche Pflichttreue erkennen kann. Die Kulecke, welche ziemlich Bescheid weiß, machte mich hierauf aufmerksam und zeigte mir eine Kette von Laufenden, worin immer ein Leutnant mit einer beachtenswerten Mitgift abwechselte und eins das andere tüchtig an der Taille festhielt. Wie mancher wohl denkt, es wäre doch fabelhaft, wenn er so direkt von der Rousseau-Insel in den Ehestand schliddern könnte, aber mit dem Tauwetter schmelzen auch die Anknipperungen, weil die Väter selten Sinn für die schönsten Achten haben, die einer mit größter, wenn auch ziemlich brotloser Kunst in das Eis schneidet. Mitunter soll es jedoch glücken, wie die Kulecke sagte, und auf dem Nachhausewege durch den schummerigen Tiergarten rückt einer wohl mit der Sprache heraus, und sie sagt nicht »nein«, weil sie glaubt, Heiraten sei auch so ein seliges Dahingleiten durch das Leben.

Aber es gleitet sich nicht immer; das Leben mutet manchem sogar zu, steile Treppen auf Schlittschuhen hinabzulaufen. –

Lehmanns Teeabend war mittlerweile fällig geworden.

Da die Einladung auf halb neune lautete, so kamen wir um gegen zehne immer noch zeitig genug, denn je feiner es sein soll, um so entsetzlich später erscheinen die Gäste. Wir waren noch lange nicht die letzten, obgleich die alte Exzellenz sich bereits eingefunden hatte und mit dem kahlen Schädel und den vielen Orden gewissermaßen den strahlenden Glanzpunkt bildete. Wir wurden sofort vorgestellt, und die Exzellenz freute sich sehr, den Vorzug zu haben, unsere Bekanntschaft zu machen, worauf ich mit durchaus formeller Verneigung und sichtlichem Ernst entgegnete, daß dies ganz auf unserer Seite sei. Damit wollte ich zu erkennen geben, daß, wenn wir auch nur Mittelstand sind, uns deshalb von Exzellenzen lange nicht imponieren lassen. Die Exzellenz ließ sich mit meinem Karl in ein längeres Gespräch über die allgemeine Geschäftslage ein, was ich nicht sehr taktvoll von ihr fand, da sie doch wissen mußte, daß Damen hierfür kein Interesse haben. Ich schwenkte daher mit einer kleineren, aber nichtsdestoweniger ernst gemessenen Verbeugung ab und sah mir die übrigen Gäste an. Wen Lehmanns alles gebeten hatten, davon war das Ende weg. Um die Namen zu behalten, mußte man wenigstens mit einem Gedächtnis von Omnibusgröße geboren sein.

Nach und nach wurde ich zu den Ehrensitzen geleitet, nämlich in die Sofagegend, wo die älteren und umfangreichsten Damen mit großer Würde und durchweg neuen Haubenbändern einen weihevollen Eindruck verbreiteten. Viel Reden war jedoch nicht. Der Tee wurde ziemlich tonlos getrunken, wozu es mit sehr dünnem Messer geschnittene Torte gab.

Worüber sollte auch geredet werden, da man sich völlig fremd war? Vom Wetter mag keiner den Mund auftun, vom Theater weiß man nicht Bescheid, und der Hausstand steht zu niedrig. Außerdem kamen immer noch Gäste, daß man vermuten konnte, Lehmanns hätten sich einen Wartesaal zugelegt. – »Wie das wohl noch wird?« dachte ich. »Wären wir bei uns in der Landsberger Straße, dann säßen wir längst bei Tisch und wüßten, warum wir zusammenkamen.« – Als es jedoch schon zum Auswachsen war und ich bereits im stillen die Saison zu verwünschen anfing, ging das Musizieren los. Lehmanns hatten sich einen Jüngling von einem Konservatorium zu verschaffen gewußt, mit Handmanschetten, wovon nur drei auf das Dutzend gehen. Der gab nun Mozarten ein paar an die Ohren und den Zuhörern auch; es dröhnte ordentlich. Damit hatte er aber den Kanarienvogel aus dem Schlaf gestört, der mit voller Kehle einfiel und die folgende Musik völlig überschrie. Erst nachdem der Vogel zugedeckt worden war, konnten die musikalischen Genüsse fortgesetzt werden. Hierauf brüllte eine junge Dame die Stube voll. Melodie war nach meiner Auffassung nicht viel drin, darum klang es aber um so trauriger. Nachdem der Beifall erledigt war, sang sie eine zweite Nummer. Dieselbe Kulör in Grün, um einen Wachtmeister melancholisch zu machen. – »So«, sagte ich zu meiner Nachbarin zur Rechten, als der Begleiter dem Klavier noch einige Schlußklagetöne abpreßte, »nun ist das zweite Kind auch tot!« – »Wie meinen Sie das?« fragte sie. – »O«, antwortete ich, »so pflegten wir immer zu sagen, wenn ein jämmerliches Musikstück zu Ende ist.« – »Es war meine Tochter, die eben gesungen hat«, erwiderte sie spinnegiftig, worauf sie sich so drehte, daß sie mich mit dem Rücken ansah.

Um ihr zu beweisen, daß ihr Benehmen mich völlig kaltließ, suchte ich mit meiner linken Nachbarin ein Gespräch anzuknüpfen, wozu ein soeben eintretender tornisterblonder Jüngling von Überlebensgröße geeignet erschien. »Was ist denn das für'n Geist?« fragte ich. – »Wen meinen Sie?« entgegnete die Dame. – »Nun, den langen Laban da in der Tür, passen Sie auf, der richtet noch Unheil an.« – »Ich wüßte nicht, daß mein Sohn Ihnen zu einer solchen Äußerung Veranlassung gegeben hätte«, sagte sie bissig. – »Entschuldigen Sie man, daß ich geboren bin«, gab ich zurück, denn wie man in den Wald ruft, kommt das Echo wieder retour.

Ich schwor mir zu, kein Wort mehr zu sagen, da ich unmöglich wissen konnte, in welchem verwandtschaftlichen Verhältnis die Leute alle miteinander standen, welche Lehmanns zur Verherrlichung der Exzellenz zusammengescharrt hatten, und machte mir so meine Gedanken über den feinen Verkehr. Aus dieser mißfarbigen Betrachtung störte mich zum Glück das Abendbrot auf.

In dem bisher verschlossen gehaltenen Berliner Zimmer war ein Büfett aufgebaut, das, mit allen möglichen Eßwaren besetzt, einen sehr einladenden Anblick darbot, als die Türen geöffnet wurden. Zuerst stürzten die Herren hinein, um in galanter Weise die Damen zu versorgen. Wer jedoch keinen Spezialherrn hatte und sich nicht herandrängte und von dem nahm, was gerade vor ihm stand, der kriegte nichts. Ich kam ganz zuletzt mit an die Krippe und konnte nur noch ein Desserttellerchen nebst Messer und Gabel ergattern, wobei ich gleich sah, daß die sehr guten Sachen, wie Kaviar, Gänseleberpastete und junges Huhn, schon verschwunden waren. Von der Pute war nur noch das Gerippe übriggelassen und von dem Filet bloß der Fleck auf der Schüssel, wo es gelegen hatte. Dagegen konnte man noch italienischen Salat haben und kalten Aufschnitt, der sich bei näherer Betrachtung als amerikanisches Dosenfleisch und Cervelatwurst auswies. Auch die Geleepuddings standen noch ziemlich unberührt. Ich nahm mir von diesen Resten ein weniges und dachte, während ich es mühsam im Stehgewühle verzehrte, daß man zum Büfett doch wohl einige Übung haben muß, weil auch nicht im geringsten dabei genötigt wird und das ganze Verfahren einem Raubzuge ähnlich sieht, und beneidete im stillen die Sekondeleutnants, welche im Sturm vorgegangen waren. Betti sagte mir später, ihr Leutnant hätte ihr ausgezeichnete Bruststücke von dem Geflügel gebracht, während er mehr für Reh und besonders reichlich Kaviar gewesen wäre. Die jüngeren Leute hatten sich nämlich gewissermaßen engagiert, weil nachher getanzt werden sollte. Da Lehmanns jedoch glaubten, es sei schicklicher, die Exzellenz sich erst entfernen zu lassen, so mußte gewartet werden. Es wurde Wein gereicht und Bowle, und dabei geriet das Gespräch mehr in Fluß, wobei die Exzellenz, unter dem Kronleuchter stehend, eine Art von Audienz erteilte.

Wie ich jedoch vorher bemerkt hatte, daß der lange Mensch Unheil anrichten würde, geschah es auch richtig. Habe ich irgendwo einen Animus, so trifft er auch ein, und zwar mit einer Genauigkeit, daß ich sicher zu den Propheten gerechnet worden wäre, wenn ich im Alten Testament gelebt hätte.

Da flurrte und flatterte es denn auf einmal durch die Gemächer, und wie sich sofort herausstellte, war es der Kanarienvogel. Der junge Mann von vorhin hatte wahrscheinlich, weil er sonst nichts anzufangen wußte, mit dem Tierchen spielen wollen und vermöge seiner Zehndreiviertelhände die Tür vom Käfig verbogen, daß sie nicht wieder zuging.

Aber nun der Aufstand, den das Greifen machte. Es wurden einige Besen sowie eine Trittleiter geholt, um das Tier womöglich ins Nebenzimmer zu jagen und zu fangen, wenn es sich aufs Gardinenbrett setzte. Der Vogel wollte aber weder in das Nebenzimmer noch auf das Gardinenbrett gehen. Die Jagd wurde immer heftiger und energischer und der Vogel immer wilder. Der Übeltäter vom Ganzen beteiligte sich auch, um seine Ungeschicklichkeit wiedergutzumachen, aber wie er nun mit dem Haarbesen so recht eifrig scheuchen wollte, als wenn er Billard in der Luft spielte, schlug er kräftig auf die Gaskuppel, unter der die Exzellenz stand, daß ihr die Scherben auf den blanken Schädel segelten.

Obgleich die Exzellenz unbeschädigt geblieben war, zog sie es vor, eine Gesellschaft zu verlassen, die einen lebensgefährlichen Charakter angenommen hatte, worüber Lehmanns sehr bestürzt wurden und den Kopf ganz verloren. Indessen sie die Exzellenz hinausbegleiteten, wurde der Vogel gegriffen, und der Ball begann. Die Jugend amüsierte sich prächtig, wie immer, wenn sie tanzt, aber ich atmete erst auf, als wir uns in einem Rippenbrecher zweiter Güte auf dem Heimweg befanden und die Hitze, die ungeordnete Verpflegung, die vielen Menschen, mit einem Worte den feinen Verkehr hinter uns hatten.

Als wir angekommen waren, sagte mein Karl: »Wilhelmine, wenn du so denkst wie ich, dann schmierst du uns eine Stulle und gibst einige Flaschen Bier zum besten, ich habe Hunger.« – »Ganz meine Idee«, antwortete ich, und so saßen wir denn im Winterüberzeug des Morgens um drei Uhr in dem kalten Zimmer mit den gefrorenen Fenstern und stärkten uns nach den ausgestandenen Strapazen. Während wir einig darüber wurden, daß Lehmanns weder sich noch anderen einen Gefallen mit ihrem Tee getan hätten, und die einzelnen durchzogen, wie sie es nicht besser verdienten, fragte ich Betti, ob Onkel Fritz nicht auch gebeten worden sei? – »Geladen war er«, antwortete Betti, »aber er sagte, Büfettgesellschaften wären nicht seine Passion. Auf den Leim kröche er nicht.«

»Ich finde nicht, daß Leim ein gewählter Ausdruck ist«, erwiderte ich, »aber wenn er den feinen Verkehr der Saison damit meint, kann ich ihm nur zustimmen, denn aufrichtig gesagt: dieser Abend war der verlorenste meines Lebens.«

Auf dem Kriegspfad

Wenn mir Onkel Fritz in meinen Mädchenjahren gesagt hätte, ich würde einmal in späteren, gesetzteren, zumal verheirateten Tagen, ohne Vorwissen meines Karls, nur in Begleitung der Frau Polizeileutnanten, Jagd auf einen Menschen machen wie die Rothäute, von denen wir damals gemeinschaftlich in Lederstrumpfs Erzählungen lasen, ich hätte sicherlich gesagt: »Du hast wohl 'ne neue Mütze aufgehabt und Frost in den Kopf gekriegt.« – Aber daß es wirklich so kommen konnte, daß ich mit hinaus mußte auf den Kriegspfad ... war ich vielleicht daran schuld? O nein, sondern die neuen Einrichtungen, die Berlin mit sich bringt, seitdem es von Jahr zu Jahr gewachsen ist, als hätte es eigens dafür eingenommen, und die doch hauptsächlich für ein wohlgesonnenes Publikum geschaffen und nicht angelegt sind, daß sie von gewissenlosen Menschen gemißbraucht werden. Oder hat Herr Kleines ein Gewissen? Ich für meine Person zweifle daran, wenn doch, dann hat es Nebenluft.

Nun gibt die Polizeileutnanten mir die Schuld, ich hätte ihn bei ihnen eingeführt, aber dies bestritt ich mit allen mir innewohnenden Kräften, da sie selbst von mir verlangte, daß ich ihn ihr vorstellen sollte, als er in Pichelswerder herankam und sie sich vor Neugier nicht länger halten konnte und wissen wollte, wer der sei, der so auffallend in Mode ging. Erst darauf erlaubte ich mir, ihn ihr sich präsentieren zu dürfen. Wenn sie dagegen anders behauptet, so wird sie sich dermaleinst verantworten müssen, wenn Herz und Nieren geprüft werden, und das dürfte ihr wohl nicht ganz besonders bekommen. Damit will ich aber nichts gegen eine so hochstehende Dame gesagt haben, deren Umgang ich so sehr schätze. Schließlich sind wir ja alle nicht ohne Fehler, wenn mir auch niemand nachweisen kann, daß ich andere Leute jemals für das verantwortlich gemacht habe, was andere verursachten, und sie dann allen Gefahren und der Unbill der Witterung aussetzte, weil sie vor Hochachtung gekränkt schwiegen und lieber duldeten und litten, als daß sie die Grenzen der sozialen Schicklichkeit überschritten. Wäre die Bergfeldten mir so gekommen, ich hätte die Bildung nicht beiseite gesetzt, keineswegs, aber ich würde meinem Schöpfer doch gedankt haben, nicht an ihrer Stelle gewesen zu sein.

Die Sache selbst lag so einfach wie nur möglich. Die Polizeileutnanten merkte nämlich, daß ihre Mila in der letzten Zeit ungewöhnlich viele Briefe an ihre Freundinnen schrieb, ohne daß der Briefträger ihr jedoch Gegenantworten brachte, und dies muß einer Mutter verdächtig sein, namentlich wenn die Tochter wirklich so sehr schöne dunkelblonde Zöpfe hat wie Mila und recht hübsch geworden ist. Nach meiner Idee wohl ein bißchen üppig für ihr Alter, aber doch schlank dabei und besonders adrett zu Fuß, was sie wohl vom Vater hat, der immer noch gerne mal einen selbstgefälligen Blick auf seine engen Stiefel niedersenkt, obgleich er doch über die Jahre hinaus sein sollte, wo kneifendes Fußzeug zur Lebensfreude gehört. Von der Mutter hat sie ihre unternehmende Gangart nicht und ebensowenig die niedlichen Tanzfüßchen, denn seitdem die auf der Welt herumläuft, sind die Lederpreise ganz gewiß gestiegen. Deshalb aber braucht sich niemand verletzt zu fühlen, denn Naturgaben sind einmal Naturgaben.

Als nun der Verdacht rege geworden war, daß nicht alles in Ordnung sei, wurde die Frau Polizeileutnanten aufmerksam, allein, obgleich sie Milas gänzliche Sachen durchsuchte, fand sich kein Fingerzeig vor. Aber beim Großreinemachen, wo alle Möbel an die Sonne gebracht werden, da kam es an den Tag, da steckten in den Sprungfedern des Sofas, das Mila in ihrem Zimmer hat, die Briefe mit einem himmelblauen Seidenband zusammengebunden. Alle miteinander postlagernd und die angebliche Freundin, welche sie geschrieben, war kein anderer als Herr Kleines.

Nachdem sie sich von ihrem Schreck erholt, schloß sich die Frau Polizeileutnanten ein und las die Aktenstücke durch, wie sie mir später mitteilte. »Ganz wie in den Romanen«, sagte sie, »und mit Gedichten untermischt, die Spielhagen nicht viel schwunghafter zusammenbringen könnte.« – Was nun tun? Dem Gatten alles sagen, die Briefe einzeln auf den Tisch legen, sich auf das Sofa dahinter setzen, Mila hereinrufen und eine Inquisition abhalten, die mit Heftigkeit und Schelte endigt, oder mit Weisheit zu Werke gehen, Mila bei der optischen Täuschung lassen, als wüßte man nichts, und dann Herrn Kleines greifen, damit der seinen wohlverdienten Lohn empfange? Sie entschied sich für das letztere, schlang das blauseidene Band um die sündhafte Lektüre und vertraute sie den Sprungfedern wieder an. So konnte sie nun von Zeit zu Zeit nachsehen, und indem sie stets wußte, was vorging, war sie der verkappte Schutzgeist ihrer eigenen Tochter, denn das wußte sie, daß Herr Kleines nur ein Familientäuscher ist, der sein Vergnügen darin findet, jungen Damen den Hof zu machen, aber sofort abschnappt, wenn er merkt, daß die Familien unscherzhaft werden. Das sind trübe Schattenseiten der großen Stadt, denn wenn so etwas in einer kleinen Stadt passiert, wird derjenige sogleich von allen respektablen Familien in Acht und Bann getan, bis er zur Einsicht kommt und diejenige nimmt, oder wenn es angeht, wird er versetzt und ein anderer junger Mann von honetten Grundsätzen bekommt seine Stelle, so daß man keinen Vorwand hat, die Einwilligung länger zu verweigern.

Über Herrn Kleines' Charakter war die Frau Polizeileutnant hinreichend unterrichtet, denn nach jener abendlichen Bootfahrt auf der Havel hatte sich der Herr Polizeileutnant am nächsten Tage selbst hinbegeben, wo Herr Kleines Chambre garnie wohnt und, da er ihn nicht persönlich traf, sich mit der Vermieterin in ein längeres privates Gespräch eingelassen, worauf diese um so redseliger gewesen war, als es ihr offenbar das Herz erleichterte, einmal ungebremst auszukramen. Schuldig war er keinen Pfennig, dies mußte sie gestehen, aber mit der Ordnung sei es nichts; wenn sie nicht all und jedes wegräumte, sähe es in dem Zimmer aus, als hätte ein Erdbeben stattgefunden. Und das fürchterliche Rauchen! Daß das Haus nicht schon längst in Flammen aufgegangen sei, wäre nur ein Wunder, die neue Tischdecke wäre gleich durchlöchert gewesen, und einen Bettüberzug hätte er auch angebrannt. Als sie ihm dies vorgehalten, habe er gesagt: Sie könnte sich ja nur an die Feuerversicherung halten, die wäre für Brandschäden haftbar. Ob man das Manier nennte? – Wann er nach Hause käme, hatte der Herr Polizeileutnant darauf gefragt. – Dies wäre schon mehr Lebenswandel, hätte die Frau darauf geantwortet, eine christliche Zeitrechnung könnte sie das nicht nennen. Und sie sei aus ordentlicher Familie. Ihre Eltern hätten ihr nichts hinterlassen als die Hauseinrichtung, sie wäre darauf angewiesen, zu vermieten, und das sei ein schweres Brot, ein bitteres, armutsvolles Leben. Krank werden dürfe sie nicht, und erdulden müsse sie vieles, denn die jungen Leute, die bescheiden wären und sich alles gefallen ließen, die blieben mit der Miete im Rückstand, und die Herren, welche prompt bezahlten, wären anspruchsvoll und grob. Sonst würde sie die Kaffeegesellschaften nicht leiden, das könnte man ihr glauben, ihr Vater sei sogar höherer Beamter gewesen.

Was das für Kaffeegesellschaften seien? hatte der Herr Polizeileutnant nun offiziell gefragt. – Sie nennen sie ihre Cousinen, hatte die Vermieterin geantwortet, aber es wären Ladenmamsells, mit denen sie die Tanzlokale besuchen. – Welche »sie«? hatte er gleich nachgefaßt. – »Nun, Herr Kleines und Herr Pfeiffer, der auch bei mir wohnt. Und ich muß den Kaffee machen und den Kuchen besorgen, und hungrig sind sie wie die Werwölfe. Manchmal geht für zwei Mark Gebäck darauf und mehr. Wo soll das hinaus? Aber läßt man ein Wort von Verschwendung fallen, gleich gibt es Krakeel mit Anzüglichkeiten; wenn man gezwungen ist, von möblierten Herren zu leben, lernt man die Welt kennen.«

Ich fühlte meine Frisur sich sträuben, als die Frau Polizeileutnant mir diese Art von Laufbahn hinterbrachte, und fragte Onkel Fritz daher bei passender Gelegenheit, ob er ähnliches erfahren hätte und ob die jungen Leute wirklich so wären? – »Es gibt so 'ne und solche«, antwortete er, »aber die Schuld liegt nicht allein an ihnen. Wenn die Familien sich der jungen Leute annähmen und nicht in jedem einen Heiratskandidaten erblicken wollten, würde wohl mancher solider sein. Es dürfte ja aber nur einer in einer Familie mit

Töchtern verkehren, so hätten die Tanten die Partie gleich unter sich ausgemacht, worauf der junge Mann kopfscheu würde und heulend davon flöhe. Ist es dann ein Wunder, wenn er sich in den Berliner Strudel stürzt? Betrachtet doch die Geselligkeit nicht als Heiratsbüro.« – Was Onkel Fritz hierauf von mir zu hören bekam, das war nicht von Pappe!

Die Hauptsache war jedoch, daß wir über Herrn Kleines genügend unterrichtet waren, und als die Ereignisse ihre Reife hatten, kam die Frau Polizeileutnanten zu mir und sagte: »Nun ist es soweit.« – »Was?« fragte ich. – »Er hat sie zu einem Rendezvous mit Schokolade bei Konditor Müller eingeladen.« – »Der schräg à vis vom Centralhotel wohnt?« fragte ich, »und den besten Baumkuchen backt?« – »Der wird es wohl sein, denn auf dem Bahnhof Friedrichstraße wollen sie sich treffen.« – »Dies ist schändlich!« fuhr ich auf, »eine so dankenswerte Einrichtung wie die Stadtbahn zu solchen Fehltritten herabzuwürdigen.« – »Und Sie haben ihn mit uns bekannt gemacht!« – »O nein.« – »O ja!« – »Durchaus nicht.« – »Erst recht!« – »Nun soll mir doch einer einen Storch braten, aber einen milchernen«, entgegnete ich möglichst gleichmütig, um keine Erzürnung zu veranlassen. – »Frau Buchholz«, erwiderte sie mit aller ihr anhaftenden Vornehmheit, »Sie sind dessenungeachtet verantwortlich und müssen mir Herrn Kleines auf dem Bahnhof abfangen helfen. Die Billette habe ich gleich mitgebracht, seien Sie nun so gut, sich reisefertig zu machen.«

Ich hatte bis hierher das Eisenbahnfahren immer für eine Art von Vergnügen gehalten, mit Ausnahme natürlich von den Bummelzügen, die bei jeder Telegraphenstange anhalten, aber nun sah ich doch ein, daß es darauf ankommt, warum und wohin man reist, wobei die Schnelligkeit ganz Nebensache bleibt. Mir wäre es schon recht gewesen, wenn die Lokomotive einen Anfall von Explosion bekommen hätte, damit der Zug nicht vorwärts konnte, aber mir ging es wie immer … ich hatte kein Glück. Wie oft wünschte ich als Kind am letzten Ferientag wegen der unvollbrachten Arbeiten, die Schule möchte zusammenfallen oder abbrennen oder der Hauptlehrer das Bein brechen, aber solche Freude ward mir nie gewährt. Und deshalb passierte diesmal auch kein rettendes Ereignis, weder ein bißchen Entgleisung noch eine kleine Anrempelung, und bevor ich mich notdürftig ausgeseufzt hatte, waren wir auf dem Bahnhof Friedrichstraße.

»Wir müssen rasch nach der anderen Seite hinüber«, sagte die Frau Polizeileutnanten, »denn er hat ihr ein Billett nach Potsdam geschickt, natürlich damit, wenn man etwas merken sollte, man auf dem Stadtbahnhof vergeblich warten könnte. Ich habe den Brief gelesen und das Billett gesehen.« – »Schauderhaft!« rief ich. – »Dabei fragt es sich, ob der Konditor Müller etwa nur ein Vorwand ist und er mit dem Kinde in die weite, weite Welt hinausfährt.« – »Lassen Sie uns eilen, meine Beste«, rief ich, »hier liegt ein Verbrechen vor, das wir verhüten müssen. Er soll die Buchholzen kennenlernen.« – »Auch an mich soll er denken«, sagte die Polizeileutnanten, »wenn der Blitz sich unerwartet über seinem Haupt entlädt.« – »Jawohl, wir sind die Gewitterwolken«, rief ich, mich ihrem Gedankengange anschließend. – »Ich wüßte nicht, daß ich etwas Gewitterwolkenartiges an mir hätte«, erwiderte sie spitz, »und wenn ich meinen neuen Mantel für diese Tour zu gut halte, brauche ich mir darüber doch keine Vorwürfe machen lassen. Sie haben ihn mit uns bekannt gemacht.« – »O nein.« – »O ja.« – Es half nichts, sie blieb bei dieser verbohrten Meinung. Wir nun die Treppe hinunter, durch die Hallen geschlängelt, an den Wigwams vorbei, worin die Billettmenschen sitzen, bald um diesen Pfeiler, bald um jene Ecke, ganz genau wie die Indianer auf dem Kriegspfade, bis wir den richtigen Aufgang gefunden hatten und auf dem Fernverkehr-Perron angekeucht kamen. –

Mittlerweile stand der Tag auf der Kippe, und das elektrische Licht war aufgegangen. Wie Mondschein sah es nun in der riesigen Halle aus, die sich etwas krümmt wie eine architektonische Leberwurst mit zwei offenen Enden, durch welche die Züge nur so ein- und aussausen. Auch der Wind zieht durch die Halle, und wer für eine zerrüttete Gesundheit schwärmt, braucht sich nur gehörig warm rennen und dann auf den Stadtbahnhöfen Platz nehmen. In drei Minuten meldet sich der Schnupfen, oder man spürt es im Kreuz. Ich sah mich schon im Geiste mit Opodeldok eingerieben und heißen Kamillentee dazu, obgleich der menschliche Organismus doch wohl eine andere Bestimmung bekommen hat, als ihn aus achtungsvoller Ergebenheit zu erkälten. Aber auch das Gemüt hat keinen Vorteil von dem Gewarte und Herumgestehe, denn das klingt und klappt und rührt sich in allen Ecken und Kanten, als wenn es spuke, weil kein menschliches Auge die elektrischen Fäden entdeckt, womit sie den ganzen Sprechanismus dirigieren.

Je schwärzer der Abend draußen wird, um so mehr nimmt die Unheimlichkeit zu. Man sieht von dem Mondschein der Halle in die Nacht hinaus, die sich allerdings nicht viel von einem Ofenloch unterscheidet, aber dann kommt es an wie ein paar glühende Augen, die immer größer und größer werden, immer runder und immer glänzender, bis es fauchend wie ein Ungeheuer heranlärmt und plötzlich stillesteht. Sobald es hält, sieht man ja gleich, daß die Erscheinung nichts anderes ist als ein Eisenbahnzug, wenn es jedoch aus der Finsternis in das Helle rast und zischt und Dampf speit, so glaubt man jedesmal, es wäre ein übernatürliches Geschöpf, das alles über den Haufen rennen wollte, was ihm in den Weg tritt.

Als mir der Feldzug schon anfing unausstehlich zu werden, zeigte sich endlich etwas, und wenn auch nicht Herr Kleines, so doch sein Schwiemelkompagnon Herr Pfeiffer. »Das ist der eine von den beiden«, flüsterte ich, »auf in den Kampf!« – Ehe Herr Pfeiffer noch wußte, wie und warum, hatte die Frau Polizeileutnanten ihn in unmittelbarer Augennähe, und als er rasch wieder davonwollte und sich umwandte, da erblickte er mich mit ausgebreiteten Armen. Der Sieg war ein gewaltiger: er versank in sich wie ein zu früh aus der Röhre genommener Auflauf. So viel Verstellung war aber doch in ihm, daß er tat, als wenn er sich freute, uns begrüßen zu dürfen. Wir sagten auch, daß wir sehr glücklich wären, einen »so sehr soliden« Gesellschafter zu treffen, und so logen wir uns gegenseitig Galanterien vor, während die eine Partei die Angst, die andere den Zorn damit zu verhehlen suchte. Er sann nun, auf verschiedene Weise zu entkommen ... es war ihm aber unmöglich; jede warnende Mitteilung an Herrn Kleines wurde im Keime erstickt. Da raffte er sich zu einer letzten Anstrengung auf, indem er uns mit der Wahrheit einzuschüchtern versuchte. »Entschuldigen die Damen«, sagte er, »ich muß unbedingt augenblicklich zu einem Freunde; es gibt ein Malheur, wenn ich nicht gehe.« – »Darf man fragen, wie der Freund heißt?« inquirierte die Polizeileutnanten. – »Es ist mein Freund, Herr Kleines«, erwiderte Herr Pfeiffer mit dem tiefsten Tone der Überzeugung. – »Den können Sie sich unseretwegen an den Hut stecken«, sagte ich, und kaum war diese, den Umständen nach wohl berechtigte Mißbilligung meinen Lippen entflohen, als Herr Kleines in höchst eigener Person die Treppe heraufgewutscht kam, immer zwei Stufen auf einmal, in das linke Auge ein Stück Glas getreten und äußerlich in einen

STRASSE

rötlichblau karierten, waschledergelben Asphaltfeger von Überzieher getan, daß er sich mehr putzig als verführerisch ausnahm. Mit dem an Herrn Pfeiffer eingeübten Schlachtplan gedachten wir ihn nun mit leichter Mühe zu kriegen, aber als er uns sah, entwich er nach rückwärts, immer wärtser und wärtser, dahin, wo der Bahnhof aufhört und das Überfahrenwerden anfängt. »Ob er sich auf die Schienen wirft und von dem ersten besten Teufelstier von Lokomotive zermalmen läßt?« dachte ich mit Grauen. Aber dies war nicht denkbar, denn indem er flüchtete, wandte er uns sein Gesicht mit dem Augenglas zu und hüpfte abwechselnd auf seinen Spazierhölzern in einer sehr ungebührlichen Weise, wobei er ganz unmenschlich verdrehte Grimassen schnitt.

Nun aber hatten wir ihn. Weiter konnte er nicht kommen, wenn er nicht den Tod unserer Gesellschaft vorzog. Schon streckten wir die Finger nach ihm aus, da hatte er auch schon einen eisernen Handgriff bewegt, und vor unseren Augen verschwand Herr Kleines langsam in den Abgrund, wobei er den Hut abnahm und uns höhnisch angrinste. Er fuhr mit dem Gepäckfahrstuhl hinunter, und wir hatten das Nachsehen.

»Gottlob, er ist gerettet!« sagte Herr Pfeiffer, als die Klappen sich über Herrn Kleines schlossen und er uns wie durch Blendwerk entrückt war. – »Darüber freuen Sie sich noch, Herr Pfeiffer?« fragte ich, »Sie können mir wahrhaftig leid tun.«

Wäre in diesem Augenblick nicht der Zug vom Bahnhof Alexanderplatz mit Mila darin angekommen, ich glaube, die Polizeileutnanten stände noch in verblüfftem Zustande da und bemühte sich zu begreifen, wie Herr Kleines eigentlich entwich, weil sie nicht wußte, daß sein Geschäft ihn oft auf die Bahnhöfe führt und er sich mit allen Einrichtungen auskennt. Denn hätte er sonst so gewissenlosen Mißbrauch mit dem Fahrstuhl treiben können, der doch im Dienste des Publikums steht und nicht hinsichtlich leichtfertigen Entschlüpfens auf Staatskosten erbaut worden ist? Die Sprache ist hier einfach wortlos; es gibt keine Bezeichnung, die miserabel genug für solches Benehmen wäre. –

Mila reckte sich fast den Hals aus, ob sie den karierten Schlafrock nicht erblickte, mit dem Herr Kleines sie zu bezaubern gedachte, aber als sie nun statt dessen uns beide wahrnahm, verschwand sie wie an einer Gummistrippe gezogen vom Coupéfenster. Dies half aber nichts, denn was einmal entdeckt ist, das bleibt entdeckt, und sie mußte heraus aus dem Waggon, aus ihren romantischen Träumen von heimlicher Ausflucht mit Schokolade und Baumkuchen bei Müller, heraus in das wirkliche Leben mit elektrischer Beleuchtung, heraus auf den Perron für Vorort- und Fernverkehr.

»So, mein Dochder«, sagte die Frau Polizeileutnanten im reinsten Landsberger-Straßen-Akzent, »nu komm man mit«, und faßte Mila kräftig festhaltend an den Ellenbogen. Mila sah so jammervoll aus, als wenn eine von Castan seinen plieräugigen Wachspuppen das Nachtwandeln bekommen hätte. Ich wollte mich ihrer annehmen, aber die Frau Polizeileutnanten sagte: »Lassen Sie nur, liebe Frau Buchholz, ich werde schon als Mutter mit meiner Tochter reden. Das beste wird wohl sein, wir schicken sie in ein Pensionat in die Schweiz, und zwar so bald als möglich. Soviel ich weiß, ist man dort strenge, und Stadtbahnen sollen gänzlich fehlen.« – »Das wäre ein großer Vorteil«, pflichtete ich bei. – »Und noch eine Bitte: Sie sind diskret, nicht wahr?« – »Kein Sterbenswort.« – »Ich danke Ihnen.« – Als sie nun mit Mila hinabging, wollte ich noch Herrn Pfeiffer in Eid und Pflicht wegen der Verschwiegenheit nehmen, allein, er war vierdimensional geworden, wie Onkel Fritz neuerdings zu sagen pflegt, wenn etwas weg ist. Wahrscheinlich stieg er aus Angst in den Zug, und da ich annehme, daß er kein Billett hatte, so hoffe ich, dieser Eisenbahnfrevel wird ihm nicht so hingegangen sein.

Mila wird, wie mir die Frau Polizeileutnanten zwei Tage darauf sagte, baldigst nach der Schweiz ausgetan, wo sie gleichzeitig Durchbildung in Sprachen und feinstem Benehmen erhält. Die Mutter hat ihr Herrn Kleines mitsamt der Wurzel aus dem Herzen gerissen – sie hat ihn eingestandenermaßen auch mehr komisch und amüsant gefunden –, und somit ist diese Sommerliebschaft als beendigt zu betrachten. Trotzdem lobe ich die Vorsicht, Mila aus dem Distrikte ihres Anbeters zu entfernen, damit wir nicht wieder auf den Kriegspfad hinausbrauchen und Mila noch einige Fortschritte macht, denn obgleich wir nicht den Rang beanspruchen wie die Frau Polizeileutnanten, so kann ich doch sagen, in Literatur, Geschichte und derartigen Kenntnissen ist meine Betti ihrer Mila doch eine Strecke voraus, wie wenigstens vom Belleallianceplatz bis zum Wedding.

Betti

Wir hatten die Saison glücklich hinter uns und lebten ein harmloses Dasein. Mein Karl ward rastloser denn je zuvor vom Geschäft in Anspruch genommen, daß er nicht schlecht Lust verspürte, es zu vergrößern und sich mehr auf eigene Fabrikation zu verlegen, wenn er passende Unterstützung gefunden hätte. Da er jedoch keinen geeigneten Kompagnon ermittelte, so blieb es vorläufig beim alten, und er konnte sich allein abmarachen. Wir suchten ihm darum auch das Leben nach allen Seiten hin zu verschönern, weil er im Grunde genommen doch für uns oft bis spät in die Nacht bei den Büchern saß. Ihm wiederum lag hauptsächlich an Bettis Wohlfahrt, und ihre Zukunft war es, die er sichergestellt wissen wollte. Als ich ihm einmal vorwarf, daß er sich noch überarbeiten würde, sagte er: »Laß nur, wenn ich einst die Augen schließe, will ich die Beruhigung haben, daß ihr nicht entbehren müßt.« — »Karl, rede nicht so, du tust mir weh. Was sollen wir mit dem Mammon ohne dich? Halte dich nur immer gut warm und denke nicht an Trauervolles; das macht den Menschen hypochondrisch und nimmt ihm den Appetit.« — »Wie du meinst, Wilhelmine, aber wir können uns doch nicht verhehlen, daß wir keine Jünglinge mehr sind.« — Von solchem Gespräche durfte Betti nichts erfahren, die, ganz umgekehrt gegen früher, jetzt fleißige Neigung für häusliche Arbeiten zeigte und sich kein Gras unter den Füßen wachsen ließ. Dafür hatte ich denn andererseits die Befriedigung, daß sie sich des Nachmittags hinsetzte und schreibend beschäftigte. Die Verse gelangen ihr noch immer vergeblich, obwohl Herr Leuenfels von Zeit zu Zeit kam und sie in den poetischen Anfangsgründen unterwies, woran ich, am Nähtisch sitzend, teilnahm, weil man nie wissen kann, wozu man das Dichten mal braucht. Erst mußte Betti beliebige Worte wählen wie: Mauer, Wurm, Perle, Blume und dann so viele Reime darauf suchen, wie sie irgend kriegen konnte. Fiel uns allen dreien kein Reim mehr ein, wurden aus dem Gesammelten Gedichte hergestellt. Schön gerieten sie gerade nicht, manche hatten sogar keine Idee von Sinn, aber Herr Leuenfels erklärte, dies wären die unumgänglichen Vorübungen; wer nicht gewandt im Reimen sei, könne in der Poesie nie bedeutend werden. Selbst die sogenannten Klassiker (Leuenfels hatte eine mächtige Pieke auf sie) wären Stümper im Reimen gewesen und hätten noch dazu von den alten Griechen und sonstigen faulen Dichtern abgeschrieben.

»Sie irren sich gewiß und meinen jemand anders«, bestritt ich sein Gutachten, »Schiller, diese edle Seele, sollte sich mit den Federn fremder Geister verziert haben? Nein, dazu war sein Erdenwallen zu schlicht.«

»Pah!, der und schlicht!« sagte Leuenfels wegwerfend. »Er hielt sich die besten Weine im Keller.« — »Die hatte er auch verdient.« — »Für seine gewöhnlichen Reime?« — »Nicht jeder kann es so gut wie er«, wurde ich anzüglich, »und an das Abschreiben glaube ich nicht.« – Statt aller Antwort nahm Leuenfels einen Band von Shakespeare und einen von Schiller aus dem Bücherspinde und schlug die Stellen auf, an denen man die Unredlichkeiten deutlich sehen konnte. Da stand im Hamlet: »Lebt wohl« und in Kabale und Liebe dito »Lebt wohl«. Desgleichen heißt es im Hamlet »Da kommt der König« und in der Jungfrau von Orleans ganz das nämliche. Und die Louise Millerin sagt: »Ach«, und die Ophelia sagt auch »Ach« und so eine ganze Menge von Wörtlichkeiten mehr.

»Siehst du wohl?« sagte Betti, die ihm vergleichen half. »Wenn Schiller das bei einer Examensarbeit getan hätte, wäre er durchgefallen.«

»Und so etwas läßt sich noch lange Klassiker schimpfen?« rief ich empört aus. »Wem soll man nun noch trauen? Es ist heutzutage alles Schwindel.«

»Man weist ihnen allen miteinander auf den Tippel nach, wo sie lange Finger gemacht haben«, sagte Leuenfels, »wir jüngeren Gelehrten lassen ihnen nichts durchgehen, wir sind unerbittlich gründlich.«

Ich war wie mit Gewalt dumm gemacht über diese Entdeckung, denn aufrichtig gesagt, ich hatte meinen Schiller lieb, er war mir mehr als andere. »Hat er seine Glocke auch gestohlen?« fragte ich. – »Hierüber haben wir noch keine festen Anhaltspunkte«, erwiderte Leuenfels. – »Das ist wenigstens ein Trost, denn die weiß ich beinahe auswendig, und es wäre doch sehr anstößig, geraubte Ware im Gedächtnis mit sich herumzuschleppen.«

»Es ist Zeit, daß die Überschätzung aufhört«, nahm Leuenfels das Wort. »Warum hat das Publikum nur Anerkennung für die alten Dichter und vernachlässigt die jüngere Schule in unverantwortlicher Weise? Die Alten werden gekauft, wir bleiben im Schreibtisch liegen. Der Sinn für wahre Poesie ist dem Volke abhanden gekommen.« – »Nehmen Sie es ihm nur nicht weiter übel«, suchte ich ihn zu besänftigen, »es wird Sie auch ganz gewiß bewundern, wenn Sie tot sind.« – Er warf sich in den Lehnstuhl und fuhr mit allen zehn Fingern durch die blonden Haare, wobei er stöhnte: »Ich fühle es, ich bin um ein Jahrhundert zu früh auf diese undankbare Welt gekommen.« Hohnlachend setzte er dann hinzu: »Warum bin ich nicht lieber Bierwirt geworden?« – »Das können Sie noch immer, wenn das Volk seinen Geschmack absolut nicht läutern will. Außerdem, glaube ich, versteht es mehr vom Bier als von der Poesie. Legen Sie ihm versuchsweise einmal ein Gedichtbuch hin, und stellen Sie daneben ein schönes kühles Seidel vom frischen Faß; Sie werden sehen, wonach es greift.« – »Das Volk ist nicht wert, daß man dichtet. Meinetwegen mag es in dem Pfuhl seiner eigenen Gemeinheit versumpfen. Ich zertrümmere mein Saitenspiel und lasse das Volk verkommen!« – »Diese Härte!« rief ich. »Versuchen Sie es vorher doch ein paarmal in Güte, wie Abraham mit den Leuten zu Sodom und Gomorrha, ehe der liebe Gott den Dynamit anstach.« – »Wie soll ich das anfangen, wenn mir niemand Gehör schenkt? In den Papierkorb hat man meine Gesänge geworfen und – o Schmach – in den Briefkästen der Journale zum Überfluß verhöhnt.« Der arme Bengel fing an, mir leid zu tun. »Muß denn alles gereimt sein?« nahm ich tröstend und aufmunternd zugleich das Wort. »Es gibt Leute, die mögen keine Bollen riechen, und andere, die essen vor Johanni das grüne Kraut über dem Ende und nach Johanni die Knollen unterhalb. So ist es auch mit der Poesie; dem einen ist sie sein Leibgericht, und der andere mag sie nicht. Aufrichtig gestanden, bin ich auch mehr für das Ungereimte, weil doch die seltensten Menschen in Versen sprechen und dies meistens nur, wenn sie phantasieren und Blutegel heran müssen nebst Eis auf den Kopf. Schreiben Sie statt Versmaße ein verständliches Aufsatzdeutsch, das wird sicherlich gefallen.« — »Prosa!« rief er kläglich aus, »elende Prosa?« — »Meine Tochter hat, glaube ich, auch mehr Talent für das Simple. Nicht wahr, Betti?« — »Bis jetzt ist mir das Dichten noch nicht faßlich«, bestätigte sie. — »Du solltest doch Herrn Leuenfels die kleine Geschichte vorlesen, die du neulich geschrieben hast.« — »Sie ist gar zu unbedeutend, ich müßte mich genieren.« — »Ich bitte Sie, mein Fräulein«, sagte Leuenfels, »für durchaus überflüssig halte ich die Prosa nicht.« — »Er wird sich schon noch ergeben«, dachte ich. — Betti ging die Erzählung holen, welche sie ihrem Papa zum Weihnachtsabend geschenkt hat und die uns so außerordentlich erfreute, weil sie alles ganz aus sich selbst hatte, ohne Beihilfe, nur daß sie den Baum, wovon sie schrieb, vorher in einem Laden sah. Die Mutter, der Vater und die Kinder sind ihr dagegen völlig unbekannt, die hat sie sich auf ihre eigene Hand ausgedacht. Ich war deshalb sehr neugierig, was Feodor Wichmann-Leuenfels wohl sagen würde, und Betti schien auch etwas benaut, denn nur stöckerig begann sie zu lesen: »Der patentierte Tannenbaum.« — »Das ist purer Unsinn«, rief Leuenfels dazwischen. — »O nein«, entgegnete ich, »so etwas gibt es, und was es gibt, ist kein Unsinn. Nun unterbrechen Sie aber nicht wieder, sonst werd' ich unangenehm.« — Betti fuhr fort:

»Er war von Amerika gekommen, sorgsam in einer Kiste verpackt. Die einzelnen Teile waren numeriert, damit man sie zusammenstellen konnte, wie es sich gehört, und wenn alles ineinandergeschoben war, dann stand der patentierte Tannenbaum fix und fertig da. Der Stamm sah beinahe ebenso aus wie ein wirklicher Tannenstamm, nur war er glänzender als dieser, weil er einen wundervollen patentierten Lacküberzug trug, seine Zweige saßen in viel regelmäßigerer Anordnung daran, als sie ein armer Waldbaum aufzuweisen vermag, und krümmten sich so elegant und so gleichmäßig, als hätten sie alle ein und denselben Anstandsunterricht genossen. Und wie herrlich grün waren die Zweige! So grün war kein Baum auf der weiten Welt. An jedem der Drahtzweige saß ein Kerzenhalter, und kleine Häkchen waren daran zum Befestigen des Konfektes und der silbernen Äpfel und goldenen Nüsse. Auch die Nüsse und Äpfel waren nach einem patentierten Verfahren aus Metall angefertigt. Sie ließen sich freilich nicht essen, aber dafür konnten sie stets wieder gebraucht werden, wenn Weihnachten kam. Und nun erst der Untersatz, auf dem der Baum stand. Der war aus Gußeisen, fein vernickelt und hatte eine Inschrift, die jedem, der lesen konnte, verkündete, daß der Baum patentiert sei. Der Untersatz barg außerdem noch ein Geheimnis, das erst am Heiligen Abend offenbart werden sollte, und auch dieses war patentiert. Es gab keinen patentierteren Tannenbaum als das Kunstwerk aus Amerika.

Nun kam der Weihnachtsabend, und während die Kinder sehnsüchtig des Augenblickes harrten, in dem die Türen zum Bescherungszimmer geöffnet wurden, bauten die Eltern da drinnen liebevoll die Geschenke auf.

Sie ließen noch einmal prüfend die Blicke in stiller Vorfreude über die Herrlichkeiten gleiten, welche Kinderherzen froher schlagen machen sollten als sonst an einem Tage im Jahre.

»Ich vermisse nichts«, sagte die Mutter, »aber doch ist mir, als fehle etwas. Nur kann ich nicht finden, was es sein möchte.«

»Es fehlt der Weihnachtsglanz«, erwiderte der Vater. »Laß uns die Kerzen anzünden, ihr Licht gibt erst dem Ganzen die Vollendung.«

Als die Lichter an dem Patentbaume brannten, wurden die Türen weit geöffnet, und wie von dem hellen Schimmer geblendet, standen die Kinder an der Schwelle. Dann aber, als sie zu den Gaben geleitet wurden, jedes an seinen Platz, jubelten sie auf. Nun war sie da, die Wonne seligen Gebens und beglückenden Empfangens.

»Habt ihr euch den Tannenbaum schon genau angesehen?« fragte der Vater nach einer Weile.

»Ist das ein wirklicher Tannenbaum?« entgegnete einer der Knaben.

»Nein, aber er ist viel schöner. Und nun gebt acht, wie wunderbar er ist.«

Bei diesen Worten drückte der Vater auf einen kleinen Knopf, der an dem nickelplattierten Fuße des Kunstbaumes angebracht war, und der Baum fing an, sich langsam zu drehen. Dazu spielte eine Musikdose einen lustigen Tanz. Das war das Geheimnis des patentierten Tannenbaums.

Einen Weihnachtsbaum, der sich dreht und obendrein selbst Musik dazu macht, hatten die Kinder noch nie gesehen. – »Gefällt er euch?« fragte der Vater und zog das Uhrwerk von neuem auf.

Die Kinder schwiegen. »Hat dieser Baum sich im Walde auch die Geschichten mit dem Hasen erzählt, wie es in meinem Märchenbuche steht«, begann einer der Knaben. – Der Vater lächelte. »Nein«, antwortete er, »dieser Baum ist kein Märchenbaum, den hat ein kluger Mann in Amerika gemacht.«

»Er riecht nicht nach Weihnachten«, sagte die Schwester. »Nun weiß ich, was ich vermißte«, flüsterte die Frau ihrem Gatten zu. »Der Baum atmet nicht den würzigen Hauch aus wie die Tanne unserer Wälder. Ihm fehlt der Duft.« – Ob der patentierte Baum merkte, daß man tadelnd über ihn sprach, das ist schwer zu sagen, aber gerade in diesem

Augenblicke knackte es in seinem Uhrwerke, und während er ein neues, viel lustigeres Stück zu spielen begann, drehte er sich noch rascher als vorher. Man hätte glauben können, er wollte zeigen, was er konnte. Aber das schien nur so, denn das neue Stück und die raschere Bewegung waren auch patentiert.

Mittlerweile hatte die Mutter sich entfernt, und als sie nach einiger Zeit zurückkehrte, brachte sie ein kleines Tannenbäumchen mit, das letzte, welches der Mann draußen auf der Straße den Vorübergehenden zum Kaufe anbot, das aber niemand haben wollte, weil es zu elend und erbärmlich war. Dann nahm sie Konfekt von dem patentierten Baum und schmückte den Neuangekommenen damit, auch Netze und Goldpapier hing sie daran und befestigte Wachslichter an seinen Zweigen. Ein Tischchen, mit einem weißen Tuche bedeckt, wurde für ihn hingestellt, und als er darauf stand und seine Kerzen brannten, scharten sich die Kinder um ihn. »Dies ist Weihnachten«, sagten sie. Als nun eins der Lichter sich neigte und die grünen Nadeln des Nachbarzweiges sengte, daß sie zischten, mußte es ausgeblasen werden. Ein leichter Rauchstreifen erhob sich von dem glimmenden Dochte. »Jetzt ist es ebenso Weihnachten wie sonst«, hieß es.

Der patentierte Tannenbaum stand still, da er nicht wieder aufgezogen war, aber der kleine Waldtannenbaum durchduftete das ganze Zimmer mit seinem frischen, harzigen Geruch. Die schiefe Wachskerze hatte ihm dabei zu helfen versucht, so gut es in ihren Kräften stand.

Wenn Besuch während der Festtage kam, wurde der patentierte Baum gezeigt und mußte seine Kunststücke machen. Man fand ihn allgemein ganz außerordentlich, aber weil der Weihnachtsabend vorüber war, merkte man nicht, daß ihm das Beste fehlte – die Kraft, Erinnerungen zu wekken, die Erinnerung an frühere Weihnachtsabende und an den grünen Wald, der nun unter dem Schneedache schlummert und auf den Frühling wartet.

Später wurde der patentierte Tannenbaum wieder auseinandergenommen, in seine Kiste gepackt und auf den Boden gestellt, jedes numerierte Stück des Stammes, jeder numerierte Zweig sorgsam in Seidenpapier eingewickelt. Ich bezweifle aber, daß er in diesem Jahre heruntergeholt und wieder zusammengesetzt werden wird, denn ich habe erfahren, es sei ein großer schöner Tannenbaum bestellt, der fast bis an die Decke reicht, und auch Nüsse mit wirklichen Kernen und Äpfel, die man essen kann, werden am Abend, wenn die Kinder schlafen gegangen, emsig vergoldet und versilbert.

Das sind schlechte Aussichten für den patentierten Tannenbaum.« –

Betti schwieg und schlug die Augen nieder, als hätte sie genascht oder irgendeine Torheit begangen, deren man sich schämt, und obgleich mir die kleine Erzählung, trotzdem ich sie bereits bis auf jedes Komma kannte, wieder Spaß machte, schwieg ich auch und wartete gespannt auf Leuenfelsens Ausspruch. Aber er blieb stumm. – »Na?« rief ich ungeduldig. – Leuenfels zuckte die Achseln. »Ist das alles?« – – »Wie kann man solche Alltäglichkeiten schreiben?« nörgelte er. – »Aber sie hat es doch ganz niedlich gemacht«, versetzte ich, »oder sind viele Fehler drin?« – »Nichts ist da«, rief er, »keine Exposition, keine Peripetie, keine Abrundung des Ganzen und vor allem keine Poesie. Wo ist der Weihnachtsengel mit seinen poetischen, weißschimmernden Flügeln, wo sind die Festglocken mit ihren harmonischen Klängen, wo sind Glaube, Liebe und Hoffnung? Und was das Unverzeihlichste ist … die Anleihe bei Andersen und sonstigen Märchenschmierern ist zu augenscheinlich. Ja, man könnte von Plündern sprechen. Geben Sie das Schreiben auf, mein Fräulein. Sie besitzen allerdings Talent, aber kein Genie!« – Mir war bei diesem Tadelserguß, als würfe man mich von allen Seiten mit Klietern, besonders direktemang ins Gesicht, und Betti saß wie unheilbar verhagelt da und wagte sich vor Schmach und Schande nicht zu rühren, denn Leuenfels hatte recht: alle jene Zutaten fehlten. Ich begriff jetzt selbst nicht mehr, daß wir Freude an der kleinen Erzählung gehabt hatten, daß mein Karl behaupten konnte, Betti wäre wohl verschlossen, aber sie sei tief von Gemüt, und wie ich mich so irren konnte, zu glauben, Betti werde, weil doch Gouvernante, Musik und Malen nichts für sie war, Befriedigung und eine Art von Beruf im Schriftstellern finden. Da hatte wieder einmal eine Eule gesessen.

Betti sagte kein Wort, denn sie ist nicht von der nachgeberigen Sorte, also mußte ich eine Lippe riskieren. »Da Ihnen alles nicht gut genug dünkt, Herr Leuenfels«, begann ich, »so möchte ich wohl mal wissen, was Ihrer Meinung nach der richtige, poetische Stil ist, damit man Unterschied lernt.« –

»Nichts leichter als das. Zwei Gedichte von mir sind in der ›Aeolsharfe‹ abgedruckt, deren Redakteur, Hunold Müller von der Havel, mich persönlich aufforderte, Mitglied des Allgemeinen deutschen Reimvereins zu werden. Ich bin Mitglied. Mein letztes Gedicht wurde preisgekrönt. Verlangen Sie mehr?« – »O bitte, durchaus nicht.« – »Ich dichtete es im Wintergarten auf dem Pressefest. Der wahre Genius ist nicht an Zeit und Ort gebunden. Ich werde es rezitieren.«

Er sich nun gegen den Ofen gestützt, die Manschetten herausgezupft, die Haare aufgewühlt, eine Miene angenommen wie gerührtes Apfelmus und angefangen:

Die schmerzlich Getrennten

Gekröntes Preisgedicht von Feodor Wichmann-Leuenfels

Ein Palmbaum steht im Norden
In einem Gartenhaus.
Was ist aus ihm geworden?
Die Blätter gehn ihm aus.

Er träumt von einer Fichte
Am fernen Kongostrand,
Die ward schon längst zunichte
Im heißen Wüstenbrand.

»Na hören Sie«, rief ich, als er mit vieler Wehmut zu Ende gekommen war, »berühmt kann ich das Gedicht nicht finden, und neu ist es auch nicht mehr.« – »Nicht neu? Eine Improvisation von mir an jenem Abend nicht neu?« – »Nee«, sagte ich, »du kennst doch auch das Gedicht von dem drömerigen Fichtenbaum, Betti, geht das nicht gerade so wie das, was Herr Leuenfels eben deklamierte?« – »Nicht die geringste Ähnlichkeit«, schrie er beleidigt. »In dem elenden Machwerke, das Sie meinen, steht der Fichtenbaum im Norden und bei mir der Palmbaum, und das soll dasselbe sein? Lächerlich! Wer nicht dazu fähig ist, sollte sich doch kein Urteil anmaßen.« – Nun kochte mir die Galle über. »Sie sagen von meiner Betti, sie hätte Anleihen gemacht, wo sie selbst grapschen, daß man glaubt, der Staatsanwalt klopfte bereits an die Türe, und reden noch lange von Genius und Pathologie und was weiß ich? Das paßt mir nicht in meinem Hause, und wenn Sie mir'n Gefallen tun wollen, Herr Wichmann, dann sehen Sie nach, ob Ihr Paletot vielleicht draußen gestohlen sein sollte, und wenn nicht, dann führen Sie'n an die Luft, daß die Motten nicht hineinkommen. Wer meiner

Betti was zuleide tut, dem werd' ich helfen. Und nun denk' ich, lassen wir's Dichten ein für allemal sein!« – Er sagte, er sei gewohnt, mißverstanden zu werden, und so auch hier, und schloß mit den Worten: »Nun gut, verschmäht man meine Poesien, so werde ich den Leuten zeigen, was ich vermag. Wer mich nicht verehrt als Dichter, der soll mich fürchten als Kritiker. Jetzt habe ich meine Bestimmung erkannt, Frau Buchholz, dafür bin ich Ihnen dankbar.« – Er empfahl sich und ging stolz davon. Wie recht hatte doch Onkel Fritz: wenn das Wort Patentfatzke nicht schon erfunden wäre, hätte man es für diesen Pojatz eigens erfinden müssen. Und den hat mir der Dr. Stinde aufgepackt. Na warte, Jungeken, dir werde ich wieder Gans braten! –

Die Folge davon war, daß Betti kein Vernügen am Schreiben mehr fand und die Welt um einen Kritiker reicher geworden ist. Ohne seine Schnodderigkeit hätte Betti unschuldig darauf losgeschrieben, und die Gedanken an verlorenes Glück wären ihr beim Arbeiten fern geblieben; sie hätte Zerstreuung gehabt, ohne sie weit im Theater oder in Konzerten zu suchen, wohin wir nur selten kommen, weil das teuerste Vergnügen immer das ist, welches man sich von anderen Leuten vormachen lassen muß, und so wegwerferisch haben wir es nicht. Wenn wir mal in den Lohengrin gehen oder ins Schauspielhaus, das sind erinnerungsreiche Festabende, oder mal bei Wallner, wenn sie recht etwas zum Trudeln geben, wohingegen die Operette uns zu schenierlich ist.

Nun war alles wieder beim alten, und da Mila auch noch fehlte, brachte das tägliche Einerlei Stunden, die mit Blei ausgegossen schienen. Allein, wo nichts zu machen ist, da ist auch nichts zu wollen, und so trugen wir beide dasselbe Leid: Betti auf ihren jungen Schultern, ich auf meinen alten, wem es am schwersten ward, mochte keiner eingestehen. –

Mich beschäftigten außerdem die mysteriösen Andeutungen, welche Herr Max bei der Regatta äußerte, und ich weiß nicht, was ich darum gegeben hätte, deutlich bis auf den Grund zu sehen. Aber, fließt das menschliche Leben kristallklar dahin? O nein, meistens ist es modderig wie die Panke. –

Endlich kam aber dennoch die Zeit der Offenbarung in der Form eines Briefes von Herrn Max, der mich um eine Unterredung ersuchte. Ich bestellte ihn zum kommenden Freitag, an welchem Betti zu Kuleckes ging, und empfing ihn pünktlich um sechsen in der guten Stube. – »Halten Sie sich nur nicht lange in der Vorrede auf«, bat ich, nachdem ich ihm zur Ermutigung der Lebensgeister Portwein hingesetzt hatte, denn er machte einen zurückhaltenden Eindruck. »Sie können ohne Umschweife reden, ich bin auf das Schlimmste gefaßt.« – »Ich komme mit guten Nachrichten«, entgegnete er. – »Dann nur heraus damit.« – »Als Anwalt meines Freundes muß ich umständlicher sein, als Ihnen vielleicht lieb ist.« – »Nun denn, meinetwegen, aber stärken Sie sich vorher.« – Er nippte kaum von dem Wein und fuhr darauf fort: »Sie haben ihn kennengelernt.« – »Und mich in ihm getäuscht. Nie werde ich es vergessen, wie er, rasch entschlossen, in frischem Jugendmute sein Leben wagte, um den Knaben zu retten. Ich bewunderte ihn, und sein bescheidenes und doch so mutiges Wesen gewann bei näherer Bekanntschaft mein ganzes Herz. Nicht das meine allein, und das war unrecht von ihm. Er wußte, was er angerichtet hatte, Sie wußten es auch, und nachdem er den Triumph gefeiert hatte, eine unschuldige Mädchenseele zu betören, verschwand er auf Nimmerwiedersehen. Das war falsch, und so steht er jetzt in meinen Augen da.« – »Ich kann ihn rechtfertigen.« – »Wer's glaubt!« – »Mir werden Sie glauben, mir, seinem Freunde.« – »Sage mir, mit wem du umgehst, und ich will dir sagen, wer du bist!« bemerkte ich mißtrauisch. Er biß die Zähne aufeinander und blickte mich unwillig an. — »Sie verunglimpfen ihn«, stieß er hervor. »Ich kenne ihn von der Schulbank an. Er, der Kräftige, Starke, schützte mich, den schwachen Knaben, vor dem Übermut der anderen, er sorgte für mich, als ich verwaiste, ihm verdanke ich, was ich bin. Keinen Treueren gibt es als ihn, und darum betrifft mich alles, was ihn betrifft. Wie froh war ich, als er mir vertraute, er habe das Glück seines Lebens gefunden, und nicht mehr kann er gelitten haben als ich, als er verzichten mußte.« — »Mußte?« — Max schwieg eine Weile und fuhr dann mit leiser Stimme fort: »Wir waren beide erst seit einigen Jahren in Berlin, die Woche gehörte der Tätigkeit im Geschäfte, an den Sonntagen bot die Großstadt mit ihrer Umgebung Kurzweil die Hülle und Fülle. Verdenken Sie es lebensfrohen Männern, wenn sie zugreifen, wo das Vergnügen ihnen die Hand reicht?« — »Warum sollen sie sich nicht zerstreuen? Das heißt, sie müssen nicht solche krummbeinigen Wege gehen wie Herr Kleines.« — »Ich verstehe Sie nicht.« — »Der Cousinen einladet, die es gar nicht sind.« — Er schlug die Augen nieder und verstummte. — »So reden Sie doch«, rief ich angstvoll. — »Er hatte sie zuerst in Treptow gesehen und mit ihr getanzt ...« — »Welche ›sie‹?« — »Sein Verderben.« — »Jetzt weiß ich genug«, entgegnete ich bitter, »mehr wird wohl nicht nötig sein.« — »Doch«, rief er, »Sie müssen mich zu Ende hören. Als wir damals von Tegel zurückkehrten, sagte mein Freund: ›Max, von heute an wird mit der Vergangenheit gebrochen‹ ...« — »Das sagte er wohl, aber er tat es nicht.« — »Er versuchte sich loszureißen, sie litt es aber nicht. Sie drohte ihm, wenn er sich verloben würde, mit Ansprüchen hervorzutreten.« — »Hatte sie Rechte dazu?« — »Nein. Er lachte sie aus. Sie beteuerte, ihm den unerhörtesten Skandal zu machen, und sei es am Hochzeitsmorgen, in der Kirche selbst. Sie würde behaupten, er habe ihr die Ehe versprochen. Wer das Gegenteil beweisen könne? – Er fragte sie, ob sie ihn für sein ganzes Leben unglücklich machen wollte, worauf sie antwortete, sie sei aus respektabler Familie, einer anderen nachzustehen fiele ihr nicht ein. In ihrem Hasse wäre sie zu allem fähig, das möge er bedenken. Da vermied er es, der jungen Dame zu begegnen, die er so sehr liebte, er fürchtete, seinen Lippen könnte ein Wort entschlüpfen, das er nicht aussprechen durfte, damit er sie nicht an sich zöge und Kränkungen aussetze. Es blieb ihm nichts übrig, als Berlin zu verlassen.« – »Und sich vorher noch nach Möglichkeit zu amüsieren. Wollen Sie mir vormachen, der Bock sei ein Aufenthalt für Leute mit gebrochenem Herzen?« Er blickte mich erstaunt an. »Jawohl, ich selber habe ihn dort gesehen, und zwar in ganz merkwürdiger Gesellschaft. Soviel Zeit hatte ich noch, das zu bemerken.« – »Auch diesen Umstand kann ich Ihnen erklären. Es galt, jene rachsüchtige Person von der rechten Fährte zu bringen; von dieser Zeit an spürte sie seinen Schritten nicht mehr nach.« – »Berlin, Berlin«, rief ich, »was machst du aus den Menschen! Und solche Geschichten nennen Sie gute Nachricht? Ich danke!«

»Gewiß«, versetzte er ruhig. »Die Besorgnisse, welche meinen Freund fernhielten, sind nicht mehr vorhanden, seit vorgestern ist die Bekanntschaft von Treptow mit einem gut situierten Handwerker verheiratet, und ich bekam von Felix den Auftrag, Ihnen alles mitzuteilen, damit Sie ihn nicht ganz verkennen.« – Ich schwieg. Konnte ich ihn von aller Schuld freisprechen? Nein. Und doch fühlte ich, daß er nicht unrecht an uns gehandelt hatte. Er drängte sich nicht bei uns ein, ich selbst zog ihn heran, er hatte nie mit Betti über Liebe gesprochen, ihr kein Wort gegeben und auch keins abverlangt. Das stimmte. Und doch waren beider Herzen Hoffnungen zerstört durch den Leichtsinn an lustigen Sonntagen. – »Tat er solches Unrecht, daß Sie kein Wort der Verzeihung haben?« fragte Herr Max. – »Was nützt ihm meine Verzeihung?« entgegnete ich. – »Alles, er würde wieder hoffen, sich Ihnen nähern zu dürfen.« – »Es ist zu spät. Verlorene Liebe kehrt nicht wieder.« –

Herr Max sprang auf. »Das kann ich ihm nicht schreiben«, rief er erregt. »Nie und nimmer. Er wartet auf gute Botschaft. Die muß und muß ich haben.« Er sprach so warm und innig für seinen Freund, daß ich nicht unbewegt bleiben konnte. – »Hier darf ich nicht allein entscheiden, es haben noch andere mitzusprechen.« – Ich schickte Doris zu meinem Karl ins Kontor und ließ ihn heraufbitten. Er kam auch gleich, und als er Herrn Max sah, begrüßte er ihn freundlich und fragte: »Nun, wie steht die Angelegenheit, junger Freund?« – »Vorgestern war die Hochzeit«, lautete die Antwort. – »Was ist das?« rief ich erstaunt, »du weißt Bescheid?« – »Herr Felix Schmidt war so aufrichtig, mir vor seiner Abreise zu erklären, welche Beweggründe ihn von Berlin trieben. Ich konnte seine Handlungsweise nur billigen.« – »Und mir ... mir verschwiegst du das? Karl, das finde ich ...« – »Wilhelmine, tue mir den Gefallen und sieh dein Bild einen Augenblick an. Was solltest du dich unnötig quälen? Auch ich hatte bereits an jeder glücklichen Wendung der Dinge gezweifelt und hielt es für besser, Vergangenes ruhen zu lassen. Jetzt aber handelt es sich darum, hat Betti ihn vergessen oder nicht?« – »Sie scheint seiner nicht mehr zu gedenken.« – »Sie scheint nur?« fragte Herr Max eindringlich. – »Ich werde sie vorsichtig aushorchen. Aber was nützt das? Sobald sie alles erfährt, tritt sie zurück. Sie hat ihren Stolz.« – »Wenn es an der Zeit ist, wird der ihr sein Geheimnis mitteilen, dem es gehört. Wir haben kein Recht, sein offenes Vertrauen zu mißbrauchen. Er hat seine Torheit bereut und gebüßt, indem er seiner Liebe Schweigen gebot. Willst du ihm deshalb nachtragen? Wer ohne Fehl ist, werfe den ersten Stein auf ihn.« – »Karl, ich will hoffen, daß du mitwerfen darfst.« – Er lachte. »Meine Frau hat schon eingelenkt«, sagte er zu Herrn Max, »holen Sie sich morgen Bescheid.« – »Nicht persönlich, das könnte Betti auffallen«, wehrte ich ab, »aber wenn morgen diese rote Hyazinthe vor dem zweiten Fenster steht, sind die Aussichten gut.« – »In aller Frühe werde ich an Ihrem Hause vorbeigehen und hinaufspähen«, erwiderte Herr Max und nahm Abschied. – Ich mußte denken: »Wer einen so anhänglichen Freund hat, der kann unmöglich schlecht sein. Wäre die Jugend nur nicht so überschäumend und unüberlegt. Aber vielleicht läge der kleine Knabe längst in der kühlen Erde, wenn sie es nicht wäre.« – Ich konnte doch nicht umhin, mich noch mit meinem Karl über sein egoistisches Verschweigen ein wenig anzulegen, aber es fruchtete nichts, er sah zu rosenfarben in die Zukunft. Er wünschte sich Herrn Felix Schmidt als Kompagnon, darüber kam er gar nicht hinaus. »Dann hätte ich eine Stütze, Minchen, er versteht sich auf die Fabrikation. Dort, wo er jetzt ist, in Sachsen, wollen sie ihn als Teilhaber ins Geschäft nehmen.« – »Woher weißt du das?« – »Man hat sich bei mir nach ihm erkundigt, da er sich auf mich berief.« – »Und was berichtetest du über ihn?» – »Daß er vor allen Dingen ehrlich sei und ich ihm das höchste Vertrauen schenken würde.« –

Mein Karl ging nach dem Abendbrot noch auf ein Stündchen zu Biere, und ich wartete auf Betti, die zur rechten Zeit kam. Sie war guter Dinge, denn sie hatte bei Kuleckes ihre kleine Erzählung vorgelesen, wie sie früher versprochen, und alle, namentlich Amanda, waren sehr anerkennend gewesen, sie hatte trotz Leuenfelsen nun doch wieder Lust zum Schreiben. Allerdings hatte Amanda Kulecke gesagt: »Kind, es muß mehr Liebe dazwischen, einerlei, ob glückliche oder unglückliche, wenn es nur welche ist.« – »Willst du das nicht einmal versuchen«, kundschaftete ich aus, und mein Herz fing an zu klopfen. »Glückliche Liebe?« entgegnete sie schwermütig, »soll ich mit Tränen schreiben?« – »Du könntest«, setzte ich meinen Gedankengang fort, während das Herzklopfen so zunahm, daß ich die Worte kaum hervorzubringen vermochte, »vielleicht schildern, wie zwei sich lieben, ohne es einander zu gestehen, und wie der eine in die Ferne zieht, um Geld und Gut zu erwerben, oder so ähnlich, und erst wiederkommen will, wenn er glaubt, genug zu haben, worüber die andere ihn mittlerweile vergißt.« –

»Vergißt?« fragte Betti und blickte mich groß an, »dann hat sie ihn nicht geliebt.«

»Du liebst ihn also immer noch? Weißt du denn, warum er davongegangen ist?« platzte ich unbedacht heraus. Betti blieb aber ruhig und sagte kaum hörbar: »Ich bin ihm wohl zu gering gewesen.«

Meine Hände hatten sich fest in das Sofa gekrallt, weil ich einen Halt haben mußte. Sie lösten sich nun allmählich wieder, und ich schöpfte Atem. »Betti«, sagte ich, »sei so gut und setze die rote Hyazinthe vor das zweite Fenster, sie duftet in der Nähe zu stark.« – Betti tat, wie ich gebeten; ich aber wußte nun, daß sie vergeben würde, wenn sie je etwas erführe, und sah auch ein, wie wohlweislich mein Karl geschwiegen hatte, denn wie leicht kann man sich vergaloppieren. – »War Besuch hier, weil du in der guten Stube sitzt?« fragte Betti. – »Ein Geschäftsfreund von Papa war hier«, sagte ich so bedeutungslos wie möglich.

Und dann sprachen wir von mancherlei Dingen, die uns eigentlich gar nichts angingen, aber Betti vermied, das Schriftstellern zu berühren, und ich gab acht, daß ich mich nicht verriet. Schließlich wurden wir müde und gingen zur Ruhe. Die Hyazinthe stand ja an dem richtigen Platz.

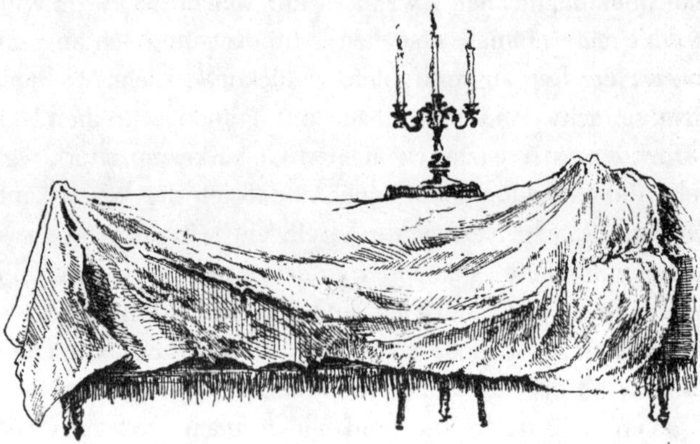

Wie es so ganz anders kam

Den Umgang mit dem alten Bergfeldt hatte ich meinem Karl nicht statutemäßig untersagt, da es doch unmöglich gewesen wäre, das Verbot durchzuführen, weil es zu viele Punkte in Berlin gibt, wo sie sich trotzdem treffen konnten. Ein Geschäftsgang um die Mittagsstunde ist ja leicht vorgeschützt, und Frühschoppenlokale finden sich alle drei Häuser weit voneinander, man braucht nur gegen die Türe fallen, und drin ist man. Außerdem war er weniger schuld an dem Zerwürfnis als sie, die Bergfeldten, mit der auf die Dauer niemand auskommt.

Warum lebe ich sonst mit jedermann in Harmonie, warum war dies bei ihr nicht statthaft? Weil eine, die mich für dumm ästimieren will, doch wohl zwei Tage früher aufstehen muß, wenn nicht noch eher. Und dann auf andere von oben herabsehen, weil der Mann Beamter ist und andere nur Kaufmann sind, und dicketun mit dem klatrigen Gehalt, wo sie den Kaffee durch die Sparbüchse müssen laufen lassen, daß ihnen noch ein Groschen zu Pflaumenmus übrigbleibt? Hat sie nicht überall, wo sie eingeladen war, Ansprüche gemacht, als wäre sie die Erste? Und wenn ihr dies nicht zuteil wurde, gleich einen Flunsch gezogen und die gemütlichste Heiterkeit gestört! Dabei sich gehabt, als wenn sie Bildung gelernt hätte, und mit anderen über ganz ausgefallene Sachen gestritten, wie einmal mit mir, ob es *der* oder *das* Petroleum hieße. Ich behauptete nämlich, man schriebe *das* Petroleum, weil es eine aus dem Lateinischen kommende Flüssigkeit sei, sie aber bestand darauf, man sagte *der* Öl, und da man ihn ebenfalls auf den Lampen brennte, heiße es *der* Petroleum. Was ich meinte, sei über alle Begriffe falsch. – Dies fuchste mich derart, daß ich nicht umhinkonnte zu erwidern: »Sie mögen so schlau sein, daß Sie winters die Plötzen in der Spree husten hören, aber deshalb nennt es sich dennoch *das* Petroleum, gerade so wie das Museum, das Trillirium und alles, was auf ›um‹ ausläuft. Mancher lernt es nie und dann auch nur unvollkommen, wofür er natürlich nichts kann.« – »So?« fragte sie darauf ganz neunmalklug, »dann sagen Sie wohl das Rum, um vor anderen etwas vorauszuhaben. Na, die Geschmäcker sind ja verschieden.« – Immer und stets riß sie das letzte Wort an sich. Mir kribbelte es manchmal in den Fingern, und viel anders als auf glühenden Nadeln saß ich auch nicht, aber wahrhaft Gebildete bleiben lautlos. Von Vergessen war jedoch keine Rede. Und trotzdem wagte es mein Karl, mir seelenvergnügt, als wenn nichts dabei wäre, die Neuigkeit zu erzählen, die Bergfeldten sei eigentlich eine statiöse Person und sehr hübsch gewachsen. Er wollte sich bei dieser Äußerung weiter nichts gedacht haben, aber damit ließ ich ihn nicht durch. Er hätte geglaubt, wir beiden Frauen wären ebensogut miteinander befreundet geworden, wie sie, die beiden Männer, von jung auf zueinander hielten. »Da hätte dein lieber Freund Bergfeldt eine total Entgegengesetzte freien müssen«, erwiderte ich, »meinetwegen eine Schiefe und Krumme, aber mit Bildung und Gemüt. So einer würde ich mich gerne angeschlossen haben.« – Das Ende davon war eine längere Erzürnung mit Bergfeldts, bis wir wieder zusammenkamen. Dann spielte sie mir den Streich mit Bettis Verlobung hinter meinem Rücken, und als ihr Emil eine reiche Partie machen konnte, kam ihr wahrer Charakter zum Vorschein, da war ihr Bettis Zukunft und Glück nicht soviel wert wie ein falsches Viergroschenstück, und sie warf uns Buchholzens mit Respekt zu sagen in den Müllkasten. Mit ihr kann ich mich daher in meinem Leben nicht wieder aussöhnen, so gut wir auch zeitweise miteinander standen; sie hat mich zu tödlich beleidigt. –

Der alte Bergfeldt dagegen konnte mich recht dauern, wie ist der Mann vor der Zeit grau geworden, wie geht er kreplig, als wenn eine schwere Last seine schwachen Schultern beugte. Mein Karl hat wohl mal mit ein graues Härchen, aber das rupf' ich ihm aus, wenn es sich zeigt, und dabei ist er von Positur wie ein Tambourmajor in Zivil.

Was hat der alte Bergfeldt sich zu grämen, sie werden ja reich wie die Krösusse? Anstatt ins Büro zu gehen, kann er den Schwänen auf die Köpfe spucken, sie braucht vor elf nicht aus den Federn und backt ihm den Eierkuchen in einer silbervergoldeten Pfanne. Unter dem werden sie's wohl nicht tun. –

Es kam aber anders ... ganz anders! –

Mein Karl deutete mir zwar oftmals an, daß die reiche Partie, welche Emil gemacht hatte, ihn mit Besorgnis erfülle, er sei bange, Bergfeldts täuschten sich, der Vater allerdings weniger als die Mutter. Aber wundert man sich lange über so etwas, wenn eine total besinnungslos auf die Welt kommt und ihr nachher nichts beizubringen gewesen ist? Anfangs, als Emil sich mit der einzigen Tochter der steinreichen

Witwe verlobt hatte, die bis über die Ohren in den bildhübschen Menschen vernarrt war, da herrschte Jubel in Bergfeldts Hallen: Emil hatte in den Glückstopf gelangt und das große Los gezogen. Die Bergfeldten sich gleich an die künftige Schwiegermutter herangeschmissen und ein Herz und eine Seele mit ihr geworden. Weil die Alte sowohl wie die Junge trotz ihres Geldes keinen intimen Umgang gehabt hatten, sind sie froh gewesen, Bergfeldtens als solchen zu benutzen, und in der ersten Zeit hat es an Geschenken nicht gefehlt. Emil bekam von seiner Braut eine große goldene Uhr mit Kette und Bammelage und Kredit bei dem Schneider, weil es der Tochter gefiel, Emil stets nach der neuesten Mode gehen zu lassen. Der Bergfeldten hatten sie mit großer Liebenswürdigkeit etliche seidene Kleider verehrt, wogegen Weigelts und der alte Bergfeldt nichts abkriegten, da sie zum Staatmachen keine Veranlagung besaßen. Die Frauensleute sahen freilich nicht ein, daß in solcher Busenfreundschaft keine Manier lag, und ließen sich durch den quarkigen Abfall von dem Reichtum blenden, aber der alte Bergfeldt fühlte halbwege heraus, daß nicht alles in Ordnung sei, und Emil mochte das wohl noch deutlicher empfinden, denn er war es, der schließlich und zuletzt vor dem Rest stehen sollte.

Man kann nicht direkt sagen, Emil sei leichtfertig gewesen; er war im Grunde genommen ein herzensguter Kerl, der keinem übelwollte mit Ausnahme von dem, der die Kopfarbeit erfunden hat. Das Studieren machte ihm Mühe. Der Alte hatte ihn freilich durch das Gymnasium gedarbt, aber damit war nicht viel erreicht, das dicke Ende kam noch erst mit der Universität, mit dem Freiwilligenjahr, mit dem Harren auf eine notdürftige Anstellung, wo es jetzt beinahe mehr Juristen gibt als Prozesse. Da fiel die Geldpartie dazwischen wie eine Erlösung: Emil brauchte sich nicht mehr vor dem Examen graulen, und so viel, dachte er, würde reichlich übrig sein, mit vollen Händen zurückzuerstatten, was auf ihn verwandt worden war. Das wollte er; er hatte es versprochen, seinem Vater, seiner Mutter, seiner Schwester. Er hatte sich aber verrechnet.

Ich habe seine Frau nicht kennengelernt, ich sah sie nur von weitem, als sie seine Braut war, aber aus Augusten habe ich hinterher herausbekommen, was man von ihr zu halten hatte. Wo andere Leute ein Herz haben, saß bei ihr ein Portemonnaie, das sie nur aus Eigennutz öffnete. Schon auf der Hochzeit waren ihr seine Verwandten nicht mehr gut genug gewesen, und die übrigen fremdartigen Gäste hatten so hochnäsig getan, daß Auguste sich schrecklich unglücklich fühlte. Ihr hat Emil vieles vertraut, wenn er einmal auf ein Stündchen zu ihr schlich, was er sonst niemandem beichten mochte: wie es ihm widerwärtig sei, fortwährend zu Hause bei den Weibern zu hocken und sich ihren Launen fügen zu müssen, wie ihm seine Armut täglich vorgehalten wurde und wie sie ihn triezten.

Als die Flitterwochen kaum begonnen hatten, hetzte sie ihn, sich berühmt zu machen, wieder zu arbeiten, zu studieren, damit er einen Titel erobere, mit dem sie angeredet werden könnte. Aus Liebe hätte er sich vielleicht angestrengt, aber die fehlte auf beiden Seiten. Und als er eine größere Summe verlangte – nicht für sich, wie Auguste mir später schmerzerfüllt klagte –, da verhöhnte sie ihn, er sei nur eine Null, wozu er Geld gebrauche? Er hatte sich verkauft, und sie wollte nun den Wechsel nicht einlösen. Das war der Anfang vom Ende.

Es muß ein grauenhaftes Leben gewesen sein, das die beiden führten, eine Hölle auf Erden. – Ob wohl ein Mensch ahnte, der im Tiergartenviertel an der Villa vorbeiging und die seltenen Blumen im Vorgarten sah, die Kübel mit Lorbeeren und Orangen, daß das Glück dort hinter den Spiegelscheiben keine Heimstätte gefunden hatte, daß seit Wochen ein anderer, unheimlicher Gast sich in den Ecken und Winkeln der Prunkzimmer herumdrückte, dessen Schritte niemand hörte außer Emil, dem vermeintlichen Herrn des Hauses?

Allerdings hatte er ein Mittel gefunden, sein Ohr zu verschließen, das lag unten im Keller, dem sprach er zu. Auch wenn er auf Ausfahrten anstandswegen die Kasse führte, kamen Stunden der Nüchternheit, in denen er sein Elend doppelt empfand, dann schlich der lauernde Gast zu ihm und begann zu raunen, bis er immer lauter und eindringlicher zu ihm sprach: »Du mußt, du kannst nicht anders!«

Und da geschah das Furchtbare, da kam es an den Tag, wer der fremde Gast gewesen war. – Der Tod. –

Mir ist es noch wie gestern. Es dämmerte bereits, und der Tageslärm begann sich zu legen, als mein Karl heftiger als sonst eintrat. Ich merkte schon daran, wie er die Türe aufriß, daß etwas passiert sein mußte, und fragte, ehe er noch Zeit zu einem Worte finden konnte: »Karl, was gibt es, ist ein Unglück geschehen?« – »Mein armer alter Freund Bergfeldt«, sagte er trübe. – »So rede doch, ist er seine Stellung los?« – »Er hat mehr verloren als das. Sein Sohn, sein Emil …« – »Verloren, sagst du?« – »Emil ist tot!« – »Unmöglich!« rief ich erschreckt. »Nur zu wahr. Er nahm sich selbst das Leben. Soeben komme ich von Bergfeldt. Er ist ganz gebrochen. Auguste ist bei ihm.« – »Und wo ist sie … die Mutter?«– »Wo anders als bei ihrem toten Sohne.« – »Allein?« – »Die beiden Damen sind vorläufig ins Hotel gezogen, sie haben das Haus mit Schmähungen über den Unglücklichen verlassen, daß er ihnen einen solchen Schimpf angetan.« – »Verlassen?« wiederholte ich. »Karl, ich muß zu ihr. So großes Leid kann sie allein nicht tragen. Vermag ich ihr den Sohn nicht wiederzugeben, so kann ich doch mit ihr weinen.« – Mein Karl umarmte mich, er mußte mich halten, so nahm die Nachricht mir alle Kraft. Wir hatten Emil gern gehabt, stand er uns einst doch näher auf der Welt als viele Tausende. – »Geh zu ihr«, sagte mein Karl sanft, »ich habe meinem alten Freunde die schweren Gänge abgenommen, die nötig sind. Wenn es dunkel wird, komme ich mit den Leuten.« –

Viel früher, als ich gedacht, hielt die Droschke vor dem Gittertor. Ich zog an dem Griff, das Tor sprang auf und schloß sich wieder hinter mir; vor dem Hause wartete der Diener, der mich schweigend einließ. Auf dem Flur legte ich ab. Zwei große Mohrenfiguren hielten Lampen in den Händen und grinsten, daß es einem allein schon davon nicht gut werden konnte. Jeden Tag solche kunstgewerbliche Gesellschaft auszuhalten muß eine Strafe sein. Der Diener öffnete eine Tür, und zögernd schritt ich vor.

Nur eine halbaufgedrehte Gasflamme brannte, es sollte wohl nicht zu heiß werden, aber trotzdem glitzerten die Goldrahmen der Spiegel und Bilder und ließen sich die bunten Majolikaschüsseln und Porzellanfiguren erkennen, mit denen die Borde überladen waren. Dies alles nahm ich wahr, nur die Bergfeldten konnte ich nicht entdecken. Schon wollte ich mich in das Nebengemach begeben, das durch dicke Plüschportieren von dem ersten Raum getrennt war, als sich in der dunkelsten Ecke etwas regte. Ich stand still. Das war sie. Kümmerlich, zusammengesunken, saß sie in einem goldgestickten Armsessel und richtete ihr Auge matt und leer auf mich. »Da sind Sie«, sagte sie kaum verständlich, »ich wußte, daß Sie kommen würden.« – Ich setzte mich zu ihr, ich faßte ihre Hände, ich glättete ihr Haar und streichelte ihre Wangen, aber sie tat, als sei sie noch immer allein. Ich versuchte zu sprechen, es ging nicht. Nach einer

Weile erhob sie sich. »Wollen Sie ihn sehen?« fragte sie heiser. – Ich nickte bloß. Sie faßte meine Hand und zog mich in das andere Zimmer. Dort brannte auf einem Tischchen eine von den gedrehten roten Kerzen, wie sie jetzt Mode sind, in einem silbernen Leuchter und warf ihren flackernden Schein auf einen Diwan, über den man einen türkischen Teppich gebreitet hatte. Den schlug sie zurück und starrte dann unbeweglich auf das bleiche Antlitz ihres Sohnes. Als wenn er schlummerte, so lag er da, nur in der linken Schläfe war eine kleine dunkle Wunde, dahinein war die Kugel gedrungen. Ich kämpfte vergebens mit meinen Tränen, sie drangen unaufhaltsam hervor. – »Er wacht nicht wieder auf«, fing sie an. »Die Ärzte waren hier. Sie sagten, er habe zu sicher gezielt. Warum zitterte seine Hand nicht, vielleicht lebte er dann noch? Warum zitterte sie nicht?« – Vermochte ich ihr eine Antwort darauf zu geben? Er wollte wohl aus einem verhaßten Leben scheiden, darum war seine Hand so sicher. – »Gehen wir nicht lieber zurück?« fragte sie, »vorhin saß ich hier bei ihm, aber es raschelte dort am Kamin. Ich glaubte, es waren Mäuse, und fürchtete mich.«

Noch einen Blick, einen letzten Blick; dann deckte ich den Teppich wieder über den Toten und geleitete sie auf ihren alten Platz. Draußen hörte man hin und wieder einen Wagen vorbeifahren, sonst war es still, wie mitten in der Nacht.

»Buchholzen«, unterbrach sie das Schweigen, »mich dürstet so; schon die ganze Zeit. Ich mochte es dem Diener nicht sagen, er ist so vornehm. Eine Weiße hätte ich gerne; nur einen Schluck. Sie sind so resolut. Emil sagte es immer. Würden Sie es wohl wagen?« – Ich ging hinaus und beorderte den Diener, das Verlangte zu holen. Er wollte Einwendungen machen, er dürfte sich nicht aus dem Hause entfernen, aber ich machte ihm Beine. –

Endlich kam er wieder. Ich brachte das Glas selbst hinein und reichte es ihr. Sie sah mich dankerfüllt an und tat dann einen langen, langen Zug. Wie mußte sie gedurstet haben, wie hatte sie wohl gelitten, das arme Weib. Sie atmete tief auf, ein Beben durchflog ihren ganzen Körper. »Mein Sohn, mein Sohn«, schrie sie laut auf; dann erstickte der Jammer ihre Stimme. –

Nur ganz allmählich gelang es mir, sie einigermaßen zu beruhigen; als mein Karl kam, war sie gefaßt und willig zu folgen. Einmal noch ging sie in das andere Zimmer, dann ließ sie sich den Mantel umhängen und den Hut aufsetzen wie ein Kind. Ich hielt sie in meinen Armen, bis wir vor Bergfeldts Wohnung anlangten, wo ihre Tochter uns empfing. »Ach, Frau Buchholz«, schluchzte Auguste, »liebe Frau Buchholz. Wie ist das alles anders gekommen ... so ganz anders.«

Der verhängnisvolle Donnerstag

Es ist doch sehr weise von der Natur eingerichtet, daß die Erde rund ist und sich dreht, damit die alten Zeiten nach unten kommen und die neuen nach oben. Freilich ist der Übelstand damit verbunden, daß sie alles kurz und klein mühlt und nichts auf ihr Bestand hat, aber wo existiert etwas Vollkommenes? –

Allmählich fanden Bergfeldts sich in den Schlag, der sie getroffen; Betti ging oft zu ihnen und plauderte in den Abendstunden mit dem Alten. Zwar ward ihr das nicht leicht, aber als sie einsah, daß es ihn tröstete, aus Emils Kindheit zu erzählen, da tat sie ihm gerne den Gefallen, geduldig zuzuhören. Auf das letzte Ereignis kam er jedoch nie zu sprechen, es war, als hätte er noch nicht begriffen, was eigentlich vorgefallen war. Betti brachte ein Opfer, aber sie tat es; das Malen, Schreiben, Sticken für Bazare und die übrigen Beschäftigungsmittel für die weibliche Jugend ruhten. Selbst die Polizeileutnanten spielte auf Vernachlässigung an.

Waren wir aber verpflichtet, zur Stelle zu sein, wenn sie es verlangte, hatten wir uns geschmeichelt zu fühlen, wenn sie uns einlud und, wenn wir da waren, von ihrer Herkunft anfing und mit ihrem Stammbaum aufwartete?

Das war früher wohl mal, aber jetzt doch nicht mehr, seitdem wir erfahren haben, daß die Buchholzens zu den ältesten Familien Berlins gehören. Dies hat Herr Hermann Vogt bei seiner Berliner Geschichtsforschung im Archiv aufgefunden und uns mitgeteilt. Der erste bekannte Buchholz hieß Claus und war im Jahre 1449 und 1451 Ratmann von Berlin, wohnhaft in der Stralauer Straße. Ein anderer war der Propst Georg Buchholz, der sich große Verdienste um die Einführung der Reformation in Berlin erwarb und Canossa schon damals im Magen hatte. Das erkannten sie auch an und setzten ihm deswegen am 15. August 1540 ein bedeutendes Gehalt aus. Und dann war Kersten Buchholz im Jahre 1452 Vorsteher der Liebfrauengilde, die zu Ehren Gottes einen Altar in der Nicolaikirche gestiftet hatte und auf ihre Kosten unterhielt. Das alles steht in alten Urkunden geschrieben, und auch das Wappen ist dabei abgemalt: im oberen silbernen Felde ein halber eiserner Ritter, der in der Rechten eine Buche hält, im unteren silbernen Felde zwei rote Balken mit einer Buche dazwischen. Ganz der nämliche Ritter bildet den Helmschmuck.

Wir sind also durchaus nicht von gestern. Meine Idee ist nun, Betti stickt das Wappen in Seide und arbeitet daran, wenn wir zu Polizeileutnants gehen. Fragt sie alsdann, was es werden soll, sage ich so eben hin: »Es ist bloß unser Wappen.« – Das wird sie hoffentlich genügend erschüttern. Besonders auf Visitenkarten und Briefbögen wird es sich bestrickend aristokratisch ausnehmen. Aber man muß Sinn dafür haben, der leider sowohl dem Doktor als auch Onkel Fritz völlig abgeht.

Wenn man Onkel Fritz überhaupt nimmt, scheint die Welt stillzustehen und kein Atom von Drehung vorhanden zu sein. Als ich ihm vor einigen Jahren zuriet: »Fritz, du solltest heiraten«, antwortete er: »Wilhelm, ich fürchte, es wird mir über, lieber kaufe ich mir eine Spieluhr« – jetzt aber hat er das Junggesellenleben dick und macht trotzdem keine Anstalten. Daher war ich gesonnen, am letzten Donnerstag – wir sind donnerstags stets mit einigen Bekannten bei uns versammelt, damit mein Schwiegersohn endlich einsieht, daß er durch sein konsequentes Ausbleiben sich noch das Mißfallen der ganzen Familie zuzieht – Onkel Fritz ordentlich vorzunehmen. –

Er kam etwas zeitiger als die übrigen, so daß die Gelegenheit zu einem freimütigen Diskurs gar nicht besser sein konnte. Nachdem er auf die Frage nach seinem Befinden wie üblich geantwortet hatte: »Danke, et schneet!«, setzte er sich zu mir und kramte in meinem Arbeitskörbchen, bis er aus Nadeln und Garnrollen ein Spielwerk zusammengestellt hatte, wie er von jeher gerne tat.

»Fritz«, fing ich an, »willst du denn ewig ein Kind bleiben? Einmal mußt du doch verständig werden.« – Statt aller Antwort ließ er die Rolle schwirbeln und amüsierte sich darüber.

»Was soll man von dir denken«, fuhr ich fort. »Gefällt dir deine jetzige Lebensweise so gut, daß du dich nicht entschließen kannst, sie aufzugeben? Gefällt es dir immer noch, täglich im Wirtshaus zu speisen?« – »Das hat mir nie gefallen«, entgegnete er. – »Na also! Du kannst dir einen eigenen Mittagstisch gründen, warum tust du es nicht?« – Er schwieg und bastelte an seinem Spielzeug. – »Wie weit bist du mit der Großmutter in Lingen?« ging ich geradeaus auf das Ziel los. – »Hm!« sagte er. »Halb sind wir einig ... ich will.« – »Fritz, ich bitte dich, sei ernst. Hast du feste Absicht, die Erika zu heiraten, dann mache der Zoddelei ein Ende. Sonst steuere auf eine andere Partie zu.« – »Nicht im Traume!« – »Woran liegt es denn, daß die Angelegenheit nicht vorwärtskommt?« – »An der lieben Großmutter. Die hat sich in den Kopf gesetzt, Berlin sei ein Sündennest und ich der schwärzeste Galgenvogel darin; ihre Enkelin nähme Schaden an ihrer Seele, wenn sie ihrer Obhut entrissen würde!« – »Was sagt aber Erikas Vater dazu?« – »Nichts. Der muß wollen wie die brave alte Frau. Sie hat ihr Geld in seinem Geschäft und hält die ganze Sippschaft unter der Fuchtel.« – »Dann ist er eine Nachtmütze!« – »Mit Klunkern.« – »Und von ihr finde ich es anmaßend, immer noch regieren zu wollen. Alte Leute haben ihre Ansichten, aber junge auch die ihrigen, man muß ihnen Freiheit lassen.« – »Wie recht du hast, Wilhelmine, Dr. Wrenzchen behauptet ganz dasselbe.« – »Das heißt, nicht in allen Dingen«, entgegnete ich rasch, »eine gewisse Leitung ist unerläßlich. Das sieht man an dir. Du solltest wiedergutmachen, was du durch dein damaliges Auftreten verdorben hast, und dir die Achtung der Großmutter erwerben.« – »Ich kann doch unmöglich nach Lingen gehen und ihr etwas vordursten?« – »Sag mir nur das eine, Fritz: Ist Erika dir wirklich treu und gut gesinnt?« – »Ob!« antwortete er. »Sie läßt nicht von mir und sollte sie grau darüber werden. Und ich, das steht bombenfest, lasse auch nicht von ihr.« – »Da könnt ihr ja am Krückstock zur Trauung gehen.« – »Wenn Erika nur nicht so folgsam wäre, wenn sie in ihrer frommen Einfalt nicht glaubte, sie beginge einen Frevel gegen ihre Angehörigen, sie säße längst nicht mehr daheim in Familientyrannei. Ich habe versucht, was sich versuchen läßt, aber der Schluß in allen ihren herzigen Briefen lautete: hoffe und vertraue, unsere Liebe wird siegen.«

»Das ist allerdings rührend«, bemerkte ich, »aber was soll

da herauskommen? Fritz, bestehst du mehr aus Eigensinn auf deinem Stück als aus Neigung zu ihr?« – »Wilhelmine, die Erika hat es mir angetan vom ersten Augenblick, als ich sie sah; es drängte mich, mit ihr zusammenzutreffen, wie und wo es nur immer ging.« – »Du wohntest schon mehr bei Krausens.« – »Sie war so unbefangen, so kindlich, so treuherzig. Gar bald fühlte ich heraus, daß ihr das Leben in der Heimat keine Freude bot, wo selbst die Natur sich nicht viel weiter als zu Torfmoor, einer Allee und einem Erdhaufen aufgeschwungen hat, den sie Berg nennen.« – »Ebensohoch wie unser Kreuzberg?« – »Wenigstens einen halben Meter niedriger.« – »Und die Stadt?« – »Sauber und gefällig; nur nicht ganz so groß wie Berlin.« – »Das kann ich mir ohne deine sinnreichen Bemerkungen zusammenaddieren. Deshalb läßt es sich dort doch vielleicht recht angenehm leben.« – »Wenn die Familienverhältnisse danach sind, warum nicht? Aber Erikas Dasein ist triste. Daß sie von morgens bis abends arbeitet, das hat nichts auf sich, aber daß sie nie ein gutes Wort dafür bekommt, daß es hundertmal am Tage heißt, jeder muß seine Pflicht tun, und über das geringste Versehen ein Hallo gemacht wird, als sei ein Verbrechen begangen, das ist nicht zum Aushalten. Geiz und Galle regieren das Haus: Alles, was Geld kostet, nennen sie Sünde, und was sie sich am Leibe absparen, gilt als Frömmigkeit.« – »Sie hat es also nicht zum besten?« – »Heraus aus der Gesellschaft soll sie. Alles, was sie bis dahin entbehrte, will ich ihr geben. Das Leben ist ihr neu, an meiner Seite soll sie es kennenlernen. Du siehst, ich will ... aber sie, die Großmutter, will nicht.« – »Fritz, kann sie kochen?« – »Wer?« – »Die Erika.« – »Ich hab' sie noch nicht gefragt.« – »Das könnte sie leicht bei mir lernen, ich kenne ja deine Leibgerichte.« – »So weit sind wir noch lange nicht.« – »Wenn es nicht anders geht, reise ich selbst hinüber und rede einen Ton. Laß mich nur erst mit der Großmutter unter vier Augen sein ...« – »Dann wirst du ihr die Hammelbeine schon geradeziehen.« – »Fritz, sind das Ausdrücke in so delikaten Angelegenheiten, die nur von Frauen erledigt werden können, weil sie Takt und Feingefühl erfordern? Aber nur Geduld: entweder die Sache kommt in Ordnung, oder die Alte lernt mich kennen.« –

Krausens kamen jetzt, und wir mußten abbrechen. Herr Krause hat sich einen Jägeranzug zugelegt, weil er gesund sein soll und auch der Ärger und Verdruß besser aus dem Körper ventiliert, als wenn man nach der gewöhnlichen Mode geht, und das eignet sich für ihn, da es mit Eduard neulich wieder soweit war, daß er von der Schule geschwenkt werden sollte. Versetzt worden ist er natürlich nicht, und wenn sein Vater nicht selbst Lehrer wäre und der Junge nicht vor der versammelten Konferenz Besserung gelobt hätte, würden sie ihn ohne Gnade rausgeschmissen haben. Nun kann Herr Krause wegen des Taugenichts in Wolle herumlaufen und nach Onkel Fritzens Meinung aussehen wie ein von Kräften gekommener Akrobat, der Engagement sucht. Die Krausen dagegen lobt die Tracht sehr, weil sie ihren Mann flott kleide und ökonomisch in weißer Wäsche sei.

Die Herren setzten sich zum Whist mit dem Strohmann. Onkel Fritz, der sonst meistens zu gewinnen pflegt, spielte heute unachtsam, worüber Herr Krause grollte, was er in der Wolle doch nicht durfte, worauf ich die Krausen aufmerksam machte. Sie redete sich heraus, indem sie sagte, vielleicht stammte die Wolle, die er anhätte, zufällig von zornigen Schafen, anstatt daß sie bei der Wahrheit blieb und ihren Eduard als den Grund seiner leichten Reizbarkeit angab. –

Kurz bevor wir essen wollten, kam Emmi, und zwar, wie

ich sofort ahnte, war etwas vorgefallen. Also doch endlich. Ich nahm sie mit in das Berliner Zimmer, wo gedeckt war, und fragte: »Ist es zum Klappen gekommen?« – »Ich langweile mich zu Hause«, entgegnete sie, »wenn Franz Skat spielt, kann ich doch auch hingehen, wo es mir gefällt.« – »Das hab' ich dir ja immer gesagt, du hättest schon längst energisch auftreten sollen. Kommt er nachher dich abholen?« – Sie schüttelte verneinend den Kopf. »Habt ihr euch gezankt?« – »Das gerade nicht, aber muß er denn immer recht haben?« – »I bewahre!« – »Du weißt, Mama, ich schreibe jede Kleinigkeit gewissenhaft an, selbst die Milch für Maffi.« – »Hast du ihn nicht mitgebracht?« – »Nein, er schlief, als ich ging, und Droschkengeld wollte ich nicht an ihn wenden. Franz meint ja, das Aufschreiben mache die Hausfrau nicht aus, sondern die Beschränkung der Ausgaben.« – »Und darüber erzürntet ihr euch?« – »Ich sagte ihm, er möge sich die Speisekammer ansehen, dann wüßte er, wo das Geld geblieben sei: zwei Schinken, eine ganze Reihe Cervelatwürste, Butter und sonst noch manches ist darin.« – »Wie kommst du dazu, wo man alles jeden Moment frisch haben kann? Zu viel verdirbt dir ja nur.« – »Unser Mädchen meinte, man müßte einen Vorrat im Hause haben. Aber das versteht Franz nicht. Sie riet mir auch zu gehen, dann käme kein Streit wieder.« – »Ganz unrecht kann ich in diesem Falle deinem Manne nicht geben«, sagte ich, um nicht mit der Köchin übereinzustimmen, »aber du hast den Anfang gemacht, ihm zu zeigen, daß das Elternhaus dir Zuflucht gewährt, und das billige ich. Paß auf, an diesen Donnerstag werden wir alle denken.« – Das traf auch zu. Dieser Tag wird uns allen im Gedächtnis haften, so alt wir werden. Wie sehr bereue ich jetzt, Emmi jemals den Rat gegeben zu haben, Gleiches mit Gleichem zu vergelten, um den Doktor unter den Pantoffel zu bringen. Wie schrecklich mußte ich hinterher dafür büßen. Und ich ahnte nicht, daß an diesem Abend das Trauerspiel seinen Anfang nahm, sonst hätte ich gesagt: »Emmi, kehre zurück, es geht schief.«

Ihr schien nicht behaglich zu sein, der Appetit mangelte gänzlich, und je später es wurde, eine um so größere Unruhe bemächtigte sich ihrer. Mir ging es ähnlich. Wenn der Doktor wild würde? Sie hatten bis jetzt in der größten Eintracht gelebt, das heißt bis auf die Donnerstage. Aber hatte er sich die nicht von vornherein ausbedungen? Schon wollte ich Emmi auffordern: »Du mußt nun wohl gehen, Onkel Fritz kann dich begleiten«, als die Hausglocke heftig ertönte. Emmi starrte mich an und ich sie. So konnte nur das Unheil an der Klingel reißen.

Mein Karl, der uns beiden anmerkte, daß wir unfähig waren, uns zu rühren, und längst heraus hatte, daß etwas verquer sein mochte, ging nachsehen. Er blieb grauenhaft lange. Dann rief er mich hinaus. Allerdings hatte ich mich darauf gefaßt gemacht, den Doktor in einem gewissermaßenen Ungestüm zu treffen, statt dessen aber stand ein Schutzmann auf dem Flur, der trocken meldete, bei dem Doktor sei soeben eingebrochen worden, er bäte, seiner Frau das schonend mitzuteilen. Wenn sie ängstlich wäre, sollte sie lieber diese Nacht in der Landsberger Straße bleiben.

Emmi, die uns jedoch nachgeeilt war und jedes Wort gehört hatte, war nicht zu halten. Wir hinein in die Nachtdroschke, kaum, daß wir von Krauses Abschied nahmen, und nach des Doktors Wohnung gefahren. Dort fanden wir denn die Bescherung. Der Doktor suchte zu ermitteln, was alles gestohlen war, einer von der Polizei half ihm dabei, ein anderer hielt Wache an der Tür, ein Dritter untersuchte die Wohnung und schrieb Notizen in sein Taschenbuch. Emmi eilte auf Franz zu, der ihr gleich mit den Worten kam: »Es ist nicht schlimm geworden. Viel Geld haben sie nicht erwischt, ich war heute morgen zum Glück auf der Bank, das andere läßt sich ersetzen.« – Sie wollte ihn um Verzeihung bitten, weil sie das Haus verlassen, aber er pries ihre Abwesenheit als glücklichen Zufall, da es ihr sonst vielleicht ebenso schlimm ergangen wäre wie dem Mädchen, das die Diebe, um es am Schreien zu verhindern, mit einem Tuch geknebelt und gebunden in der Kammer eingesperrt hatten, wo es halb besinnungslos gefunden worden war.

Die Wohnung machte einen mörderischen Eindruck. – Wo jungverheiratete Zierlichkeit und Propperteh bis auf die Knochen herrschte, stand alles durcheinander, als sollte Auktion abgehalten werden. Den Sekretär hatten die Diebe von der Wand gerückt und an der hinteren Seite erbrochen, der Schreibtisch war geplündert. Die Schranktüren standen auf, und herausgerissene Garderobe lag auf den Stühlen und dem Fußboden. Des Doktors besten Anzug hatten sie sich ausgesucht und das Getragenere liegengelassen. Das Silberzeug war bis auf die beiden Hochzeits-Armleuchter ausgeräumt, wie Onkel Fritz bemerkte, der triumphierend ausrief: »Siehst du, es sind doch plattierte!« – Aus der Speisekammer die Schinken und Würste waren auch mitgegangen. Vor nichts hatten sie Pietät gehabt. Infolge des weichen Wetters sah die Behausung aus, als hätte eine Karawane ihren Umzug darin gehalten. Schrecklich! Und dabei das widerliche Bewußtsein, daß Verbrecher dagewesen waren, die mit ihren Diebshänden in den Kasten und Spinden wühlten und wohl mit rohen Späßen manches behohnlachten, was für sie keinen Wert hatte, den Kindern aber als Andenken lieb war. Überall fanden sich die Spuren der Spitzbuben vor, es roch sogar nach ihnen. Freilich sagt der Dichter: »Die Stätte, die ein guter Mensch betrat, ist eingeweiht für alle Zeiten«; ich aber sage, die Stelle, die von schlechten Kerlen eingeweiht wurde, bleibt einem verekelt sein Leben lang. – Der Doktor

muß ausziehen; kein Scheuerfest kann das Bild des Greuels und der Verwüstung vertilgen, das die Wohnung darbot. Und wo waren die Einbrecher? – Verschwunden wie ein schöner Traum. –

Die Polizei nahm gleich an Ort und Stelle den Tatbestand auf. Das Mädchen wurde gerufen und kam mit dem Taschentuch vor den Augen an. Auch die Mieter von oben, Herr Greve nebst Frau und Tochter, mußten erscheinen.

Aus allen Fragen und Antworten ergab sich nun, daß bald, nachdem Frau Doktorin das Haus verlassen hatte, jemand gekommen wäre, um den Doktor zu einem Kranken zu holen. Das Mädchen hätte genannt, wo er zu finden sei, worauf der Mann sagte, es hätte auch wohl noch Zeit bis morgen früh, ob er seine Adresse aufschreiben könnte? – Darauf habe sie den Mann eingelassen, mit dem sei aber gleich ein zweiter eingedrungen, der ihr den Mund zugehalten habe. Sie sei vor Schreck bewußtlos geworden, und als sie wieder zu sich kam, hätte sie weder schreien noch sich bewegen können, weil sie geknebelt und gebunden war. So habe der Doktor sie bei seiner Rückkehr gefunden. Dies bestätigte Doktor Wrenzchen. Zu seiner Verwunderung seien die Türen wohl zugewesen, aber nicht verschlossen. Als er gesehen, was vorgefallen, habe er gleich den Wächter gerufen und sei zur Polizei gegangen, die alsbald festgestellt hätte, daß sowohl die Fesselung des Mädchens als das Stehlen von mehreren Personen ausgeübt worden sein müsse, schon allein in Anbetracht des Abrückens des schweren Sekretärs von der Wand. Herr Greve und Frau bekundeten, daß sie kein verdächtiges Geräusch vernommen hätten.

»Wie sahen die Spitzbuben aus?« wurde das Mädchen nun gefragt. – Das wüßte sie nicht mehr genau, nur daß sie beide schwarze Vollbärte gehabt, wäre ihr erinnerlich. – »Wie konnten Sie so unvorsichtig sein und verdächtige Menschen mit schwarzen Gaunerbärten einlassen«, redete ich sie an. – Sie könnte den Leuten nicht an der Nase ansehen, was sie wären, antwortete die Person impertinent. – »Warum riefen Sie nicht um Hilfe?« – Sie hätte nicht nötig, mir Antwort zu geben, ich wäre kein Kommissar. – Wenn sie ein reines Gewissen hätte, würde sie nicht so patzig sein, entgegnete ich darauf. – Was das heißen sollte? – Ich hätte so meine Gedanken. Die Lebensmittel wären wohl eigens für die Spitzbuben eingekauft? – Darüber sollte ich ihr Rechenschaft geben. – »Mit Vergnügen«, sagte ich, »ich kenne Sie, Ihnen traue ich alles zu.« Der Doktor wollte vermitteln, aber ich rief: »Sie hat ihre Hände dazwischen gehabt, das lasse ich mir nicht abstreiten.« – Nun begehrte die Person auf, und ich weiß auch nicht mehr, was ich ihr antwortete, weil sie sehr respektwidrig wurde. Sie rief die Polizei und Herrn und Frau Greve als Zeugen an, daß ich sie beleidigt und ihre Ehre als rechtschaffenes Mädchen angegriffen hätte. Die Polizei erklärte, das alles würde sich nach der Untersuchung finden.

Hierauf ging die Polizei, und wir blieben noch in höchster Aufregung; das Mädchen mußte Kaffee kochen, und wir räumten auf, damit wieder einigermaßen Physiognomie in die Wohnung kam. Im Schlafzimmer schienen die Diebe nicht gewesen zu sein, aber als wir nachsahen, ob auch einer unter die Betten gekrochen sei, fanden wir den Hund tot mit einer Schlinge um den Hals. Den hatten sie kaltlächelnd erwürgt.

Als wir den Mokka tranken und das Mädchen, als sie ihn brachte, mir einen zornfunkelnden Blick zuwarf, sagte Onkel Fritz: »Gib acht, Wilhelmine, die verklagt dich.« – »Das sollte sie sich unterstehen!« lachte ich. – »Du warst aufgeregter, als du sein durftest«, warf mir mein Karl vor. – »Karl, wenn sie dir gekommen wäre wie mir damals mit den Krebsen, du hättest auch nicht geschwiegen. Einmal mußte sie es kriegen, und das gehörig.«

Der Doktor meinte, es sei wie eine Fügung gewesen, daß seine Frau gerade an diesem Abend die Idee gehabt hatte, uns zu besuchen. Vielleicht hätte dies ein großes Unglück verhütet.

»Jawohl«, sagte ich und lächelte Emmi verständnisvoll zu. Wir wußten ja, wie diese Fügung mit Vor- und Zunamen anfing. Sie hieß Wilhelmine Buchholz und fischte gerade ein Stück Kuchen aus ihrer Tasse.

Die Schule des Lebens

Ich habe die Krausen schon in mancher Leidenschaftlichkeit gesehen, aber so, wie sie letztens bei uns ankam, noch niemals. Ohne guten Tag zu sagen, schrie sie: »Ist Eduard hier? War er bei Ihnen?« – »Nein«, erwiderte ich, »ist er fort?« – »Seit gestern«, wimmerte sie. »Der Lehrer, bei dem wir ihn in Pension gegeben haben, glaubte, er sei die Nacht bei uns gewesen, und vermutete, er wäre vielleicht unwohl geworden, weil er auch nicht in der Klasse erschien. Das Kind ist ja so zart.« – »Das finde ich nicht.« – »Sie haben kein Mitleid«, rief sie. »Wo kann er nur sein, wo kann er nur sein?« – »Er wird schon wieder zum Vorschein kommen«, tröstete ich. »Haben Sie denn schon die Polizei in Bewegung gesetzt?« – »Mein Mann läßt suchen, es kommen Zettel an die Säulen, Anzeigen in die Zeitungen, was es auch kosten mag. Wenn er nur nicht verunglückt ist?« – »Das wollen wir nicht hoffen. Darf ich Ihnen eine Erquickung anbieten, Frau Krause ...?« – »Nein, nein, ich habe keine Ruhe, ich muß weiter.« – Sie ging ebenso mit sich selbst verheddert, wie sie gekommen war.

Was hatte Eduard nun wieder angestellt? Ich war überzeugt, daß er dabei war, einen Hauptstreich auszuüben, denn er tat ja stets, was er nicht sollte. Es wäre aber schrecklich gewesen, wenn ihm ein Unglück zugestoßen wäre, da Krauses nur den einen Jungen haben. Aber dies war nicht anzunehmen, da solches Unkraut nicht vergeht. Wo aber konnte er sein?

Wo war Eduard? Das fragten nicht allein die bekümmerten Eltern, die gelben Zettel an den Anschlagsäulen und die Notizen in dem lokalen Teile der Zeitungen, das hätten gar viele gerne gewußt, sei es aus Neugierde, sei es, um die ausgesetzte Belohnung zu verdienen. Alles Suchen verlief jedoch resultatlos, denn Eduard war in Berlin nicht zu finden. Er hatte sich auf und davon gemacht.

Wenn ihm irgend etwas auf der Welt mißfiel, so waren es Griechisch und Latein. Er sah nicht ein, zu welchem Zwecke er Krakelfüße auf das Papier malen und Accente über Silben setzen sollte, von denen es ihm höchst gleichgültig war, ob sie lang oder kurz galten, da er sich nichts dabei denken konnte, und noch weniger lag ihm daran, in wieviel Teile Gallien nach Cäsar eingeteilt wurde. Wenn die Geschichte anfing unterhaltend zu werden, wenn die Römer tapfer mit den Feinden fochten, reizte es den Lehrer, sich nach den näheren Beziehungen dieser oder jener Vokabel zu erkundigen, und anstatt zu erfahren, welches Heer den schwankenden Sieg im Handgemenge erringen werde, mußte die Klasse deklinieren und konjugieren, wobei beschämendere Niederlagen erlitten wurden, als im Gallischen Kriege verzeichnet stehen. Namentlich hatte Eduard Krause triftige Gründe, Julius Cäsar nicht als seinen Freund zu betrachten.

Es gab aber andere Bücher, die ihm besser als die Denkwürdigkeiten der Alten zusagten, die er mit glühendem Eifer las. Die meldeten von fernen Gegenden, Palmen- und Fruchtwäldern, in denen Papageien schwärmten und Leuchtkäfer flogen, so groß wie eine Hand. Da gab es Abenteuer mit wilden Menschen und Tieren, die stets zugunsten des weißen Mannes endigten, und kühne Wagnisse, daß er kaum rasch genug lesen konnte, um zu erfahren, wie sie abliefen. So einen abgerichteten Strauß hätte er haben mögen, wie in dem einen Buche beschrieben war, um darauf zu reiten. Würden die Jungens Augen machen! Keiner vermöchte ihn einzuholen, denn so ein Strauß ist furchtbar geschwind. Lenken wollte er ihn schon mit einem Zügel um den Schnabel. Auch einen zahmen Jaguar wünschte er sich, der ihm nachlief wie ein Hund. Pfeil und Bogen müßte er immer tragen, damit könnte er ganz oben die Schulfenster einschießen. Käme der Pedell, er rasch auf seinen Strauß, der Jaguar hinterdrein, und hast du nicht gesehen über alle Berge.

So dachte er oft und gerne, wenn er nachsitzen mußte. Es blieb aber nicht bei den Wünschen. Die Sehnsucht, das Gelesene in Wirklichkeit zu erleben, wuchs zur brennenden Begierde, er wollte, er mußte hinaus in die weite Welt. Hier in Berlin war alles gegen ihn. Die Lehrer zogen ihm andere ungerechterweise vor; ihre Gunst zu erschleichen und Teekind zu werden wie jene, die auf den ersten Bänken saßen, dazu ließe er sich nicht herbei, schmeicheln könnte er nicht. — Darum fort. — —

Durch die norddeutsche Ebene rasselte der Nachtzug, der um elf Uhr aus Berlin fährt und gegen sechs Uhr morgens in Hamburg anlangt. Er toste an stillen Ortschaften vorbei, er sauste durch die Heide, über welche das Mondlicht einen Schleier spann, der sich mit der Ferne in eins verwob. Von Zeit zu Zeit wurden helle Lichter sichtbar, die Laternen der einsamen Bahnhöfe, die das Dampfroß mit lautem Pfeifen grüßte, wenn es keine Rast machen durfte. An einigen Stationen bekam es dagegen zu trinken, ungeheure Mengen kochenden Wassers, und während es trank, klopften Männer mit eisernen Hämmern gegen die Achsen und Räder der Wagen, um zu horchen, ob irgendwo eine Stelle schadhaft geworden und ein Bruch zu befürchten sei. Etliche Passagiere erwachten und schalten über den Lärm, der ihnen den Schlummer verscheuchte; andere dagegen ließen sich nicht stören, sondern schliefen in den unbequemsten Sitzlagen weiter, weil sie entweder gute Gewissen hatten oder gute Nerven.

In der Ecke eines Kupees der dritten Wagenklasse lehnte ein Knabe mit dem Hinterkopfe gegen die harte Bretterwand, fest von dem stärkenden Schlafe der Kindheit umfangen. Seinen Mund umzog ein Lächeln, daß ein Unbefangener glauben mochte, freundliche Engel spielten mit dem Schläfer auf purpurumsäumten Wolken. Da der kleine Krause sich jedoch in der letzten Zeit mehr mit Tigern, Leoparden und Jaguaren befaßt hatte als mit Engeln, so war es ganz natürlich, daß er im Schlafe davon träumte, was ihn wachend beschäftigte. Der Schall von den gegen die Achsen geführten Hammerschlägen mochte wohl in dem Schlaftrunkenen die Vorstellung von Flintenschüssen wachgerufen haben, den Tiger fügte die schnellmalende Phantasie des Traumes hinzu. – Eduard hatte seinen lang gehegten Plan zur Ausführung gebracht. Das Taschengeld, sowohl das offizielle vom Vater wie das extraordinäre heimliche und reichlichere von der Mutter, hielt er um so mehr mit Vorsicht zusammen, als er erfahren hatte, daß zu Handelsgeschäften Gedeihen gehört, denn der erste Versuch des Kapitalienerwerbs auf dem Weihnachtsmarkt lief fatal ab. Wahrscheinlich besaß er nicht den richtigen Heckegroschen, mit dem so mancher in Berlin zerrissenschuhig einzog, um nach einigen

Jahren als Millionär das Leben nur noch auf Gummirädern genießbar finden zu können, oder es fehlte ihm an den erforderlichen Talenten. Das Handelsgeschäft in Zigarren, bei dem er seinen Alten stillschweigend beteiligte, mißglückte, sein Spargeschäft hatte dagegen Erfolg. Als wieder einmal am Schulhimmel ein drohendes Wetter aufzog, genügte die Barschaft schon fast für ein Billett nach Hamburg; wie er in dem Berliner Abc für Reisende ergründet hatte; einige Taler war außerdem seine Uhr wert. Er brach die Brücken hinter sich ab, indem er die Uhr sowie die verhaßten griechischen und lateinischen Quälbücher und die dazugehörigen Lexika einem Trödler verkaufte, der jedoch zu beiderseitigem Leidwesen nur niedrigste Gebote machen konnte, weil zuviel von derselben Sorte auf Lager sei. Er nahm leichten Sinnes, was er bekam, und dachte: »Wozu gebrauche ich Geld? In Hamburg gehe ich als Schiffsjunge ja doch gleich zur See. Wird das ein Spaß, wenn ich oben im Mastkorb sitze und ›Land, Land‹ rufe, sobald sich die Küste mit den schwarzen Eingeborenen zeigt. Hurra!« – Nach Hause wollte er von Bord aus schreiben; mehr schien ihm überflüssig.

Als der Morgen graute, verließen ihn Schlaf und Traum. Er sah die Sonne aufgehen, wie sie an dem goldigen Himmelsrande sich blendend erhob. Das war ihm ein neuer Anblick. Auch die Mitpassagiere erwachten. Sie fragten den Knaben, wohin er wolle? – »Nach Hamburg.« – »Ob er dort Verwandte habe?« – »Ja«, flunkerte er. – »Wo die wohnten?« – »Dicht bei den Schiffen.« – »Er meine wohl den Hafen.« – »Nun natürlich; wie er am besten dorthin gelange?« – Er solle nur gleich vom Berliner Bahnhof auf Höfers Hotel zugehen und sich dann links halten, so könne er nicht fehlen. Übrigens würde ihm jedermann gerne Bescheid geben, wenn er frage; er dürfe sich nur nicht genieren. – Das war ein trefflicher Rat. Nur nicht genieren; man immer drieste!

Die flache Heide endigte, rechts und links vom Bahndamm bauten sich waldige Hügel auf, und in dem jungen Grün der Buchen spielte das Licht der Morgensonne. Dann wich der Wald zurück, um einem Flusse Raum zu gewähren, der in sanften Krümmungen üppige Wiesen durchschnitt. »Ist das die Elbe?« fragte Eduard. »Nein«, erwiderten die Leute lächelnd, »das ist die Bille. Geben Sie acht, gleich kommt Friedrichsruh.« – Er sah das Schloß des Fürsten Bismarck, ganz dicht fuhr er daran vorbei. Dann wurde kurze Rast in Bergedorf gemacht. Merkwürdig gekleidete Frauen boten den Reisenden Blumen und Früchte an. Man sagte ihm, das seien Vierländerinnen. »Die Welt ist doch zu komisch«, dachte Eduard, »was werde ich erst erleben, wenn ich in fernen Erdteilen bin?«

Endlich hielt der Zug in der schwerfälligen Halle des Bahnhofes. Er war in Hamburg.

Alles drängte dem Ausgange zu, der Menschenstrom riß ihn mit sich fort. Draußen im Freien angelangt, stand er einen Augenblick unschlüssig, wohin er sich wenden sollte, dann aber entdeckte er den Namen »Höfers Hotel« mit großen Buchstaben an einem stattlichen Hause. Nun wußte er Bescheid und schritt mutig vorwärts. Wie ihm gesagt worden war, bog er links ab und gelangte nach kurzer Wanderung auf einen Marktplatz, wo Vierländer in ihrer eigentümlichen Tracht Gemüse feilhielten. Solche Leute gab es nicht in Berlin. Er fragte nach dem Hafen. Man gab ihm Auskunft, aber so scharf er auch zuhörte, blieb ihm die Antwort doch unverständlich. Lateinisch hatte er allerdings gehabt, aber Plattdeutsch nicht. Sollte die Reise in die Welt am Ende unerwartete Schwierigkeiten mit sich bringen? Unsinn, nur dreist. Auf gut Glück ging er weiter.

Er passierte Brücken, die über enge Kanäle führten, auf denen flache, schwer beladene Fahrzeuge von Männern langsam vorwärtsgedrückt wurden. An beiden Seiten des Kanals standen die Giebelhäuser unmittelbar im Wasser. Er fragte, ob das der Hafen sei? – »Nee, dat is 'n Fleeth«, antwortete der Mann, und Eduard war so klug wie zuvor.

Endlich aber gelangte er doch ans Ziel, er erblickte die Spitzen von Schiffsmasten, welche unten von einem langen Gebäude dem Auge entzogen wurden. Das Tor stand offen, und da ihn niemand aufhielt, ging er hinein. Da lagen Schiffe, so viele und große, wie er zuvor nie gesehen hatte. Gewaltige Dampfkräne streckten ihre eisernen Arme aus, Kisten, Ballen und Säcke wurden daran gehängt, sie hoben die Last, drehten sich und legten ihre Beute langsam nieder, wie vernünftige Wesen. So weit sein Auge reichte, arbeiteten die seltsamen Maschinen und leerten die Schiffe, rüstige Männer nahmen die Waren in Empfang und stapelten sie in dem endlosen Schuppen auf. Er fragte einen derselben, ob er am Hafen sei? – »Dies ist der Quai«, hieß es, »der Hafen liegt weiter längs. Gehn Sie hier man rechts heraus und über die Kehrwiederbrücke nach den Vorsetzen, dann sind Sie gleich da.« –

Nun sah er den Hafen. Sein Herz pochte bei diesem ungeahnten Anblick. Ein Wald auf dem Wasser, erhoben sich die Masten, dicht neben dicht schmiegten sich die Schiffe aneinander, und auf den schmalen Wassergassen, welche sie frei ließen, schossen flinke Boote daher und geschwinde kleine Dampfer. Langsam wanderte er weiter, den Blick unverwandt auf die schwimmende Stadt gerichtet. Das war groß. Das war unermeßlich. – Allgemach aber meldete sich der Hunger. Er trat in eine Matrosenschenke ein und forderte Frühstück. Was er bekam, war gut: eine große Tasse Kaffee, schwarzes Brot und weißes mit frischer Butter. Das war alles viel besser als in Berlin. An dem Nebentische saßen Seeleute, von denen der eine mit »Kapitän« angeredet wurde. »Ob der wohl einen Schiffsjungen gebraucht?« fragte sich Eduard. »Ich werde ihn fragen. Man drieste!«

Anfangs verstand der Seemann des Anliegen des Knaben nicht, als er jedoch begriff, was sein Begehren sei, sagte er: »Also du willst zur See? Hast du denn die Einwilligung deines Vaters?« – Eduard schwieg. »Oder deines Vormundes?« – »Nein«, stotterte er. – »Dann geh nur wieder nach Hause, mein Junge, das ist das Beste, was du tun kannst.« –

Enttäuscht verließ Eduard die Herberge. »Nach Hause?« Er konnte unmöglich wieder zurück. Die Uhr und die verkauften Bücher litten es nicht. Es würde sich wohl ein anderer Kapitän finden, der weniger unangenehm sei. Es waren ja so viele Schiffe da. –

Nicht ganz so zuversichtlich wie bisher schlenderte er am Hafen entlang. Wo konnte er wohl den rechten Kapitän treffen? Er hatte sich gedacht, man ginge auf ein Schiff, brächte sein Anliegen vor und hocherfreut behielte man ihn gleich da. Nun aber lagen die Schiffe im Wasser, und er war auf dem Lande. Nach einer Weile faßte er den Entschluß, einen Matrosen anzureden. Der Zufall wollte, daß er einen Engländer getroffen hatte, und der Versuch verlief resultatlos. Das verstimmte ihn sehr. Der Hafen machte ihm nur noch wenig Vergnügen, und deshalb schlug er einen sanft aufsteigenden Weg ein, der zu einer Anhöhe führte. Dort sah er Leute auf Bänken unter dem Schatten der Bäume sitzen, und hier gedachte auch er sich auszuruhen. –

Als er oben anlangte, sah er hinab auf den stolzen Elbstrom, in die blaue Ferne des jenseitigen Ufers, auf das rege Leben zu seinen Füßen. Ein großes Dampfschiff lief aus, majestätisch durchfurchte es die Flut, dem Weldmeer

steuerte es zu. Kleinere Dampfer, Segelschiffe und Boote kamen und gingen, und er ... er konnte nicht mit. Immer größer ward das Sehnen, er vermochte den Anblick nicht länger zu ertragen. Es trieb ihn fort.

Ohne zu wissen, wohin der Weg ihn leite, schritt er fürbaß, und wie ihm deuchte, war der Weg gut gewählt, denn er brachte ihn in eine vorzügliche Gegend. Dort waren Buden mit Sehenswürdigkeiten. Man lud ihn ein, die Menagerie in Augenschein zu nehmen. Das durfte er sich nicht entgehen lassen. Auch ein Karussell war nicht zu verachten. Was konnte er Besseres tun, als auf einem Löwen zu reiten? Hamburg war doch eine prächtige Stadt. – Nachdem er so viel Karussell gefahren wie nie in seinem Leben, speiste er in einem Restaurant. Freilich schmolz seine Barschaft von Stunde zu Stunde mehr zusammen, aber eine Kokosnuß mußte er noch haben und ebenfalls einige Muscheln. Er konnte sie auf der Straße kaufen, auf Karren ausgebreitet lagen sie verlockend da.

Später am Nachmittage ward es immer lustiger. Kaspar spielte, ein Bär mußte seine Kunststücke machen. Die Theater an dem Platz wurden geöffnet, überall gab es Wunderdinge zu sehen, und viele Menschen waren zusammengeströmt. Eduard dachte nicht mehr an die Kapitäne. –

Dann aber kam die Nacht. Die Menge verlief sich. Jeder suchte sein Heim auf. Wohin nun? Das Portemonnaie war leer, das Vergnügen hatte den letzten Groschen gekostet.

Vielleicht fand er jetzt den rechten Mann am Hafen. Er machte sich auf. Dort war die Allee, durch welche er gekommen war. Nur vorwärts, gleich mußte er an der Elbe sein.

Hatte er sich geirrt? Die Allee nahm kein Ende. – Weiter, weiter. – Er stand still. »Hier war ich vorhin nicht. Wo bin ich? Nur dreist. Vorwärts.«

Schimmerte dort nicht der Fluß? Das mußte der Hafen

sein. Noch einige Schritte, und wie gebannt blieb er stehen. Vor ihm erglänzte eine Wasserfläche, darin spiegelten sich Mond und Sterne und glitzerten lange Lichtstreifen von den Gaslaternen, die das Ufer umzogen. Dahinter erhoben sich die Häuser wie eine Mauer, und schlanke Türme ragten darüber auf in den Nachthimmel. Träumte er oder das schöne Hamburg?

»Hier will ich bleiben«, flüsterte er, »dort drüben in dem Gebüsch finde ich wohl ein Versteck.«

Er brauchte nicht lange zu suchen. Eine Bank bot ihm Rast.

Er setzte sich. Sein Auge streifte wie verloren über ein zweites, größeres Wasser, das sich ruhig ausbreitete, als schliefe es. Den Knaben aber floh der Schlaf, er war allein in der Fremde und verlassen. Was sollte er morgen beginnen?

Ihn fror, denn die Nacht war kühl, ihn hungerte dazu. Die Stunden dehnten sich endlos. Er zählte die Schläge der Turmglocken, die laut durch die Nacht klangen, er hörte, wie die eine anfing und die anderen ihr antworteten. Von Zeit zu Zeit drangen langgezogene schauerliche Töne an sein Ohr, wie klagende Wehrufe. Das waren die unheimlichen Akkorde der Nebelsignale von den Dampfschiffen, welche den Hafen verließen. Wie gerne wäre er jetzt wieder in Berlin gewesen. Ob er die Rückreise wohl zu Fuß machen konnte? Aber der Empfang zu Hause, der Hohn seiner Schulkameraden. Er ballte die Hände: »Ich kehre nicht um.«

Zuletzt überwältigte ihn die Müdigkeit, aber nach kurzer Frist, als der Himmel sich aufzuhellen begann, weckte ihn der kalte Morgenhauch des neuen Tages. Eduard fröstelte, und der Hunger meldete sich unabweisbar. Er durchsuchte seine Taschen, aber es fand sich kein heimlicher Sechser. Da fiel sein Blick auf die Kokosnuß; vorläufig war er geborgen.

Aber wie gelangte er zu dem schmackhaften Kern und der Milch, von der die Wilden lebten? Zum Glück hatte er am Nachmittage vorher ein Messer gekauft, das kam ihm gut zustatten. Eifrig machte er sich daran, die Nuß abzufasern. Ein schwieriges Stück Arbeit; er kam damit zustande, wenn auch der Schweiß von der Stirn perlte, bevor er die zähe Basthülle entfernt hatte. Nun galt es, die harte Schale zu öffnen, allein das Messer glitt ab, wie er sich auch mühte. Er versuchte sie an einem Stein zu zerschellen, doch reichte seine Kraft dazu nicht aus, die Nuß war boshaft fest. Da kam ihm ein schlauer Gedanke: »Ich werde die Nuß verhandeln, für den Erlös kaufe ich Brot.« – Seinen Durst zu löschen, bot die Alster Wasser genug, und zum Schöpfen war die größte der ausländischen Muscheln herrlich geeignet. Anders machten es die Wilden auch nicht. Aber wo waren die Wilden, und wo war er? – Er warf die Muschel weit in den Fluß hinein, als er getrunken. Die Lust an Abenteuern schien ihm vergangen zu sein.

Mittlerweile war die Stadt lebendig geworden, hurtige Dampfboote glitten unter den breiten Bogen der Brücke hindurch, in deren Nähe Eduard die Nacht verbracht hatte, Eisenbahnzüge fuhren darüber hinweg, Pferdebahnen und anderes Gefährt. Spaziergänger suchten heilsame Erholung in den blühenden Anlagen, Geschäftsleute eilten mit raschen Schritten der Stadt zu. Auch Eduard beschloß, sein Glück in der berühmten Handelsstadt zu versuchen.

Er bot seine Kokosnuß Vorübergehenden an, aber dieser Artikel war augenscheinlich nicht stark begehrt, auch fehlte es den Leuten an Zeit, sich bei ihm aufzuhalten. Es kam ihm vor, als wenn alle Hamburger rannten. Aber dort stand ein Herr, der nicht an dem allgemeinen Wettlaufen teilnahm, vielleicht ließ der sich überreden, dem wollte er sagen, wie weh der Hunger tut.

Der Herr wies den Knaben wirklich nicht ab. Im Gegenteil, er erkundigte sich mitleidig nach dem Woher und Wohin und erwarb sich Eduards Vertrauen in wenig Minuten, daß dieser sogar das Herz hatte, ihn zu fragen, ob er nicht einen Kapitän wüßte, der ihn als Schiffsjungen mitnähme? Das würde sich machen lassen? »Gib mir die Hand, mein Junge, ich werde dich führen.« — Wer war froher als Eduard?

Neugierig war der Herr, das ließ sich nicht leugnen. Er wollte wissen, wo Eduard die Nacht gewesen? »Im Freien«, antwortete jener zögernd. »Hast du kein Geld mehr?« — »Nur diese Nuß.« — »Und hungrig bist du?« — »Sehr.« — »Gleich wirst du zu essen bekommen, nur Geduld.« Obwohl diese tröstliche Aussicht Eduard ganz in Anspruch nahm, bemerkte er doch, wie eilig Vorübergehende einen Moment haltmachten und ihn mit sonderbaren Blicken betrachteten. Einige lächelten spöttisch, andere schienen ihn zu bedauern. Und der Herr hielt seine Hand so merkwürdig fest. — »Wohin gehen wir?« fragte er unsicher. »Wir sind schon da«, antwortete der Herr. Sie standen vor einem schmucklosen, großen Gebäude, das keinen einladenden Eindruck machte. Der Herr zog an einem Klingelgriff, die schwere Tür öffnete sich und wurde sofort wieder hinter ihnen geschlossen. In derselben Weise mußten sie eine zweite, eiserne Gittertür durchschreiten.

»Hier bringe ich einen Ausreißer«, sagte der freundliche Herr und führte Eduard in ein Zimmer, wo er die an ihn gerichteten Fragen beantworten mußte. Er gestand alles, alles. — »Wenn du die Wahrheit gesagt hast, bleibst du nur kurze Zeit bei uns. Wir werden deinem Vater schreiben.« — »Nein, nein«, flehte Eduard. — »Es geht nicht anders, mein Junge. Und nun komm nur, wir haben ein hübsches Logis für dich. Das Übernachten im Freien ist ungesund.« — Der

Inspektor gab ihm einen Wink, und willenlos folgte ihm Eduard auf einen großen luftigen Flur und dann eine breite Treppe hinauf. Hier mußte der Schließer wieder eine Gittertür öffnen, die zu einem Korridor führte, an welchem das Gemach lag, welches Eduard angewiesen wurde. Es war hoch und sauber, nur vor dem Fenster die eisernen Stäbe gaben ihm einen verzweifelt unwohnlichen Anstrich. »Dort an der Wand hängt das Reglement, nach dem du dich zu richten hast. Tritt ein Beamter ein, erhebst du dich und bleibst ehrerbietig stehen. Der Tagesordnung wirst du dich genau fügen, jede Sachbeschädigung wird bestraft. Du darfst an deine Angehörigen schreiben, ich möchte es dir anraten. Zunächst sollst du Frühstück bekommen, nachher wirst du arbeiten.« – Die Tür wurde verschlossen und verriegelt.

Eduard war allein. Zerknirscht warf er sich über das Lager. Sein Eigenwille war gebrochen, und Reue erfaßte ihn.

Der Schließer brachte bald Suppe und Brot. Auch ein Korb ward hingestellt, darin befanden sich Enden von geteertem Schiffstau, die sollte er auseinanderzupfen, daß sie wieder zu Werg würden. Man empfahl ihm ausdrücklich, fleißig dabei zu sein.

Und Eduard pflückte Werg. Während die Hände tätig waren, eilten seine Gedanken bald hierhin, bald dorthin. Nach Berlin führten sie ihn, da hatte er nicht nötig gehabt, den ganzen Tag zu arbeiten, wie frei war er gewesen. Warum verließ er Berlin, wie gut hatte er es gehabt? Wenn die Schule aus war, durfte er hinaus ins Grüne. Die Eltern hatten ihn überall mit hingenommen. Mit dem Vater fing er Schmetterlinge, auch damals. Er hielt inne mit der Arbeit und starrte vor sich hin. Den Knaben sah er neben sich auf der Landungsbrücke stehen, und nun war er verschwunden. Eduard stieß einen leisen Schrei aus und bedeckte das Gesicht mit den Händen. Es grauste ihm vor ihm selber.

Aus dem Korbe aber und von dem Werg stieg ein eigenartiger Teergeruch auf, der zauberte ihm den Hamburger Hafen vor die Seele, und wieder kam das Verlangen, mit frischem Winde hinauszusegeln in die weite Welt. Das Wasser hatte es ihm angetan, er fühlte, er würde nie wieder von ihm lassen. –

Nach zwei Tagen holte der Vater ihn ab. Alle Vorwürfe ließ Eduard willig über sich ergehen. Nur eine Bitte hatte er: nicht wieder zurück auf das Gymnasium.

»Was willst du denn, wenn du nicht studieren magst?« fuhr der Vater ihn an.

»Ich will Seemann werden.«

Prüfungen

Wenn jemals ein Prediger in der Wüste wahrgesagt hat, dann ist es Schiller gewesen, als er das klassische Zitat aussprach: »Doch mit des Geschickes Mächten ist kein ew'ger Bund zu flechten.« Auch an mir sollte dies Wort vollstreckt werden, obgleich ich nicht wußte, wie und wo ich einen Kontrakt mit den ewigen Mächten geschlossen hätte. Ich strebte, überall meine Schuldigkeit zu tun und auf Recht und Ordnung zu halten, damit kommt man aber nicht mehr durch, denn die Schlechtigkeit der Menschen ist groß. –

Die Untersuchung über den Diebstahl bei dem Doktor war beendet und hatte zu keinem andern Resultat geführt, als daß eine Sicherheitskette und ein neues Schloß an der Tür angebracht wurden. Dem Doktor bleibt nichts übrig, als das Silberzeugs zu verschmerzen. Ich riet ihm, seine Kunden etwas höher zu nehmen, um allmählich wieder auf die Kosten zu kommen, aber er lehnte ab.

Die Köchin hatte um ihre Entlassung gebeten, die ihr

auch zu meinem großen Behagen gewährt wurde, zumal die Person als Grund angab, sie hätte keine Lust, sich bei jeder Gelegenheit von der Schwiegermutter heruntermachen zu lassen, der sie überdies noch zeigen wollte, daß es Gerechtigkeit in Berlin gäbe. Der Doktor hat ihr zugeredet, vernünftig zu sein, aber sie hatte geantwortet, sie wäre »falsche Betrügerin« genannt worden, das ließe sie nicht auf sich sitzen.

Ich bezweifelte diesen Ausdruck meinerseits; der Doktor versicherte jedoch, etwas Ähnliches nebst mehreren anderen Heftigkeiten vernommen zu haben, als er kam, um mir zu raten, der Köchin eine Summe Geldes anzubieten, damit sie kein Aufhebens weiter mache. »Sie wollen mir zumuten, ich sollte vor dieser Person klein beigeben?« begehrte ich auf. »Ihr so kommen, das könnte ja scheinen, als wenn ich unrecht hätte.« – »Wie Sie für gut halten, liebe Schwiegermutter, aber da das Mädchen rechtsgültig von dem Verdachte der Mitwisserschaft entlastet wurde ...« – »Ist sie in meinen Augen deshalb noch lange nicht rein.« – »... möchte ich Ihnen empfehlen, die Verunglimpfungen zurückzunehmen.« – »Zu einer solchen Unterwerfung erniedrige ich mich nicht. Außerdem wäre es unerhört von ihr, zu klagen. Das ist platterdings unmöglich.« –

Es war aber möglich. Des Morgens, mein Karl war eben ins Geschäft gegangen, kam ein dicker Brief, wie ich noch in meinem Leben keinen erhalten hatte und dem man schon von außen die Schreckensbotschaft ansah, welche er brachte. Mit zitternder Hand unterschrieb ich dem Briefträger die Zustellungsurkunde, und dann öffnete ich das Schreiben. Da stand: »In der Privatklagesache der unverehelichten Marie Johanna Band gegen Frau Wilhelmine Buchholz, wegen Beleidigung ...«, weiter kam ich nicht. Ich sah wohl Buchstaben, konnte aber nicht den geringsten Sinn hineinbringen, so tanzten sie durcheinander. Nur das eine war klar: ich sollte vor Gericht! –

Es half nichts, ich mußte zu meinem Karl, und doch, als ich mit dem Schreiben vor der Kontortür stand, wagte ich nicht einzutreten. Ich legte die Hand auf die Klinke und zog sie wieder zurück. Noch ahnte er nicht, welche Schande drohte, daß sein unbescholtenes Weib verklagt worden war. Aber endlos konnte ich nicht stehenbleiben; ich öffnete leise und schwankte zaudernd an sein Pult. »Karl«, sagte ich zaghaft, »lies doch bloß mal dies sonderbare Schreiben ... es ist ... es hat ... ich kann nicht klug daraus werden.« – Mein Karl las, und seine Züge nahmen einen strengen Ausdruck an. – »Das ist ärgerlich«, rief er, »mehr als ärgerlich. Du bist wegen neun Injurien verklagt ...« – »Neun?« unterbrach ich ihn erstaunt. – »Jawohl, neun Stück, sie sind einzeln aufgezählt, da, sieh selbst.« – »Karl, diese Frechheit geht doch über die Bäume, wo ich bloß gesagt habe, sie hätte besser aufpassen müssen.« – »Du hast dich vom Zorn hinreißen lassen, Wilhelmine.« – »Nur soweit ich durfte.« – »Das wird die Verhandlung ergeben.« – »Karl, kann es schlimm werden?« – »Ich hoffe, daß die Angelegenheit ohne Gericht abgemacht werden kann. Vor der Verhandlung muß ein Sühneversuch stattfinden. Du gestehst dein Unrecht ein, zahlst vielleicht eine Buße, und die Sache ist erledigt. Bist du dazu bereit?« – »Ja«, seufzte ich. – »Sei nur guten Mutes und ängstige dich nicht unnötig. Und nun geh, Alte, das Geschäft blüht, ich habe viel zu tun.« –

Guter Mut ist leicht empfohlen, aber leider kann man ihn nicht beim Krämer kaufen. Seit das gerichtliche Schreiben bei uns wohnte, lebte ich in lauter Besorgnissen und Furchtsamkeit, mir war, als schwebte ein Fallbeil über meinem Haupt.

Ich konnte den Gedanken nicht loswerden, mein Mann

nehme die Sache scheinbar leicht, um mir die schreckliche Wahrheit zu verbergen. Darum ging ich am Nachmittag zu Onkel Fritz, der an die Gutheit meines Karls nicht entfernt heranreicht; von ihm erwartete ich, den wirklichen Verhalt zu erfahren. – Als der die Anklage gelesen hatte, sagte er: »Wilhelmine, die Sache ist löcherig. Geschumpfen hast du, und die Person muß sich sehr in ihrem Recht fühlen, denn sie hat als Zeugen zwei Schutzleute vorgeschlagen, die dabei waren, dann Herrn Greve und Frau sowie den Dr. Wrenzchen.« – »Den Doktor gegen mich?« – »So steht es hier. Er kann allerdings als Schwiegersohn sein Zeugnis verweigern, aber wer bürgt dafür, daß er sich die schöne Gelegenheit entgehen läßt, einmal Revanche zu nehmen? Du hast ihm genug auf den Stock getan.« – »Fritz, sollte er solcher Tückschigkeit fähig sein?« – »Vielleicht läßt er sich erweichen, wenn du ihm die Aufhebung des schwiegermütterlichen Kuratels versprichst.« – »Ich verspreche gar nichts«, fuhr ich erbost auf, »sondern verlange von dir zu wissen, ob ich den Prozeß verlieren werde?« – »Da kannst du dich darauf verlassen; bedenke allein, die Schutzleute sind mit ihrem Diensteid gegen dich.« – Ich hatte schon oft von der Gefährlichkeit des Diensteides gelesen, demgegenüber ist man ja meistens verloren. »Fritz«, stöhnte ich, »was soll ich tun? Was soll ich tun?« – »Das einzige Rettungsmittel hast du leider versäumt.« – »Ich hole es nach, Fritz, sage mir nur, was es ist?« – »Du hättest dir mildernde Umstände antrinken müssen.«

Nun war meine Geduld zu Ende. »O du ... du ... Kannibale«, bäumte ich auf. »Ist dir denn nichts ehrwürdig, nicht einmal die Drangsal deiner leiblichen Schwester?« – »Hab dich nur nicht so; man wird dir verschiedene Märkelchen abknöpfen, sitzen brauchst du voraussichtlich nicht.« – »Karl sieht mit Zuversicht dem Sühneversuch entgegen; was hältst du davon?« – »Hat die Klägerin einen Rechtsanwalt, so ist es möglich, daß ihr euch einigt, ist sie aber einem Linksanwalt in die Hände gefallen, wird der ihr zusetzen, bis zum Äußersten zu gehen, um seinen Schnitt zu machen.« – »Womit will die Person aber die Kosten bestreiten?« – »Wer verliert, berappt; die mußt du tragen, mein Schatz.« – »O wie niederträchtig, wie schändlich. Sie verklagt mich auf meine Rechnung. Ist das Gerechtigkeit?« – »Genau nach dem Gesetz.« – »Dann müssen die Gesetze umgestoßen werden. Fritz, ich überlebe die Schande nicht; meine Tage sind gezählt.« – »Tröste dich, Wilhelmine, jeder zweite anständige Mensch ist wenigstens schon einmal bestraft. Sei darum nur guten Muts ...« –

»Kommst du mir auch damit?« rief ich bitterböse. »Wenn du weiter nichts weißt, kannst du dich einbalsamieren lassen; ich huste auf euren ›guten Mut‹.« Grimmbeflügelt verließ ich Onkel Fritz und schalt mich selbst aus, ihm als trübselige Zielscheibe seines Spottes gedient zu haben. Aber wenn der Mensch den Kopf verliert, wird er dumm.

Leider hatte Onkel Fritz jedoch darin recht, daß die Person zu seinem Winkeladvokaten gegangen war, zu so einem richtigen gurgelabschneiderischen Anwalt, und der Sühneversuch fiel ins Wasser. Wiederum kam eine Zustellung, worin das persönliche Erscheinen der Parteien vor dem Königlichen Schöffengericht in Alt-Moabit Nr. 11/12 vormittags 10 Uhr in Zimmer 29 zum Sonnabend angeordnet worden war. Und wenn ich hätte entrinnen wollen, was half es? Das Gericht drohte mit gewaltsamer Vorführung im Falle unentschuldigten Ausbleibens, und ehe ich meiner Todfeindin das Schauspiel gegönnt hätte, mich in der Mitte von zwei Häschern vor das Tribunal geschleppt zu sehen, lieber wollte ich mich freiwillig stellen, obgleich mein Nervensystem gänzlich aus seiner Fasson geraten war.

Die Gemütsbewegungen nahmen ja kein Ende. Der Himmel mag wissen, woher die Menschheit erfahren hatte, daß ich in Anklage versetzt worden war, aber in den Bekanntenkreisen schien von nichts anderem gesprochen zu werden als von dem bevorstehenden Termin. Wäre sonst wohl die Krausen gekommen, um ihr Beileid vom Stapel zu lassen? – »Nun wissen Sie auch, wie es ist, vom Schicksal verfolgt zu werden, obgleich Sie mit uns nie Mitleid hatten, wenn das Verhängnis sich unseren Eduard zum Opfer auserkor.« – »Bitte«, entgegnete ich, »die Rute haben Sie sich selbst gebunden.« – »Eduard hat solchen Forschungsdrang ...« – »Man bloß immer an der verkehrten Stelle, im Lateinischen forscht er zum Beispiel gar nicht.« – »Er hat sich einen anderen Beruf erwählt und braucht es nicht mehr, da es doch nur eine tote Sprache ist.« – »Darf man fragen, was für ein Geschäft ihm zusagt, vielleicht Konditor mit Naschen?« – Sie lächelte verächtlich. »Eduard will Schiffskapitän werden«, sagte sie, »dabei kann er viel Reichtum erwerben, und Kapitäne sind sehr angesehen. Er hat sich schon einen Kompaß angeschafft, und oben auf dem Hängeboden klettert er bereits erstaunlich an den Waschleinen. Gerade Kapitän ist das Geeignetste für ihn.« – »Wenn er es nur erst wäre«, warf ich hin, »noch glaub' ich nicht daran.« – »Weil Sie immer alles besser wissen wollen«, entgegnete sie hitzig, »aber Ihre Klugheit ist keineswegs unfehlbar, sonst würden Sie sich wohl nicht straffällig geredet haben.« – »Das verstehen Sie nicht«, gab ich erregt zur Antwort. – »Gerne möglich«, erwiderte sie spitz, »ich sage nur wieder, was man darüber spricht, ein Urteil möchte ich mir nicht erlauben, unsereins hat noch nie mit den Gerichten zu tun gehabt.« – Als sie weg war, sagte ich zu Betti: »Sie hat sich in ihrer wahren Gestalt gezeigt. Du läßt sie nicht wieder vor, mein Unglück ist zu groß, als daß Hyänen sich daran weiden dürfen.« –

Am anderen Tag machte die Polizeileutnanten mir eine Kondolenzvisite. »Es kommt viel auf den Richter an«, sagte sie, »und wie Sie die Sache darstellen. Was wollen Sie anziehen?« – »Einfach Schwarz«, erwiderte ich. »Je dürftiger, um so besser, damit der Abstand zwischen Ihnen und der Klägerin nicht zu groß erscheint. Für Ihr seidengesticktes Wappen werden Sie auf der Anklagebank wenig Verwendung haben!« – »Daran dachte ich auch nicht. Wenn wir Equipage halten, lasse ich es auf die Kutschentür malen!« – »Ich meinte auch nur so; was nützen Ihnen nun die Vorfahren und Embleme, wenn Sie bestraft sind? Der Makel haftet doch für alle Zeiten.« – »Noch sind wir nicht soweit.« – »Sie werden mir zugeben, daß mein Mann Einsicht hat, der sagt: Sie wären schon so gut wie verdonnert. Wir sind aber über Vorurteile erhaben, und ich denke, ganz stellen wir den früheren Verkehr nicht ein.« – Also in den Augen der Welt war ich bereits gerichtet. Daß die Polizeileutnanten nie wieder öffentlich mit uns durch den Grunewald fahren würde, das stand fest. Von nun an gehörte ich zu den Ausgestoßenen. –

Dieser Gedanke nahm mir den Rest des Aufraffungsvermögens, ich konnte nur noch eben im Hause umherkrebsen, wenn ich irgendwo hinwollte. Selbst vor dem Fenster war mir das Sitzen verleidet, da es mir vorkam, als blieben die Leute stehen, um mit Fingern auf mich zu weisen. Ich wurde immer leidender, und der Schlaf ward so vergänglich, daß mein Karl schnarchenshalber umquartiert werden mußte. –

Auch die Bergfeldten besuchte mich, jedoch richtete sie mich nicht auf, im Gegenteil. »Mein Gott, Buchholzen«, sagte sie, »liegen Sie im Wurstkessel! Aber mit der Feuerzange hätten Sie nicht gleich schlagen brauchen.« – »Was ist das für ein Gerede?« – »Na, Sie haben das Mädchen doch vertobakt, daß das Blut nur so heruntergelaufen ist. Da werden Sie wohl ein halbes Jährchen für abmachen müssen.« – »Wo überhaupt nicht gehauen worden ist! Wer redet denn so'n Kaff?« – »Buchholzen, Sie tun mir leid, aber es heißt in der ganzen Stadt nicht anders; überall jedoch, wo ich hinkomme, nehme ich Ihre Partei und sage: es ist ein Glück, daß die Köchin einen harten Deez hatte, sonst schleppten sie die Buchholzen noch aufs Schafott« – »Das nennen Sie einen verteidigen?« – »Nun ja; Sie sind so herzlich gegen mich gewesen ... als mein Emil ..., es wäre mir schrecklich nahegegangen, wenn Sie am Ende gerädert worden wären, oder auf die Art.« – »Gott soll mich schützen und bewahren. Ich kann beschwören, nicht einen Finger habe ich hochgehoben.« – »Buchholzen, nur keinen Meineid. Wie kämen die Leute wohl zu dem Gerücht, wenn nichts Wahres daran wäre? Ihnen ist gewiß bloß die Hand ein bißchen ausgerutscht, worin sie zufällig die Feuerzange darin hatten. Das würde ich vor Gericht sagen, wenn ich an Ihrer Stelle so in dic Käse geflogen wäre.«

»Bergfeldten«, sagte ich schwach, »mehr von der Sorte Gespräch kann ich nicht hören, am liebsten bliebe ich allein.« – »Ich habe Zeit«, antwortete sie und blieb kleben. »Es ist ja auch nur zu Anfang, nachher vergißt es sich, man muß ja alles vergessen, obgleich, was einmal am Menschen sitzt, das wäscht kein Regen ab.« – Und so in dem Ton ging es weiter. Erst als ich körperlich und geistig aufgerieben war, entfernte sie sich. – »Betti«, rief ich mit letzter Anstrengung, »ich bin für niemanden mehr zu Hause, und wenn der Großmogul auf den Händen angelaufen käme.« –

Aber eine Ausnahme mußte ich dennoch machen. Frau Helbich, die kleine Restaurateursfrau, ließ sich nicht abweisen, da sie wichtige Mitteilungen hatte. Sie war genau unterrichtet. Die Skatspieler hätten sich über den Fall hin und her gestritten, dadurch sei sie aufmerksam geworden. »Frau Buchholz«, sagte sie, »Ihnen verdanken wir all unser Glück, und nun müssen wir erleben, daß Sie so schreckliche Heimsuchung haben. Das Herz möchte sich einem umdrehen. Sie sind ganz gewiß unschuldig.« – »Das bin ich, Frau Helbich, aber niemand will es glauben.« – »Ich glaube es«, rief sie lebhaft, »und deshalb bin ich gekommen, denn sehen Sie, was auch gesagt wird, der Hund ist verdächtig.« – »Nein, die Advokaten haben schon alles ergründet.« – »Das erste, was Einbrecher tun, ist, daß sie die Kettenhunde vergiften.« – »Das stimmt nicht, diesmal war es ein Möppel.« – »Eben deshalb. Die Kettenhunde liegen draußen, da können sie heran, aber der Mops war drinnen, wer hat ihm nun das Gift gegeben? Doch nur eine Person, die im Hause war.« – »Das stimmt auch nicht, Frau Helbich, denn sie haben ihn mit einer Schlinge umgebracht. Sie irren sich.« – »Einer von unseren Mittagskunden, ein Student, meinte so. Der sagte, wenn man das Gift nachwiese, wären Sie durch.« – »Frau Helbich, ich danke Ihnen für das Mitgefühl, aber das Gericht wird doch wohl klüger sein als der Student und wir übrigen, die kein Studium genossen haben. Es wurde ja alles untersucht und nichts gefunden.« – »Und ich hatte so sicher gehofft, Ihnen Hilfe zu bringen. Frau Buchholz, Sie können nicht glauben, wie sehr ich Sie beklage.« Sie fing an zu weinen und ich auch. Von allen Anfechtungen war dies die angreifendste, denn wir waren so hilflos alle beide. Und am nächsten Tage sollte entschieden werden. –

Ich war derart herunter, daß ich zu Bett ging, ehe es dunkelte.

Betti kam und fragte, ob ich Appetit auf etwas hätte. »Ein wenig Zwieback und Milch kannst du später bringen, nur soviel, um das Leben zu fristen, aber es hat noch Zeit.« Ich hatte keinen Hunger. Fürchterliche Gedanken vertrieben

ihn. Im Halbschlummer hatte ich Träume von Kerker und Hinrichtungen, und obgleich ich mir zuredete, daran sei das Geschwätz der Bergfeldten schuld, sowie ich die Augen schloß, ging das Verhörtwerdensollen wieder los.

Mein Karl sagte mir »Gute Nacht«, und Betti bestand darauf, daß ich etwas zu mir nähme. Ihr zuliebe zwang ich mich und fand, daß es mir besser mundete, als ich dachte. Die Milch war frisch gekocht und der Zwieback knusprig. Das Kind hatte eine Nachtlampe eingerichtet, die sie anzündete, und nachdem sie mich zärtlich geküßt hatte, ging sie. Ich war wieder allein. –

Dies also war die letzte Nacht eines bis dahin vorwurffreien Lebens, in der Folge durfte ich den Blick nicht offen mehr erheben. Und wenn zweie tuschelten und spöttisch lachten, mußte ich nicht stets vermuten, es gälte mir? Konnte ich jemals wieder den Stab über meine Nebenmenschen brechen, ohne mir zu sagen: »Du hast ja selbst auf der Anklagebank gesessen und bist verurteilt worden.« Schlafen wollte ich, ach, wie gerne schlafen. Ich legte mich bald auf diese Seite, bald auf jene, und wie ich eben dachte, nun schlummerst du ein, da fühlte ich, daß Zwiebackkrümel ins Bett geraten waren, die bei der leisesten Bewegung prickelten und peinigten. Von Minute zu Minute vermehrten sie sich, bis die Folter unerträglich ward und mir nichts übrigblieb, als aufzustehen und das Bett von Neuem zu machen. Hierdurch wurde ich vollends munter, und an Schlaf war nicht zu denken. – Ich lag und lag und grübelte. Halt, war da nicht wieder ein Krümel? Richtig. Und noch ein zweiter. Ein dritter. Es mußten welche auf den Bettvorleger gefallen sein und sich an die bloßen Füße gesetzt haben. Die ganze Parade kam wieder anmarschiert; es war zum Verzweifeln. Ich weinte vor Ärger und Hinfälligkeit. Wie wenig braucht doch unser Herrgott, um den Menschen zu strafen, ein einzig kleines Körnchen Zwieback langt schon. Ich wußte, ich war nicht immer gewesen, wie ich hätte sein sollen, aber hatte ich es wirklich so schrecklich verdient?

Am frühen Morgen weckte mich das Geräusch von Reinmachen im Zimmer nebenan. Ich hörte, wie Doris die Fenster öffnete, die Stühle rückte und alles in Ordnung brachte. Betti war auch schon auf. Sie kam leise herein, um zu sehen, ob ich noch schliefe, und wunderte sich, mich schon wach zu finden. »Kind«, sagte ich, »mit Kummer im Herzen und Krümeln im Bett schläft es sich schlecht.« Sie half mir beim Ankleiden. Später kam Onkel Fritz, der mein Zeuge war, und so langsam die Uhr auch ging, die Zeit rückte doch heran, daß wir abfahren mußten. Der letzte Akt des Trauerdramas begann. –

Niemals war ich in dem Gerichtspalast draußen in Moabit gewesen, und nun sollte ich ihn als Verklagte betreten. »Da hinten ist der Hof, auf dem geköpft wird«, sagte Onkel Fritz und deutete auf eine Mauer. Ich flog zusammen. – »Fürchte dich nicht«, sagte er, »solange Krauts die weißen Handschuhe noch anhat, ist er ungefährlich. Aber wenn er sie auszieht ...!« Mein Karl verbot ihm solche Reden und gab mir seinen Arm. Er fragte nach Zimmer 29; man wies uns den Weg, und nachdem wir einen langen Gang durchschritten, waren wir am Ziel. Einige Leute saßen dort auf Bänken, andere standen. Herr Greve und Frau waren da sowie die Schutzleute und der Doktor. Und sie erblickte ich auch, die mir all das antat.

Aus dem Zimmer 29 trat jetzt der Gerichtsbote und las von einem Zettel: »Ahrens gegen Meier.« Mehrere von den Wartenden gingen hinein, nach einer Weile kamen sie wieder heraus; sie hatten sich noch im letzten Moment vertragen. Die Glücklichen! – »Band gegen Buchholz«, rief er nun. – Mir kreiste es im Gehirn. Als wenn ich in Teig träte, so schwer waren mir die Glieder, und mehr einer totgeborenen Padde ähnlich als einem menschlichen Wesen, wankte ich hinein. Mir wurde ein kleiner viereckiger Verschlag angewiesen, wo ich auf einem Stuhle Platz nahm. Dies waren die Schranken, welche den Belasteten von der Mitwelt trennen.

An einem grünbezogenen erhöhten Tische saßen der Richter und die Schöffen nebst dem Gerichtsschreiber. Dieser las die Anklage vor. Links saß die Klägerin, in der Mitte standen die geladenen Zeugen, hinter denen das Publikum Platz genommen hatte, das eine Barriere von den Beteiligten schied. Alles, was ich gesagt haben sollte, ward verlesen, oh, wie klang es verletzend in dem Munde eines Mannes, der gar nicht dabeigewesen war. Und das mußte ich anhören. Der Richter, der durch sein schwarzes Barett ein überaus feierliches Ansehen gewann, sagte hierauf, daß alles, was die Zeugen aussagen würden, eidlich erhärtet werden müsse, und ließ sie nach einer eindringlichen Vermahnung abtreten. Als sie fort waren, wandte der Richter sich an die Klägerin und mich und sagte, daß es doch besser sei, wenn wir uns aussöhnten; ob wir dazu bereit wären?

»Ja!« sagte ich.

»Nein!« sagte die Person.

Da keine Einigung zu erzielen war, nahm die Verhandlung ihren Fortgang. Als erster Zeuge wurde Doktor Wrenzchen hereingerufen. Der Richter machte ihn darauf aufmerksam, daß er als naher Verwandter von der Zeugnisverweigerung Gebrauch machen könnte. – »Was wird er tun?« fragte ich mich angstvoll. Der Doktor sagte, er enthalte sich jeder Aussage und wolle nur seiner Verwunderung über die Dreistigkeit der Klägerin Ausdruck geben, ihn als Zeugen vorgeschlagen zu haben. Diesen Edelsinn rechnete ich ihm hoch an und werde es nie vergessen.

Nun kam Herr Greve.

Der Richter fragte ihn, ob er gehört habe, daß die Beklagte an jenem Abend die Klägerin eine »falsche Betrügerin« genannt hätte? Herr Greve antwortete, dies könne er nicht erinnern. Ob er weiter vernommen habe, daß die Beklagte von der Klägerin behauptet hätte, »sie sei frech wie Oskar«. Dies Wort sei ihm im Munde einer gebildeten Dame allerdings aufgefallen, er habe daher gemutmaßt, die Beklagte sei sehr erregt gewesen.

Jetzt kam aber der gefährlichste Punkt. Die Beleidigungen schienen provoziert zu sein und wären kaum von Belang, sagte der Richter, aber die Behauptung, Klägerin hätte gemeinschaftliche Sache mit den Einbrechern gemacht, sei geeignet, dieselbe in ihrer bürgerlichen Stellung arg zu schädigen.

Die Schutzleute wurden nun verhört und sagten aus, ich hätte gerufen, die Lebensmittel wären wohl eigens für die Spitzbuben angekauft, und Klägerin hätte ihre Hände dazwischen gehabt. Dies beschworen sie und desgleichen Herr Greve und Frau. Mir summte es vor den Ohren. Krampfhaft hielt ich mich an dem Stuhle fest. »Sie kommen um eine milde Strafe ein, nicht wahr?« fragte der Richter und wollte sich erheben, um das Urteil mit den Schöffen zu beraten. Hilfesuchend irrten meine Blicke umher. Da sah ich Frau Helbich, und wie aus höherer Eingebung stand ich auf und rief: »Herr Gerichtshof, noch eine Frage an die Klägerin: erst muß sie gestehen, warum sie dem Hunde das Gift gegeben hat.«

Man konnte eine Stecknadel fallen hören, so still ward es. Die Person verfärbte sich und schien ihre Sicherheit verloren zu haben. »Ich konnte das Untier nie ausstehen«, fuhr sie heraus. – »Also Sie räumen ein, den Hund vergiftet zu haben?« fragte der Richter und sah sie durchbohrend an. –

»Mir zum Ärger wurde er Maffi Pamph genannt, weil ich Marie Band heiße.« – »Und deshalb brachten Sie ihn um?« – »Ich wollte den Namen nicht länger hören« – »Herr Präsident«, ergriff ich das Wort, »Maffi ist nur eine Abkürzung von Möppel, und Pamph fügte Onkel Fritz hinzu, weil er wirklich ein Pamph war.« – »Also mit dem Namen Maffi Pamph haben Sie durchaus nicht die Absicht gehabt, die Klägerin zu verletzen?«

»I bewahre, wo werd' ich; niemand ist damit gemeint worden. Das sind Ausflüchte. Der Hund bellte jeden Fremden entsetzlich an, das kann Herr Greve bezeugen, und an jenem Abend sollte er natürlich schweigen, damit Herr Greve wegen des Lärms nicht herunterkäme und die Einbrecher überraschte. Und da er sich nicht von ihr anfassen ließ, hat sie ihm was eingerührt.« – »Es ist ja gar nicht wahr«, rief die Person. – »Sie haben bereits halb eingestanden«, wandte sich der Richter an die Klägerin. »Sie täten gut, die ganze Wahrheit zu sagen. Leugnen hilft Ihnen nichts, die Wissenschaft hat Mittel, das Gift nachzuweisen.« – »Na ja, ich hab' ihm Pulver gegeben, damit ich ihn loswurde.«

»Und von wem bekamen Sie das Gift?« – »Aus der Apotheke.« – »Aus welcher Apotheke?« – »Das weiß ich nicht mehr!« – »Strengen Sie Ihr Gedächtnis an, es wäre sonderbar, wenn Sie das vergessen hätten.« – »Ich holte es nicht selber.« – »Und wer tat Ihnen den Gefallen?« – »Ein Bekannter.« – »Wer ist dieser Bekannte; wie heißt er?« – »Es war ein fremder Mann, den ich bat ...« – »Wieder einmal der große Unbekannte«, sagte der Richter. Er winkte dem Boten und flüsterte dem einige Worte zu. Dieser ging und kam dann mit einem Polizeibeamten zurück. Der Richter stand auf und sagte:

»Da die unverehelichte Marie Johanna Band dringend verdächtig ist, Beihilfe zu dem Diebstahl im Hause des

Herrn Doktor Wrenzchen geleistet zu haben, wird dieselbe in Untersuchungshaft genommen und das Verfahren gegen sie aufs neue eröffnet werden. Die Privatklage gegen Frau Wilhelmine Buchholz ist hiermit sistiert.«

Die Marie Band folgte dem Polizisten ins Gefängnis, und ich war frei. Wir verließen das Zimmer 29, um anderen Platz zu machen. Hoffentlich ist es das erste und letzte Mal, daß ich darin war. Sollte es aber dennoch sein, dann rede ich ganz andere Töne, da mir die Jurisprudenz jetzt ziemlich geläufig ist.

Als wir draußen waren und wie erlöst aufatmeten, kugelte die kleine Frau Helbich auf mich zu und wünschte mir Glück. »Frau Helbich«, sagte ich, »Sie haben einen durchdringenden Scharfsinn. Was wäre mit mir geschehen, wenn Sie nicht gewesen wären?« – »Es hat so kommen sollen, wie es kam«, sagte sie. Wir verstanden uns. –

Nach einigen Tagen erhielt ich wieder ein gerichtliches Schreiben: die Privatklage war aufgehoben.

Die Person hatte eingestehen müssen. Maffi war ausgebuddelt und wie ein Mensch in einer versiegelten Kiste an den Chemiker geschickt, der unglaublich viel Gift gefunden hatte, das der Mops sich durch seine Freßgier zugezogen haben mußte. Die Schlinge um den Hals war ebensolche Spiegelfechterei wie die Fesselung der Person und das Tuch im Munde, und auch war herausgekommen, daß der eine Komplize sich ihr zuerst als Bräutigam genähert hatte.

Die Polizei war durch diese Entdeckung auf den abendlichen Verkehr der Person aufmerksam geworden und hatte Anhaltspunkte. Man spürte den Einbrechern nach, und der Doktor fing an, auf sein Silberzeug zu hoffen. Mir aber lagen die Prüfungen der letzten Zeit noch immer in den Gebeinen, und mein Karl hatte einen grauen Schimmer in seinen Haaren bekommen. Kann ich das je wiedergutmachen?

Mein Schwiegersohn

Es half kein Dagegenankämpfen und kein Zureden, die Erlebnisse der letzten Wochen hatten mir den Dampf angetan, und wenn ich mir auch Mühe gab zu lächeln wie die Gebisse in den Schaukästen der Zahnärzte, Stimmung und Gesichtsfarbe wurden mit jedem Tage verdrießlicher und graugelblicher. So fest ich mir auch vorgenommen hatte, meinen Karl mit sanftester Nachgiebigkeit zu behandeln, war es mir dennoch unmöglich, das mürrische Wesen zu bezwingen, mit dem ich ihm und Betti das Leben verbitterte, ohne es zu wollen. Die Fliege an der Wand ärgerte mich, und die beiden kriegten die Schelte dafür. Frau Helbich brachte mir zwar ein Fläschchen mit selbstdestillierter schwedischer Lebensessenz, aber die verdarb mir den Magen so gräßlich, daß ich einen Abscheu gegen sie faßte. – Ich war krank.

Als es gar nicht weiterging, tat ich endlich, wie mein Karl schon gleich anfangs wollte, und ließ Dr. Wrenzchen holen. – »Er hat sich reizend gegen dich benommen, als er vor

Gericht stand«, sagte mein Karl, »du kannst ihm vollauf vertrauen.« Ich aber befürchtete, er würde mir Medizin verschreiben, die mir schaden könnte. So umnachtet war mein Geist. Zuletzt mußte er doch heran.

Der Doktor examinierte mich eingehend und sagte, daß allein eine längere Kur in Karlsbad imstande wäre, meine Gesundheit wiederherzustellen. – »Nein«, erwiderte ich, »so weit lasse ich mich nicht verschicken. Wie soll es werden, wenn ich nicht hier bin?« – »Sie können ohne Sorge reisen, und zwar je eher, um so lieber.« – »Damit ich Ihnen aus dem Wege bin!« – »Damit Ihr Zustand kein chronischer wird.« – »Aber wenn Emmi nach ihrer Mutter verlangt ...« – »Wollen Sie sich und Ihren Kindern erhalten, so folgen Sie meinen Anordnungen; als Schwiegersohn willfahre ich Ihnen in allen billigen Dingen, als Arzt dagegen bin ich dagegen unnachsichtig und verlange Gehorsam. Entweder Sie gehen in den nächsten Tagen nach Karlsbad, oder ich sende Ihnen den Notar, daß Sie Ihr Testament machen können.«

Das half. Die nötigen Vorbereitungen waren bald getroffen, und nach einem erbärmlich traurigen Abschied setzten Betti und ich uns auf die Bahn. Konnte ich wissen, ob wir nicht statt nach Karlsbad direkt in den Tod fuhren? –

Betti hatte sich sofort entschlossen, mich zu begleiten, und ertrug meine unbewußten Launen mit duldsamster Langmut. Eine ganz andere war sie geworden, seitdem das Leben ihr bitteres Leid zufügte. Früher das Geballer mit den Türen und Kopf-in-den-Nacken-Gewerfe und jetzt kaum hörbar und nur liebevolle Hingebung. Ich hatte ja auch Leiden genug gehabt, aber die waren auf Galle und Milz geschlagen. Ob Karlsbad helfen würde? Ich zweifelte daran. –

Dazu hatte ich um so mehr Grund, als in den ersten Tagen keine Idee von Besserung zu spüren war. Das Wasser wurde vorschriftsmäßig getrunken, am frühen Morgen befand ich mich mit noch einigen Hunderten in der langen Menschenreihe, die an dem Marktbrunnen vorbei patroullierte und sich von den Quelljungfern das warme Wasser in weißen Porzellanbechern reichen ließ. Dann wurde spazierengegangen und irgendwo im Freien der Kaffee genommen. Betti meinte, Karlsbad sei wunderschön, wie es, von Bergen und Waldungen eingeschlossen, von der Tepel durchströmt werde, aber das konnte ich nicht finden; mir war alles zuwider.

Ich ließ auch den Ansichten über den nutzlosen Aufenthalt unverhohlen freien Lauf und äußerte an einem Morgen laut zu Betti, die nicht von meiner Seite wich, es sei unverantwortlich, hierher verstoßen zu werden, wo man nur noch gelber würde. »Das ist gerade richtig«, redete uns ein älterer Mann an, der unmittelbar hinter mir ging, »sehr häufig verschlimmert sich die Krankheit am Anfang, aber das ist ein Zeichen davon, daß das Wasser wirkt; nach acht Tagen werden Sie anders reden.« – »So?« fragte ich ungläubig. – »Verlassen Sie sich auf mich, ich besuche Karlsbad schon seit dreißig Jahren und kenne die Heilquellen. Mein Name ist Leopold Freund aus Breslau, es soll mich freuen, Ihnen mit Rat beistehen zu können.« – Ich stellte uns darauf vor, und wir gingen miteinander Brunnen trinkend weiter. Auf einmal sagte Herr Freund: »Warum braucht Ihre Tochter nicht auch die Kur, sie ist ja ganz gelb?« – »Warum nicht gar?« rief ich, »der Schein kommt von dem Futter ihres Sonnenschirms« – »Wirklich nur ein Reflex«, lachte Herr Freund, »es ist merkwürdig, wie leicht man jemand für kurbedürftig hält, wenn man so für Karlsbad schwärmt wie ich.«

Weil Herr Freund ein lebendiger Beweis für die Heilkraft der Quellen ist, betrachten die Karlsbader ihn, als wenn er ein Bürger ihrer Stadt wäre, und daß er wiederum vertraut mit den Verhältnissen ist, bezeugte die immer deutlicher zutage tretende Wirkung des Wassers.

Der Apfelsinenteint und der Mißmut verschwanden allmählich. Lebenslust kehrte wieder zurück, und das Auge erfreute sich immer mehr an den Schönheiten der Natur. Während wir anfangs nicht weiter gingen als höchstens zum Freundschaftssaal oder Pupp oder dem Posthof, machten wir jetzt größere Ausflüge, und fast jeden Tag nannte Herr Freund uns eine neue Partie. Er selbst ging aber nie mit, sondern zog vor, spazieren zu sitzen. –

Eines Tags hatte er uns empfohlen, über die »Otto's Höhe« und das »Ewige Leben« nach dem »Bergwirtshaus« zu wandern. Wir taten das auch und kletterten rüstig auf die Höhen. Die Aussicht war anmutig und der Wald dermaßen verlockend, daß wir immer tiefer in seine grüne Dämmerung drangen, bis wir uns regulär verlaufen hatten.

»Wir ruhen uns erst ein wenig aus und kehren wieder um«, riet ich. Betti sagte: »Setze du dich auf jenen Felsblock, ich werde vorangehen und den rechten Weg suchen.«

»Welchen Alarm hättest du wohl geschlagen, wenn dies im Anfang der Kur vorgefallen wäre«, dachte ich und sann darüber nach, wie merkwürdig doch die Felsenbouillon ist, welche kochend aus der Erde hervorsprudelt und nicht nur den Körper reinigt, sondern auch das Gemüt. Allwöchentlich kam ein Brief von Berlin, wo alles in bester Ordnung war, während mir das Schreiben große Mühe machte, woran das Wasser schuld ist, das keine geistige Tätigkeit haben will.

Als ich mich schon über Bettis Ausbleiben beunruhigte, ward sie wieder sichtbar, und zwar in Begleitung eines älteren Herrn, mit einem Strohhute, mit einer Brille, weißlichem Barte und einem Stocke, auf den er sich beim Gehen stützte. Er räsonierte über sein Podagra, aber war trotzdem bereit, uns zu führen.

Leidensgefährten machen bald Bekanntschaft, und noch ehe wir das Bergwirtshaus erreicht hatten, nannte er mich Mutter Buchholz und mußte Betti Papa Michaelsen zu ihm sagen. Er war aus Norddeutschland nach Karlsbad gekommen, um den Rotwein abzubüßen. Auf meinen Einwurf, er sollte ihn doch stehenlassen, wenn er ihm nicht bekäme, antwortete er, so grausam könne arm Vatter nicht sein.

Was dies bedeutete, fragte ich. – Er entgegnete, wenn man sich selbst nicht bedauerte, andere täten es nicht, und das müßte jeder am besten wissen, wieviel er bedauert werden müßte. – Ob er es so nötig hätte, fragte ich. – Je nachdem, das hinge von den Jahrgängen ab. –

Wir schlossen uns recht aneinander, da Herr Michaelsen die Gegend kannte und um so fleißiger mitging, je mehr ihm der Sprudel auf die Beine half.

Wir waren zusammen nach den Hans Helingfelsen, die einen versteinerten Hochzeitszug vorstellen sollen, und nach dem Aberg, wo wir an der schwarzen Madonna vorbeikamen, die als Bildnis in einem Baum angebracht ist. Arm Vatter Michaelsen hielt nicht viel von schwarzen Madonnen. Dagegen erklärte er uns Mineralogisches und den Bau der Erdrinde, wofür Betti ziemlichen Sinn hatte. Ich bemerkte, es sei doch eigentümlich, daß der Brunnen an Ort und Stelle am wirksamsten wäre, wie mein Schwiegersohn, der Doktor, gesagt hätte, ob die Forscher, die doch alles nachmachen, nicht zum Beispiel solche Quelle in Berlin einrichten könnten. Wie er darüber dächte? – »Es gibt zwei Sorten von Chemikern«, antwortete er, »unnütze und schädliche. Beide haben schon genug Unfug angerichtet. Die einen lehren das Verfälschen, und die anderen betreiben es.« –

Uns fehlte etwas, wenn wir nicht mit Papa Michaelsen zusammen waren, und der Alte hielt so viel von Betti, daß er uns vorschlug, noch acht Tage zuzugeben. Dann sei seine

Kur zu Ende, und wir könnten die Rückreise gemeinschaftlich antreten. Ich willigte ein, da auch Herr Freund eine Nachkur für sehr angebracht hielt; ich wollte aber, wir wären zur rechten Zeit daheim gewesen.

Wir sitzen nämlich am Morgen friedlich bei Pupp und frühstücken, Betti einen verkehrten Kaffee mit mehr Milch und wir beiden Alten den kurgemäßen rechten. Da kommt der Telegraphenbote mit einer Depesche an mich, von der Dienstmagd unseres Quartiergebers begleitet, damit er mich fände. Ich öffne und lese:

»Ein gesunder Junge, braune Augen, ganz der Vater, soll Franz heißen, Mutter äußerst wohl!

Wrenzchen.«

Dies Ereignis kam mir sehr unerwartet. Papa Michaelsen gratulierte auf das herzlichste und nannte Betti gleich Tante. Ich konnte aber in den scherzenden Ton nicht einstimmen, denn wer sollte die Leitung des Ganzen übernehmen, wenn ich nicht da war? Aber noch mehr sollte ich überrascht werden, als eine halbe Stunde darauf eine zweite Depesche anlangte, worin es hieß:

»Ein gesunder Junge, blaue Augen, ganz die Mutter, soll Fritz heißen. Der Vater den Umständen nach wohl!

Wrenzchen.«

»Ich weiß nicht, Herr Michaelsen, sind meine Verstandeskräfte noch von dem Brunnen angegriffen, oder was ist vorgefallen?« fragte ich. »Erst hat der Junge braune Augen und nun mit einem Male blaue ...«

»Es kommt vor, daß die Farbe der Augen wechselt«, belehrte arm Vatter uns, »nach Darwin ist das attavistisch begründet, aber der kurze Zeitraum, in dem es diesmal geschehen, macht den Fall höchst interessant. Er muß notwendig in einer wissenschaftlichen Zeitschrift veröffentlicht werden.«

»Und warum soll der Junge erst Franz und dann Fritz heißen? Einmal sieht er dem Vater ähnlich, ein andermal der Mutter, das ist doch menschenunmöglich.«

Papa Michaelsen sah mich einen Moment ungeheuer listig über die Brille an. »Sollten es am Ende gar zwei sein?« fragte er.

»Zwei? Wo sie nur auf einen eingerichtet sind? Ach was, es ist alles Unsinn, hier steht ja deutlich: ›der Vater den Umständen nach wohl‹, das hat kein anderer angestiftet als Onkel Fritz. – Ich finde solche Späße sehr unkurgemäß.«

Am nächsten Tag kam ein Brief von meinem Manne, der die Zwillinge bestätigte. Onkel Fritz würde mir wohl depeschiert haben, auch daß sie Franz und Fritz getauft werden sollten. Der Doktor hätte keine Zeit gehabt und ihn gebeten, für ihn auf das Telegraphenamt zu gehen. Emmi sei wohlauf und voller Glück.

Franz und Fritz! Die Namen gefielen mir keineswegs. Den einen konnte er ja Franz nennen, weil er selbst so heißt, aber wäre es nicht hübsch gewesen, wenn der andere Wilhelm hieße, halb dem Kaiser und halb mir zu Ehren? – Was wird das für eine Wirtschaft; jedes Stück muß mit dem vollen Namen gezeichnet werden, wenn es nicht ewig Verwechslungen geben soll. Ich sah das Durcheinander bereits lebhaft vor mir.

Aber noch eine Nachschrift hatte der Brief: »Franz ist in der letzten Stunde des letzten Mai und Fritz in der ersten Stunde des ersten Juni geboren. Was sagst du dazu?«

»Daß, wenn man nicht überall dabei ist, nur Dummheiten gemacht werden«, rief ich aufgebracht aus. »Die armen Kinder; kein Mensch nimmt ihnen ab, daß sie Zwillinge sind, wenn der eine seinen Geburtstag im Mai, der andere ihn im Juni feiert. – Und obendrein Franz und Fritz! Warum nicht lieber gleich Max und Moritz?« –

»Herr Michaelsen«, sagte ich, »wir müssen Knall und Fall reisen, ich kann nicht eine Minute länger in Berlin entbehrt werden. Wenn ich säume, finden wir ja wohl das Brandenburger Tor nicht mehr auf seinem Platz, so unerhörte Dinge gehen vor.«

»Brennt denn die Spree?«

»Wenn's weiter nichts wäre! Aber bedenken Sie bloß: mein Schwiegersohn ist ohne Aufsicht!«

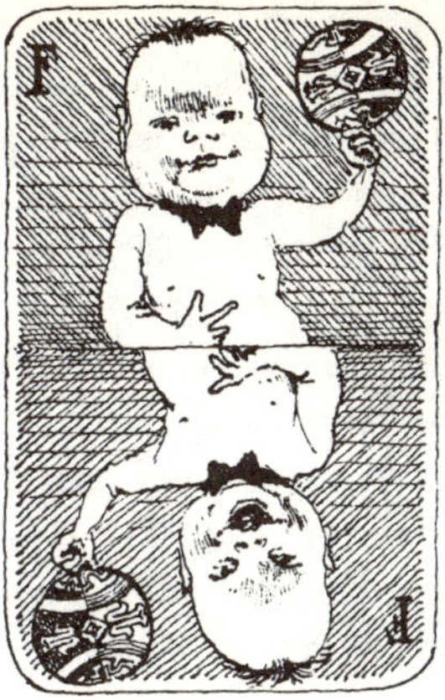

Onkel Fritz

Das Wiedersehen zu Hause war ein überaus erfreuliches, und als ich meinen Enkeln den ersten Kuß auf die kleinen Stirnchen drückte, fand ich alles gut, was geschehen war, schließlich konnten die beiden kleinen Wesen auch nicht für ihren Vater verantwortlich gemacht werden, der ja von nun an eine Nebenrolle zu spielen hat, weil sich alles um die Kinder dreht. Mein Tagesstandquartier nahm ich sofort bei Doktors. Freilich wehrte er sich anfangs dagegen, aber ich fragte ihn: »Wollen Sie Weib und Kinder umbringen?«, worauf er nachgab. Wie wurde er aber auch gepflegt, da ich nun selbst ohne Furcht in der Küche hantieren konnte; nach acht Tagen glänzte er ordentlich.

Emmi erholte sich von Tag zu Tag. Sie erhielt unter meiner Leitung auch nur Bekömmliches und Stärkendes, und wenn es je einen Cerberus gegeben hat, so war ich das in dieser Zeit vor dem Zimmer meiner Tochter. Nur wollte mir nicht gefallen, daß keine Wiegen angeschafft worden waren, sondern unbewegliche Bettstellchen. Emmi erklärte mir, Franz habe gesagt, das Schaukeln sei unhygienisch und mache die Kinder dumm. »Er selbst ist doch nach der alten Manier aufgezogen«, warf ich ein, »und hat es trotzdem zum Doktor gebracht. Na, vielleicht wäre er ohne Wiegen schon längst Sanitätsrat.«

Gar oft wünschte ich eine Wiege herbei, namentlich für den kleinen Franz, der schreiiger Natur ist und den Großmama Buchholz so lange auf dem Arm tragen muß, bis er sich beruhigt. Ich bemerkte dem Doktor, daß in unserer Familie derartiges niemals stattgefunden habe und diese Untugend von ihm stammen müsse. Er sagte: »Liebe Schwiegermutter, das ist ja nur äußerlich.«

Des Abends kam mein Karl oder Onkel Fritz mich abholen und gleichzeitig nach dem Befinden zu fragen; am Donnerstag ging der Doktor zu meinem Erstaunen nicht aus. Ihm fehlte freilich den ganzen Tag etwas, und je mehr es Abend wurde, um so deutlicher sah man ihm an, wie sehr er seine gewohnte Partie entbehrte.

Gegen acht fragte Dr. Paber an, ob sie ihn in ihrer Medizinischen Gesellschaft erwarten dürften? Ich bat Dr. Paber, zum Abendbrot zu bleiben, das Mädchen könnte gehen und absagen, Franz würde sich sehr freuen, mit ihm zu plaudern. Dr. Paber willigte ein, und da noch kalter Braten da war, bereitete ich einen extraen Fleischsalat mit Mayonnaise und Kapern und gekerbten Radiesern zur Verzierung darauf, aber nicht zu reichlich Gurken, den sie dann auch deliziös fanden. Als gegessen und ein großer Krug Pschorrbräu geholt worden war, sagte mein Schwiegersohn: »Hätten wir einen Skat, ich tauschte mit keinem König.« – Dr. Paber blickte mich an und fragte liebenswürdig: »Wie wäre es, wenn Sie einmal einen Versuch wagten, gnädige Frau?« – »Was, ich Skat?« widersetzte ich mich. – »Sie kennen dies unterhaltende Spiel gewiß schon vom Zusehen«, fuhr Dr. Paber fort. – »Schwiegermutter, seien Sie kein Frosch«, sagte der Doktor. – »Ich glaube, ich habe keinen Kartenverstand«, wandte ich ein, aber der Doktor brachte die Blätter, und die beiden Herren weihten mich nun mit großer Ausdauer in die Regeln des Spieles ein, ohne mir jedoch die schlauesten Kniffe zu verraten, wie ich merkte, als nachher Onkel Fritz erschien, der sich neben mich setzte und mir half. Ich gewann, sogar einen Grand mit vieren schwarz. Dr. Paber äußerte sich daraufhin, er habe noch keine Dame mit mehr natürlicher Anlage fürs Skatspielen getroffen. So saß ich denn mit den drei Herren, die sich alle erdenkliche Mühe gaben, dem Laster des Spiels ein neues Opfer zuzuführen und, wie ich leider gestehen muß, erfolgreich, denn es war beinahe Mitternacht, bevor wir aufhörten. Meinen Gewinn teilte ich in zwei Teile, einen für Franz, den anderen für Fritz. Mit den Namen war ich einigermaßen ausgesöhnt, seitdem der Doktor mir versichert hatte, die nächste Tochter solle Wilhelmine heißen. Er weiß ja auch, wie leidenschaftlich gerne ich Gevatter stehe. –

Onkel Fritz gegenüber galt es noch ein Versprechen einzulösen. Wenn auch die Prüfungen und die Karlsbader Kur meiner Reise nach Lingen hinderlich gewesen waren, hatte ich jetzt doch die erforderlichen Schritte getan. Unterwegs fragte ich ihn: »Fritz, ist es immer noch deine feste Absicht?« – »Mich heiratet mehr denn je.« – »Gut, wir werden sehen, was sich ereignet.«

Und es ereignete sich. Die Großmutter wollte mit Erika nach Berlin kommen und probieren, ob man dies Sündenbabel betreten könnte, ohne vom Teufel geholt zu werden. – »Wilhelmine, wie hast du das möglich gemacht?« fragte Onkel Fritz. – »Durch ein moralisches Schreiben«, antwortete ich. »Du sagtest mir, sie sei hinter dem Gelde her, … ich schrieb ihr, wieviel du im Jahre einnähmst und daß sie nicht nötig habe, herauszurücken. Was Erikas Seelenheil anbeträfe, so erlaube ich mir die Mitteilung, wir hätten einen beinahe vierhundertjährigen Propsten in der Familie, der ihr hoffentlich genügende Garantien böte. Das schlug zu Buch.« – Onkel Fritz packte mich und tanzte mit mir rundum, wobei er ausrief: »Wilhelmine, du bist ein Kapitalstück«, bis mir der Atem versetzte.

Die Großmutter wollte bei Krauses wohnen, aber ich hielt es für geratener, sie zu uns zu nehmen, und das war gut, denn sie erwies sich als über alle Begriffe zähdrähtig. – So ohne weiteres könnte sie ihre Konsens-Einwilligung nicht geben, nach dem bloßen Schein zu entscheiden wäre sündlich. Erst als sie Onkel Fritzens Bücher durchgeschnüffelt hatte, deutete sie an, vielleicht könnte später einmal etwas aus der Partie werden. Nur gut, daß sie nicht hörte, wie Onkel Fritz laut darüber dachte.

Von meiner Seite wurde ihr ziemlich ununterbrochen so zugesetzt, daß sie keine stichhaltigen Einwände mehr zurechtsinnen konnte. Schließlich aber blieb sie dabei, Berlin sei zu gottlos. »Sehen Sie sich doch erst in Berlin um, ehe Sie nach dem Schein urteilen«, gab ich ihr zurück. – Sie läse in den Gazetten, wie es hier zuginge. – Das wäre Geschwätz, sagte ich. – »Oho!« sagte sie.

Ich gab Betti meinen Posten bei Doktors und sprang selbst in die Bucht, denn der Großmutter mußte Berlin gezeigt werden. Onkel Fritz abonnierte gleich eine Kutsche bei Beskow, und nun ging es bald hierhin, bald dorthin. – »Es ist wohl immerzu und alle Tage Schützenfest in Berlin?« fragte sie. »Nein«, erwiderte ich, »die vielen Leute auf den Straßen gehen ihren Geschäften nach, ausgeruht wird sich nach Feierabend und amüsiert des Sonntags.« – Alles mußte sie sehen, es schien, als wenn sie sich jahrelang ausge-

146

ruht hätte, um in Berlin Fußreisen zu machen. Und ich immer mit. Auf die Siegessäule wollte sie hinauf, aber sie ließ es, als ich sagte, es wäre für ältere Damen nicht schicklich. Das hätte mir gerade gefehlt, mich dahinauf abzuäschern. Und den Appetit, den sie sich heranholte; die unverdaulichsten Sachen bekamen ihr, sie mimmelte so lange, bis sie sie klein hatte. Das Überallmithin war eine Strafe, da uns doch ums Verheiraten und nicht um das Sehenswerte zu tun war. Was gingen uns die Klamotten an, die Schliemann ausgegraben hat? Meine Köchinnen haben mir schon mehr zusammengeschmissen als die paar Scherben. In die Ruhmeshalle mußte sie, in die Bibliothek, ins Bildermuseum, und wovon sie sonst etwas gehört oder gelesen hatte, bis es uns zuviel ward und wir nicht mehr mochten, denn welcher Berliner besieht sich jene Sachen öfter als höchstens alle Jahr einmal, und dann auch noch nicht? Als sie in das Ägyptische Museum wollte, erklärte Onkel Fritz, es wäre geschlossen, da die Mumien gerade gefüttert würden. So kamen wir glücklich darum.

Wohl war es ersichtlich, wie ihr Berlin von Tag zu Tag besser gefiel, aber die Verstocktheit wollte nicht weichen, ja sie bestimmte bereits den Tag der Abreise, ohne daß wir einen Schritt weitergekommen waren. Sie kannte aber Onkel Fritz schlecht. –

An dem vorletzten Nachmittage fuhren wir nach Potsdam. Es war heiß und schwül, und über den Gewässern schwebte ein leichter flimmernder Dunst, und kurz bevor wir Schloß Babelsberg erreicht hatten, grollte der Donner und zuckten die Blitze am Himmel, der sich mit rasender Schnelligkeit umdüsterte. – Der Wind kam auf und sauste durch die Kronen der Bäume. Es werde ein schweres Gewitter, sagte der Kastellan und ließ uns in die Vorhalle des Schlosses treten. Er hatte richtig prophezeit, denn nicht lange währte es, da fielen Blitz und Schlag zugleich, und der Regen prasselte in Strömen herab. Es war Nacht am Tage geworden, und mit der Nacht war die Furcht über uns gekommen, zumal über die Großmutter. Sie steckte die Finger in die Ohren, um das furchtbare Krachen nicht zu hören, und schloß die Augen, um die entsetzlichen Strahlen nicht zu sehen; deshalb gewahrte sie auch nicht, wie in der Tiefe der Halle eine Mädchengestalt sich schutzsuchend an einen unerschrocken dastehenden Mann schmiegte, der sie mit starkem Arm umfing. Und wenn der Himmel in Feuer auflohte und die düstere Halle mit schneeweißem Glanz erfüllte, sah ich glückseliges Lächeln auf den Zügen des Mannes. Es waren Onkel Fritz und Erika.

Als das Unwetter nachließ, besahen wir unter Führung des Kastellans das Schloß Babelsberg. Wir durften das Arbeitszimmer des Kaisers betreten und sein Schlafgemach. Auch den Spazierstock zeigte uns der Kastellan, den sich der Kaiser im Jahre 1844 selbst aus einer Staude des Parkes schnitt. Den nimmt er am liebsten, wenn er am frühen Morgen durch die schattigen Laubgänge wandelt.

Es hatte sich aufgeklärt. Dem Unwetter war fröhlicher Sonnenschein gefolgt, wie dem Kriege der Friede, und Wald, Gewässer und Fluren lagen in ihrer ganzen Pracht vor unseren Blicken. –

In Sanssouci machte die Großmutter Augen, sie kann auch lange suchen, ehe sie ähnliches wiederfindet. Wenn man beim Obelisken eintritt und durch den breiten Waldweg mit seinen Marmorgöttern und Göttinnen die große Fontäne erblickt, so macht das einen stets von neuem bezaubernden Eindruck. Und dann das Schloß oben auf der Terrasse. Dort lebte der alte Fritz, und dort starb er. Die Uhr stand still, als sein Herz ausschlug, und so steht sie noch. Dies war der Großmutter ungemein interessant, sie fragte dem Aufseher die Seele aus dem Leibe und war nicht aus der Stelle zu bringen. Zuletzt wollte sie auch noch die Küche sehen, in der gekocht worden war. Für das Weltgeschichtliche hatte sie keinen Sinn. Und dabei nicht gelitten, daß Erika sich nur einen Schritt von ihr entfernte.

Freilich hatte sie in Sanssouci Unerwartetes gesehen, noch größer wurden ihr aber die Augen in Charlottenhof. Da rankten die Rosen fast bis zum Dache des griechischen Hauses hinauf, und die Lilien öffneten die weißen Kelche, um im Verein mit ihnen zu duften. Und weiter hin leuchtete es von roten Rosen, hellen und dunklen, eine schöner als die andere. War es ein Wunder, daß Onkel Fritz und Erika in den Rosengarten hineingingen und daß er seine weiße Rose an sich zog und, ohne die Großmutter zu fragen, herzhaft küßte? Daran war nun nichts mehr zu ändern. – »Können Sie immer noch bockbeinig sein?« fragte ich.

Hatte das Gewitter sie mürbe gemacht oder dachte sie daran, daß auch ihr Leben einmal eine Rosenzeit gehabt, von der nur noch die kratzigsten Dornen nachgeblieben waren? Sie schwieg. Ich aber winkte den beiden, und als sie vor uns standen, verabreichte ich der Großmutter einen angemessenen Aufmunterungspuff in den Rücken. Da sagte sie »Ja!«. –

Beim Weitergehen besprachen wir Älteren das Praktische, und weil ich dafür war, daß die Hochzeit bald sein sollte, gab es neue Kämpfe. »Mein Bruder hat lange genug gewartet«, entschied ich, »in wenigen Wochen wird geheiratet. Nicht wahr, Fritz?« – »Je eher, je lieber«, sagte der. Die Großmutter maulte, das wäre gegen die Konvenienz. – »Schadet nichts«, sagte ich. – »Man ist obligiert, die Dehors zu achten«, sagte sie. – »Lassen Sie das Bremmeln man sein«, sagte ich, »abgemacht ist abgemacht.« – »Ist nicht«, sagte sie. – »Ist doch!« sagte ich. – Fritzens und Erikas wegen gab ich nach, aber ohne die beiden wäre es zwischen mir und der Alten noch zu Buh und Bah gekommen.

Am Abend war Verlobungsfeier. Fritz war unsäglich ausgelassen und steckte sogar die Großmutter mit seiner Lustigkeit an, mit der er dreimal Brüderschaft trank, so daß sie öfter mit ihm anstieß, als ihr gut war. Sie mußte am nächsten Tage bis Mittag im Bett bleiben und lebte wegen zu sehrer Kopfschmerzen nur von Natron und Juliushaller. Als ich Onkel Fritz hierüber Vorwürfe machte, sagte er äußerst trokken: »Wilhelm, ich kann mir nicht helfen, es ist hart, aber gerecht. Warum hat sie sich nicht besser an geistige Getränke gewöhnt?«

Wie es allen geht

Franz und Fritz werden von Tage zu Tage niedlicher, und obgleich sie schon prachtvoll getauft werden könnten, will der Doktor damit warten, bis Onkel Fritz von der Hochzeitsreise zurück ist, der die Patenstelle bei dem Jüngsten übernehmen soll, während mein Karl den Ältesten halten wird.

Emmi ist nicht mehr allein, wenn ihr Mann auf die Praxis geht, und vermißt ihn an den Donnerstagen nicht, wenn er seine Freunde aufsucht. Man kann ja auch nicht leugnen, daß das Skatspiel etwas Magnetisches hat, indem es anzieht und festhält. Wenn wir des Abends bei Doktors sind und Emmi und Betti auf dem Sofa sitzend handarbeiten, wozu Franz und Fritz zwiefache Veranlassung geben, spielen mein Mann, der Doktor und ich eine Partie, wobei es nur unangenehm ist, wenn einer von den Zwillingen zu quarren anfängt. Sowie es kaum heißt: »Franz schreit oder Fritz weint«, dann rennt mein Schwiegersohn nach dem Schlafzimmer. Hätte er Wiegen angeschafft, würden diese Störungen wenn auch nicht wegfallen, so doch bedeutend abgekürzt werden können und man brauchte nicht mit drei Mätzchen und Eckern-Aß viermal besetzt neben Schellen-Aß und Zehne wie eine Sphinx giepern, ob man das Spiel gewinnt oder ob es herumgeht. Nachher weiß natürlich niemand, wer geben soll, und der Streit ist da.

Im Winter, wenn alle beisammen sind, werde ich Skatabende bei uns arrangieren. Da Dr. Paber bereits zugesagt hat und der Polizeileutnant, als hochgebildeter Mann, ein sehr guter Skatspieler ist, haben wir nicht zu befürchten, daß es an Kräften fehlt, zumal sicher auf Onkel Fritz gerechnet werden kann und im Notfall Herr Kleines heran muß, dem Umgang in der Familie außerdem nur Vorteil bringt. –

Onkel Fritzens Hochzeitsfrack wird bereits gebaut, er zählt schon die Tage bis zu seiner Abreise nach Lingen, von wo aus er dann sogleich mit seiner jungen Frau an den Rhein zu gehen beabsichtigt. Meine Begleitung und die meines Karls lehnte er ab aus Furcht, zu viel verwandtschaftliche Rührstimmung würde der Hochzeit einen tranigen Anstrich verleihen, und weil er sie recht fidel haben will, geht sein Freund Theodor als Trauzeuge mit, der neben dem Ernst nie den Scherz vernachlässigt und durch seine Kunst in Gesang und Spiel die Freude als froh begrüßten Gast einführt, wohin er kommt.

Als er mir die Idee mitteilte, zwei bis drei trinkende Mitglieder von seinem Singverein »Keuchhusten« einzuladen, und zwar die geeichtesten, konnte ich nicht umhin zu fragen: »Fritz, was sollen die in Lingen?« – »Bloß zum Vergnügen der Einwohner«, sagte er. – Ich warnte: »Du kennst doch den Charakter der Großmutter.« – »'ne alte tüchtige Charybdis«, lachte er, »schwelgt in Wasser, das ist gesund für Kinder, schadet den Großen auch nicht und schmeckt immerzu schön.« – »Also!« – »Wie du meinst.« – »Ich meine, Erika würde auch kein Amüsement davon haben.« – Da ließ er's. –

Bei Weigelts hat sich manches geändert. Die Torheit, auf das Vermögen der neuen Verwandtschaft hin Schulden zu machen, hat sich bitter gerächt. Mit Emils jähem Tod stürzten nicht nur die Luftschlösser ein, die sie für die Zukunft erträumten, sondern mit Entsetzen gewahrten sie den Abgrund, an den sie gelangt waren, seitdem sie statt vor die Füße in die Wolken sahen. Aber Auguste verlor den Mut nicht. Sie fing wieder an, Federblumen zu machen, und war froh, die alte Kundschaft wiederzuerlangen. Da der alte Bergfeldt nicht mehr fähig war, in seinen freien Abendstunden die Bücher von Handwerkern und kleinen Geschäftsleuten zu führen, veranlaßte Auguste ihren Mann, an des Alten Stelle zu treten und den Verdienst mit ihm zu teilen.

Die Bergfeldten hat sich auf das Zimmervermieten verlegt, aber sie traf es bis jetzt unglücklich mit ihren Chambergarnisten. Der erste brannte mit seinen Habseligkeiten durch und ließ sie mit dem letzten Monat sitzen, wobei noch verschiedene Auslagen und ein bar geliehener Taler waren. Bei dem nunmehrigen zweiten vermutet sie ähnliches und hat deshalb eine Strippe durch das Schlüsselloch gezogen und das eine Ende an dem Koffer des jungen Mannes befestigt. Nachts bindet sie das andere Ende um ihr Handgelenk, damit sie sofort aufwacht, wenn er heimlich rücken will. Zum Oktober ziehen sie nach der Dorotheenstadt in die Universitätsgegend, wo es sich besser vermietet, weil dort die Studenten wohnen, in deren empfängliche Herzen die Professoren den Samen der Wissenschaft versenken, der dann morgens und abends mit Bier begossen werden muß, damit er aufgeht. Ich wollte ihr schon Herrn Kleines empfehlen, aber mir fiel noch rechtzeitig ein, daß er und die Bergfeldten doch wohl nicht zueinander paßten. Herr Kleines befindet sich in alter Weise. Herr Pfeiffer ist auch nicht solider geworden. –

Als ich neulich zu Auguste ging, fand ich sie, in Trauer gekleidet, eifrig bei der Arbeit, sie fabrizierte jedoch keine Blumen, sondern stückte einen ganz merkwürdigen Stoff zusammen. »Was wird denn das, wenn's fertig ist?« fragte ich. – »Ein Kittelchen für den Jungen.« – »Aber sage bloß, was ist das für komisches Zeug, so apart gestreift, wie ich nie gesehen habe?« – Sie wurde rot. »Warum soll ich es Ihnen verheimlichen«, sagte sie darauf, »es sind die Überzüge von blauseidenen Regenschirmen, die uns der Geldverleiher aufhalste. Die Dinger waren so faltenstreifig, daß man nicht damit unter die Menschen gehen konnte. – Nun hab' ich ja, was ich wünschte«, fügte sie traurig lächelnd hinzu, »nun können meine Kleinen in Seide gehen.« –

Plötzlich hielt sie inne und lauschte. »Da ist Vater«, sagte sie und eilte dem alten Bergfeldt entgegen, der langsam stolpernd die Treppe heraufkam. Er war ganz weiß geworden und greisenhaft. »Wo ist Emil?« fragte er, nachdem er mich teilnahmslos begrüßt hatte.

Auguste ging und holte den kleinen Franz. »Bist du da, mein Emil?« schmeichelte der Alte mit dem Kind und der Junge kletterte auf seinen Schoß. – »Er kann sich immer noch nicht besinnen«, flüsterte Auguste mir zu, »und hält unsern Franz für meinen Bruder. Wir stören ihn auch nicht darin.« Sie hatte dem Alten Kaffee warm gestellt, da er immer so um diese Zeit kam, um mit dem Kleinen zu spielen.

Er reichte ihm die Tasse mit zitternder Hand und ließ ihn trinken. »Schmeckt's, Emil?« fragte er. – »Famos!« antwortete der Junge. Das war auch Emils Lieblingswort in dem Alter gewesen.

Franz brachte, nachdem das Trinken erledigt worden war,

seine Schätze herbei, allerlei zerbrochenen Kram, aber der Großvater kannte die einzelnen Stücke ebensogut bei Namen wie der Junge. Sie hatten einen Puppenbalg ohne Kopf, das war die Prinzessin Vallera, und ein einzelner nachgebliebener Kegel war Kanonier Puffschnute, die wohnten zusammen in einem Kasten, der mir merkwürdig bekannt vorkam. Und richtig war es das Orgelchen. – »Ist denn die Musike schon alle?« fragte ich. – »Die hat nicht lange vorgehalten«, war die Antwort, »sie konnte das viele Inwendigbesehen nicht vertragen. Ich bin froh, daß das Quieken ein Ende hat, es erinnerte mich zu sehr an meinen Hochmut. Zum Aufbewahren von Spielsachen ist das Dings aber ganz gut zu gebrauchen.« –

Wenn man den kleinen Knippkieler genau betrachtete, schien es, als wenn er etwas Ähnlichkeit mit Emil hätte, besonders, wenn er ganz Lust und Leben war, aber doch nicht so viel, daß er verwechselt werden konnte, wie es der alte Bergfeldt tat.

Auf Augustens Bitte, die beiden unbeachtet zu lassen, da sie sich dann am wohlsten befänden, ging ich um so lieber ein, als mir immer klarer wurde, daß der Alte wieder ein Kind geworden war.

Ich brach auf. »Verliere nur den Mut nicht«, sagte ich beim Abschied zu Auguste. Sie antwortete: »Ich hoffe und vertraue.« –

Da Krauses mit Erika verwandt sind, so kann man es ja nicht ändern, daß sie uns auch etwas näher rücken, aber bis wie weit, da werde ich schon den Grenzpfahl einschlagen.

Der Eduard scheint sich zu bessern, seitdem er vom Gymnasium ist und nicht mehr mit den verstorbenen Sprachen gepiesakt wird. Das Studieren ist auch am Ende nicht jedermanns Sache, was viele erst einsehen, wenn sie mittendrin sind und es nicht mehr geht, ein anderes Geschäft von vorne anzufangen, weil sie teils zu herangewachsen, teils zu verwöhnt sind. Dann verkrüppeln sie wie Herr Weigelt, und was sie vorstellen, ist nichts Halbes und nichts Ganzes.

Will Eduard Seemann werden, so ist das immer verständiger, als mit sich und der Welt zu zerfallen, weil einer nur widerstrebend das Amt verwaltet, an das er sich gezwungen heranstudierte. Aber andere Berufe sind ja in den seltensten Fällen fein genug; es soll heutzutage gleich alles wie mit dem Luftballon hochgehen.

Herr Krause übt einen größeren Einfluß auf den Jungen aus als sonst und sagte mir, daß, wenn Eduard so beibliebe, er hoffen könne, einen brauchbaren Menschen aus ihm zu erziehen. Uns kann das wegen der Verwandtschaft nur angenehm sein, und wenn er auch mal an den Säulen war, so will ich kein Aufhebens weiter davon machen, denn man hat kennengelernt, wie leicht jemand aus dem verborgensten Dasein an die Öffentlichkeit gezogen und in Anklage versetzt werden kann.

Was jedoch vorgefallen ist, warum Eduard den von der Mutter anerzogenen Ungehorsam aufgibt, das kann hierorts niemand recht herauskriegen, weil der alte Krause sich gründlich darüber ausschweigt. Als ich die Krausen fragte, was Eduard eigentlich in Hamburg ausgefressen hätte, erzählte sie mir eine Räubergeschichte, die sie vielleicht schon selbst glaubt, aber doch nicht anderen Leuten zumuten sollte. Das Kind hätte so gerne das Weltmeer sehen wollen, sagte sie, und als es in Hamburg gewesen sei, hätte der Kapitän von wahrscheinlich einem Sklavenschiff Eduard zwei Tage im Zwischendeck festgehalten, um ihn mit nach der Südsee zu nehmen. Ihr Mann hätte ihn aber noch rechtzeitig aufgefunden. – »Das war ein Glück«, sagte ich, »denn wenn das Schiff bereits unterwegs gewesen wäre, hätte Herr Krause am Ende hinterherschwimmen müssen.«

Na, das Gesicht, das sie machte. –

Onkel Fritz hat seine Wohnung so weit ausgestattet, wie vorläufig hinreichend ist. Manches fehlte allerdings noch, als er mich zur Begutachtung holte, aber er sagte, daß er sich darauf freue, mit seiner jungen Frau nach und nach anzuschaffen, was nötig sei. Ich konnte ihm nur recht geben, denn mein Karl und ich mußten uns auch anfangs nach der Decke strecken.

Dementsprechend richteten wir denn unser Hochzeitsgeschenk ein, vor allen Dingen keinen Plunder, sondern Gediegenes. Der Doktor hat sich angegriffen und eine Pendeluhr abgeladen, Betti stickte ein Rückenkissen, und der Gesangsverein »Keuchhusten«, der Fritzens Bedürfnisse kennt, schickte am Abend vor seiner Abreise nach Lingen eine Punschbowle mit zwei Dutzend Gläsern. Ein Dutzend zum Gebrauch, das zweite zur Reserve. Ich gab ihm noch eine große Tüte Bonbons und Süßigkeiten für Erikas jüngere Geschwister mit, daß die armen Würmer doch nicht ganz versauern. – »Fritz«, sagte ich, »schreibe recht bald, wie es abgelaufen ist.« – »Wenn ich Zeit habe und mit heiler Haut davongekommen bin.« – »Sei nur nett gegen die Großmutter.« – »Mit der bin ich ja du und du.« –

Der Zug setzte sich in Bewegung. Ich wollte ihm noch nachrufen: »Fahre dem Glück entgegen, du guter Junge«, aber er war schon zu weit weg.

So war Onkel Fritz nun nach Lingen gereist, und da wir seinen Hochzeitstag nicht ungefeiert vorübergehen lassen wollten, schlug ich vor, das schöne Wetter zu benutzen und einen Ausflug zu unternehmen. »Was meinst du«, fragte ich Betti, »wenn wir Tegel einmal wieder unsicher machten?« – »Tegel?« entgegnete sie mit eigentümlicher Betonung. »Gewiß, wenn du es gerne willst.« –

Ob ich aber wollte. Schon längst hatten mein Karl und ich

einen Plan gefaßt, der sollte nun zur Ausführung gelangen. Dieser Plan war meine Idee, mein Karl sorgte für die Ausführung auf die Minute. –

Es war am Nachmittag. Wir hatten uns im Wald gelagert, von wo aus wir den See überblicken konnten, und da ich früher schon die Absicht hatte, hier einmal ein Picknick zu veranstalten, fehlte der Korb mit leiblichen Genüssen nicht. Betti war ziemlich einsilbig, sie mochte wohl daran denken, wie froh wir einst an denselben Orten gewesen waren, die wir heute wiedersahen.

Mein Mann litt auch an Wortkargheit, er wußte, was sich in der nächsten Viertelstunde ereignen würde, und war über den Ausgang wohl nicht ganz sicher. Ich dagegen hegte keinerlei Zweifel, hätte ich sonst gerade Tegel gewählt? An die Vergangenheit sollte die Gegenwart geknüpft werden, was dazwischenlag, war ein Wintertag. Wo sind Frost und Schnee, wenn der Weißdorn wieder blüht? – Vergessen!

Mein Karl zog wiederholt die Uhr und spähte auf den See, auch ich sah, wie ein Boot vom andern Ufer abstieß, das geradewegs auf den Waldsaum zulenkte, wo wir uns befanden. »Sollten die zu uns wollen?« sagte ich, als wüßte ich von nichts. – »Ich vermute«, sagte mein Karl und räusperte sich. »Ihr wißt«, fuhr er fort, »daß ich gerne einen Kompagnon hätte, das Geschäft erfordert vermehrte Kraft.« – Das Boot kam näher. »Ich habe jemand gefunden, der mein ganzes Vertrauen besitzt, aber ich möchte auch, daß er euch zusagt.« Hierbei sah er Betti an. »Von eurem Urteil will ich meine Wahl abhängig machen. Darum bat ich ihn, heute herauszukommen. Dort ist er.«

Das Boot rauschte heran, kräftig gerudert, und nun schoß es fest auf den Strand. Betti war aufgesprungen und stand unbeweglich, sie hatte die Männer im Boote erkannt, Felix und Max, die beiden Freunde.

Rasch eilte Herr Felix auf Betti zu und streckte ihr beide Hände entgegen, und sie gab ihm wic im Traume die ihrigen. – »Also doch ›Buchholz und Sohn‹ «, sagte ich leise zu meinem Karl. Er lächelte nur. –

Als wir durch den Wald zurückgingen, das Brautpaar voran, dann mein Karl mit dem Kober und Herr Max und ich als Nachhut, fragte ich ihn: »Sind Sie nun zufrieden?« – »Ja«, antwortete er, »von ganzem Herzen, mein Freund ist glücklich.« – »Und Sie haben verdient, es auch zu werden; ich will Ihnen helfen, eine rechte, reizende Braut zu suchen.«

»Zu liebenswürdig«, entgegnete er, »aber leider kommt Ihr Anerbieten zu spät, ich habe schon eine.«

»Na, aber über Ihnen aber auch!« scherzte ich lachend.

»Vergessen Sie nur nicht, daß die Buchholzen darauf brennt, sie kennenzulernen.« –

Als die Verlobung bekannt gemacht worden war, kamen sie alle gratulieren. Die Polizeileutnanten zeigte sich sehr erstaunt und meinte, da Herr Felix Schmidt Kompagnon würde, sei es wohl eine Vernunftehe, die sie eingingen. – Ich äußerte, Vernunft wäre allerdings dabei.

Von Wichmann kam ein gereimter Wunsch, worüber wir uns sehr amüsierten, weil er ganz dösig war. Er schreibt jetzt Kritiken über alles mögliche, namentlich über ihm unverständliche Dinge, und soll schon einen ziemlichen Schrecken um sich verbreiten.

Auch Amanda Kulecke trat an. »Kind, bist du beneidenswert«, sagte sie zu Betti. »Du bekommst den Mann, den du liebst. So sehen glückliche Bräute aus, wie du. Und schmuck ist er, das muß man ihm lassen.« Betti umarmte sie.

»Es wird Zeit, daß die Söhne des Landes sich nach mir umsehen«, fing Amanda wieder an. »Neulich war allerdings einer da, aber der gefiel mir nicht, ich kann keine kleinen

Leute leiden, und einen Weißkohlkopf hatte er dazu.« – Man wußte nicht, ob sie ernst genommen werden wollte oder ob sie sich selbst verhohneckte, aber soviel ist sicher, einen von den vielen abgeblaßten Modejünglingen von heute kann sie im steifen Arm verhungern lassen. Für ihr wirklich vortreffliches Herz ist sie zu groß geraten. Schade um das Mädchen. –

Nach einigen Tagen traf der erste Brief von Onkel Fritz aus Rüdesheim ein. »Er ist verrückt geworden«, rief ich, »Karl, lies diesen Unsinn.« – »Lieber Wilhelm«, lautete das Schreiben. »Wir sind am Rhein. Er ist bedeutend größer als die Spree. Ob das Wasser darin naß ist, habe ich noch nicht probiert. Gestern setzte ich Erika oben auf den Loreleifelsen, wo sie auf einem goldenen Kamme blies, ich mit dem Baedeker unterm Arm hörte im kleinen Schifflein zu. Dies Bild war von so mächtiger Wirkung, daß sämtliche Dampfschiffe anhielten und die Passage versperrten, bis berittene Schutzleute in den Rhein sprengten und sie auseinanderjagten. Wilhelm, komme her, wir wiederholen den Zauber, und du spielst die Begleitung auf der Ziehharmonika dazu.

Onkel Fritz.«

»Er muß einen Sonnenstich gekriegt haben«, rief ich. – »Karl, wie wird dir dabei zu Sinne?« – »Auf der anderen Seite steht auch noch etwas.« – »Lies es, Karl, ich bin fast ängstlich, so toll hat er es noch nie getrieben.« – Mein Mann las: »Liebe Frau Buchholz. Können Sie es nicht möglich machen, zwei überglückliche Menschenkinder hier am Rhein zu besuchen, die Ihnen für Ihre Liebe danken möchten, indem Sie Ihnen immer wieder sagen, wie glücklich sie sind? Wir gedenken Ihrer täglich. Kommen Sie, kommen Sie! Wie ist doch die Erde schön. Warum sind Sie nicht bei uns?

Ihre Erika.«

»Weißt du«, sagte ich zu meinem Karl, »wenn Fritz mir seine Zuneigung ausdrücken will, macht er es umgekehrt wie die Apotheker, das Süße nach innen und das Bittere nach außen. Aber soviel sehe ich, wenn jemals zwei Menschen eine Hochzeitsreise machten, wie sie sich gehört, dann sind es Fritz und Erika.« –

Ich konnte nicht abkommen. Bettis Einrichtung zum Herbst muß besorgt werden, die Zwillinge nehmen Zeit in Anspruch, und wenn man fort ist, weiß man aus Erfahrung, geht alles drüber und drunter. Wir werden die Hochzeit im kleinen Kreise begehen; Betti wünscht es so. –

Dann ist das Haus wieder leer und groß, wie damals, als wir einzogen. Die Kinder sind fort, wir hören ihre Schritte nicht mehr, nicht mehr den Ton ihrer Stimme, sie sind ausgeflogen, wie die jungen Vögel aus dem Neste. Es ist einsam geworden, und wir sind wieder allein, mein Karl und ich, allein, wie in der ersten Zeit. Da war mein Brautkranz grün; wenn der Flieder wieder im Garten blüht, trag ich den Silberkranz.

Inhalt

Bitte beachten Sie
die folgenden Seiten

Julius Stinde

Die Familie Buchholz

Roman

Ullstein Buch 22145

ein Ullstein Buch

Liebenswürdig-ironisch zeichnet Julius Stinde in seinem Roman ein Bild des Berliner Kleinbürgertums der Gründerjahre. Im Mittelpunkt: die Urberlinerin Wilhelmine Buchholz, deren Unternehmungsgeist keine Grenzen kennt, wenn es um das Lebensglück ihrer Töchter, die sogenannte »gute Partie«, geht.

Erdmann Graeser

Koblanks
Roman
Ullstein Buch 22023

Koblanks Kinder
Roman
Ullstein Buch 22062

ein Ullstein Buch

Den »Dichter Berlins« nannte man Erdmann Graeser schon zu Lebzeiten. Im Mittelpunkt seiner Roman-Klassiker steht der Bierkutscher Ferdinand Koblank. Um ihn und seine Familie rankt sich eine Fülle farbiger Gestalten aus dem Berlin der Jahrhundertwende.

Fred Hildenbrandt

. . . ich soll dich grüßen von Berlin

1922–1932

Ullstein Buch 20704

ein Ullstein Buch

Fred Hildenbrandt – von 1922 bis 1932 Feuilletonchef des »Berliner Tageblatts« – erlebte »die goldenen zwanziger Jahre« dort, wo sie wirklich golden waren: in der Berliner Bohème. Er erzählt von Salons, Kneipen, Destillen, Ateliers, Nachtbars, Kabaretts und Künstlerlokalen, von Schauspielern und Schriftstellern. Faszinierend, lebendig, humorvoll.

Georg Lentz

Muckefuck

Ullstein Buch 22077

ein Ullstein Buch

»Dieser Roman erzählt eine
Kindheit und Jugend in
Berlin zwischen 1930 und
1948, angesiedelt im
Vorstadtmilieu ...
Mühelos steigen die von
Lentz beschworenen
Bilder seiner Kindheit herauf, leben und blühen ...
Das alles stimmt bis ins
zeitgeschichtliche Detail.«

Die Zeit

Georg Lentz

Molle mit Korn

Ullstein Buch 22116

ein Ullstein Buch

»Milljöh des Jahres 1948, als alle drei Minuten die Rosinenbomber der Westmächte in Tempelhof landeten, um die blockierten West-Berliner mit den notwendigsten Lebensmitteln zu versorgen ... Alle Bilder, die Lentz abzieht, leuchten in einer warmen Buntheit. Ein Chronist mit Humor und naturalistischer Feder.«

Rheinische Post

Berlin literarisch